U1067993

天边之河

董红伟 著

南京出版传媒集团
南京出版社

图书在版编目（CIP）数据

云边之河 / 董红伟著 . -- 南京 : 南京出版社 ,
2024. 11. -- ISBN 978-7-5533-4986-2

Ⅰ. I247.5

中国国家版本馆 CIP 数据核字第 2024E49K25 号

书　　名　云边之河
作　　者　董红伟
出版发行　南京出版传媒集团
　　　　　南 京 出 版 社
　社址：南京市太平门街53号　　邮编：210016
　网址：http://www.njcbs.cn　　电子信箱：njcbs1988@163.com
　联系电话：025-83283893、83283864（营销）　025-83112257（编务）

出 版 人　项晓宁
出 品 人　卢海鸣
责任编辑　王　娜
装帧设计　石　慧
题　　字　琴　泱
责任印制　杨福彬

排　　版　南京新华丰制版有限公司
印　　刷　南京京新印刷有限公司
开　　本　880毫米 × 1230毫米　1/32
印　　张　8.5
字　　数　198千
版　　次　2024年11月第1版
印　　次　2024年11月第1次印刷
书　　号　ISBN 978-7-5533-4986-2
定　　价　58.00元

用微信或京东APP扫码购书

用淘宝APP扫码购书

目 录

引子

第一章　同柏药店

拜 师　007
六 房　011
洪 水　014

第二章　学徒记

掌 柜　022
师 弟　031
老 爷　040
五 宝　047
天 台　052

第三章　琉璃屋

天 街　060
国 运　070
琉 璃　079
女 人　090
三 杰　104

第四章　八浅渡

夜 奔　114
会 战　119
北 渡　129
岔 路　139
小刀会　145
同柏阁　151

第五章　失地记

上　梁　163
沦　陷　172
踢　柜　179
血　潭　187
祖师爷　193

第六章　出逃记

夜　渡　209
避　世　218
闹　匪　227
成　亲　236

第七章　大人先生

大　新　245
芦苇荡　249
蟹壳灯　254
论　药　258
串　珠　261

后记

引子

撞到扬子江在邗沟开的这个豁口，一个拐弯就滑进了大运河，源自三江源的雪水，裹挟着大半个中国的泥沙，被这个意外搞得灰头土脸，在扬州城下显出三泡茶色。脚力也慢了下来，一路淌到了宝塔，就想歇脚，其实才到高邮。过了高邮，还有宝应，过了宝应，才是扬州和淮安的搭界。

潮水淌到搭界，迎面撞上南下的淮水，南北水位刚好相平，真不想走了，静着不动，于是叫了“平泾”。中国也在这里分了南北。平泾是个大镇，水码头多，各行各业，商贾云集。南来北往的船帮，都打这块过，都说它是运河边上的“小上海”。

但江潮也是卷过大浪的，过重庆，穿武汉，下南京，大半个中国奔下来，驼的都是几千上万吨的大轮船，还有顶着米字旗、星条旗、旭日旗的大军舰。看到这个袖珍的航道，不禁哑然失笑——毕竟一路上念的都是“奔流到海不复回”。

也有懂的人说，倒也算不上小河沟，长江黄河靠它联了姻，淮河海河因它串成串儿，硕大一个中国，少了这根“血管”，南北就玩不转。更何况一头连着杭州，一头接着北京，两岸带出多少讲究地方，扬州、淮安都曾是一等一的大地方，“扬一益二”早了，“天下九督，淮居其二”也成皇历了，单说这一带出的平桥豆腐，也比别处讲究。看起来就是豆腐，拿卤水一点，嫩得照出人影，汇上鸡汤、鲫鱼脑汤，胡椒粉一撒，油面封住热气，调羹一挖，热气直窜。水上寒气重，衣裳露一晚上，早上就挤出水，有一碗平桥豆腐下肚，热气从嗓子眼往肠子里钻，寒气散了，日子就能过得下去。

比起长江黄河，这块虽局促些，也有你们江潮的用武地。且看里下河河道交错，家前家后都有水，家家户户都有船，地上有的，水上都有。船家饭店，船家杂货铺，船家姑娘……都在船埠里划桨打转。最绝的还属水上的花子，撑着船荡在大船间要饭，见到船帮高的，一根长竹竿挑着竹篮子，戳到甲板上人的下巴壳子上，求人家“把①几个”——不把不行，船出不去。

这些船家，身家都在船，吃住都在舱，几个月都不见得上一回岸。安安心心停下来，外面的枪炮趟不过来，稳着呢。

除非求医抓药，才要上岸了。

---

① 把：方言，给。

第一章

同柏药店

药材也是水上来的。浙江的“浙八味”，宁夏的枸杞子，山东的阿胶，甘肃的当归，内蒙古的黄芪，四川的黄连，云南的地涌金莲……告别地头、枝头的温度、湿度，带着道地的气味秉性，沿着这通江达海的大运河，来这江淮大地做个“异乡客”。

它们不会知道自己会邂逅谁——全凭哪个郎中点什么“鸳鸯谱”，也许就因为某个千百年前郎中的老方子，云南的隔年三七拥抱江苏的新鲜薄荷，西北的八百年雪莲混着东北的千年老参，各种八竿子打不着的“异乡客”，超越了时空的阻碍，再也不关乡关何处，照着君臣佐使的等级，在同一个锅里相煎何急，入同一个胃里协作调理，把各自的品性融合归一，成为某一家子的生死指望。

山川更迭，人世代传，自然与人类的万年协作，挑选出的这些百草精华，到了平泾码头后，就进了药店的库房。甲乙丙丁各排大柜上，它们各居一格，左右相邻，用气味互相试探。库房的南滋北味因此更加浓郁深厚，层层叠叠，混合出一股难以言说的繁复气味——吃药饭的身上特有的那股气味。

药材不能沾水汽，所以库房也不能离水太近。这么大个平泾镇子，药铺只有两班，一班在街西头，一班在街东头。西头叫同柏药店，东头叫柏鹤堂——都离水边远远的。

铺子离得远，两家掌柜也从来不说话。一个进了饭店，一个就要回避；一个进了澡堂，一个立马结账。好像药材里的“十八反”“十九畏”，甘草反甘遂，丁香畏郁金，有些药材天生就不能相容，进一个锅就要出事。

但也奇怪。要缺货，两家缺同一种货；要盘点，两家也是前后脚。药材都有千里相会的缘分，人也少不了百年同渡的渊源，只有几个人知道，两班店，背地里是同一个东家。不但平泾镇，一个圈画出几百里，南到高邮，北到涟水，除了淮安县城里的老字号齐鹤堂，到处都有崇家的买卖。各家掌柜不说话，年底堂会上倒关起门来一块喝酒。崇老爷出来敬杯酒，就又进去了。

江河湖海都不安稳，西洋东洋几股“洋流”搅在了一起，外面早已翻江倒海，东洋岛国上杀过来一船船兵，誓要三个月内长江黄河遍插旭日旗。但三年了，仗还在打。药材供应极不稳，阿里山龙胆早供不过来，再是东北的人参价格翻了两倍，最近华北的好几味药材运输又成了大问题——哪种药材短了缺，就晓得哪块地面上又失了守。

只有平泾镇所在的里下河地区，仗着河道交织，水多难行，也没有什么战略大城市，战火还没烧过来。就像这再汹涌的长江水，进了大运河就老实多了，再淌到这里下河，已经服服帖帖，最后稀释成了家前屋后的小水洼，映照的，都是漂洗的浣妇、撒尿的娃娃、白墙黑瓦之上的袅袅炊烟，还有那无穷无尽、摇摇晃晃的芦苇荡。

同柏药店的前掌柜张清欢就总说，祖师爷早就说过五行相克，中药是木，平泾是土，运河是水，枪炮是火，木克土，土克水，水又克火，降得妥妥的，不至于的。

算不算迷信且不论，至少平泾人信的不少。镇子上几十年没出过瘟病疫灾，出的百岁寿星人数倒是江淮第一。药茶、药膏、药膳、药皂、药酒、香囊……同柏成了平泾人的一种生活，连孩子们都唱——站如松，坐同柏，吃穿用度都同柏。

有同柏的日子不仅如常，还带点儿盼头。自打张清欢称病休了假，同柏总号又扶了二十八岁的童流宝做新掌柜，空出来的头柜、账房，又该哪两个后生上位了？

药铺横着排，是刀房、丸散房、料房、磨房、杂房、账房，一共六房。每房再竖着排，学徒以上，刀房就分头刀和二刀，柜上更是分头柜、二柜和尾柜。想坐上头柜，没个二十年以上，想都不要想。

后生更是不缺，崇家哪年不收三五个学徒养在店里，多少都沾亲带故。一茬茬儿的新人韭菜一样冒头，不是本县的吉清淮、童流坤，都才二十出头，凭什么排到前面去了！

凭什么呢？吉清淮那刀工，你们谁赢得了再来说话。一个槟榔切出来，不多不少正好一百零八刀，每刀分量都一样；一把草药抓在手里，不多不少正好一两。药房、料房、磨房、杂房，他哪个房的功夫不是第一？光叠药丸，就溜光滚滑，苍蝇站不住，上称一称，分毫不差。

那童流坤呢，每个房的手艺都马虎，凭什么也上了柜台？

手艺也分哪房手艺，你要有他那把算盘，整个账房都是你的。平时还看不出来，每三个月一次盘点，账本堆得一人多高，童流坤算盘一抖，噼里啪啦哪个都插不上话，四把算盘轮流打下来，交上去的账，跟他头发一样纹丝不乱。

再说了，不看僧面看佛面，你看看他俩是谁家兄弟。背后是大哥童流宝，江淮最年轻的药房掌柜，一路都是东家身边的“红炮仗”，一点一个霹雳闪，直冲云霄还带响。人家抬举两个自家兄弟，东家都不说什么，轮得到你们来说？！

同柏的学徒制是这样的，十来岁的半大小子，就带进店里养着。头一年，管吃住，没有钱。第二年开始，每月半斗米钱。到第四年，出师做药工，每月可以拿一斗米钱。再后面，是二刀、头刀，是尾柜、二柜、头柜，看各人造化。三兄弟这几年不晓得赶的哪股潮、冲的哪股浪，确实跟这世道逆流而行，有点儿旺得发紫。跟童流宝一同拜师的师兄弟才拿两斗米，他加到每月八斗，这还不算什么，现在是各个店里有股份，跟二少爷平起平坐了。两兄弟呢，一个头柜，一个账房，都才二十出头，每个月六斗米，抵得上渔家大半年的收成。

乱世当前，各家节衣缩食，光景一年不如一年，偏他家盖了两进十五间大瓦房，用的都是大青砖、大青瓦，四野八乡都红透。大肥猪喂到三百来斤，青骡子吃的比人都好，长工都雇上了。

不是没见过阔人，可哪个想得到，几年前这家子还穷死两口人呢。这才几年光景啊，人下人怎么就翻上来了！

拜 师

也不怪人论，吉清淮、童流坤这山阳镇的两个后生，来的时候确实不扎眼。

药铺是生意，但又悬壶济世，跟跑堂的不同。平泾镇的门面可不好当，崇家挑人，要识文断字，机灵伶俐，话还要少。面皮要干净，个子不能太矮，不然上了柜台难看。又不能太高，不然客人说话吃力。门槛本来就不低，再加上送他们过来那年，洪水刚退，卖儿卖女都排队，讨饭吃的娃娃太多了，留谁不留谁，各房各派都有自己的账。

山阳镇离平泾镇一百来里水路，一个运河西，一个运河东，同俗并土，但对平泾镇来说，吉清淮他们就属外人。再按照这一带的老眼光，集镇码头都在东头，湖泊农田都在西头，自古算起就是东贵西贫。闺娘[1]河西嫁到河东，就是高攀；河东嫁到河西，就是下嫁。山阳镇都西到白马湖去了，更难怪店里有人不服。

到底是“红炮仗”童流宝，那年总共收三个学徒，他才升上尾柜，就能塞进来俩。两个小弟到底是跪到中院堂屋的药王像前，拜成了师傅。张清欢那会儿还在做头柜，如果没记错，当时他面前跪着的，还有一个盐河镇的王应风。三个娃娃都是十二岁，都是白面皮。

从吉清淮猫着头看的眼睛缝里，依稀能瞄到正面一张老爷柜，柜上方贴着一张药王像，祖师爷孙思邈长须飘飘，两边挂着一副对

---

① 闺娘：方言，女儿。

联——上联“但愿人皆健”，下方端坐的是个白面带须的清瘦中年，发浓且黑，长衫皂靴，就是头柜张清欢；下联“何患我独贫”，下方这位看起来岁数更大一些，黑面纹重，有点儿秀顶，面相不善，但也干净清爽，这是二柜林普君。

“但愿人皆健，何患我独贫。”吉清淮心里暗想，这不就是地藏菩萨说的“我不入地狱，谁入地狱”吗？难怪流宝大哥说同是渡人的行当。他做过和尚，瞄了对联后，跪得更漂亮，腰直身正，眼皮半耷拉，含星而不露。磕的也是响头，童流坤听着了，第二下也跟着磕出了动静。等到了第三下，两个人跟打夯一样砸进地里去，大青砖磕出脆响。

王应风到底是小一点儿，大脑门子第三下才有点儿响动。张清欢在他头上拍一下，说：“你去杂房。”顿一下又说：“你们两个，去磨房。”

吉清淮又在地上磕了一个响头，肿了。

哎哟，这匣子[①]实诚。

拜了师傅，打开了铺盖，晚上就睡在堂铺里。这堂铺，高高大大的，全是斗橱，各种药味杂在一起，熏得根本睡不着。

门是木板门，一块块的长木板都有编号，写着“天一、天二、地一、地二”，白天一块块拆下来，晚上打烊再一块块拼上去——塞进槽口往两边推，推成一长排。

到处是缝，后门还不关，可不是标准穿堂风嘛，几个娃娃往被窝里缩了又缩。

清淮、流坤哥俩，到底是有个伙伴，抱在一起睡惯了。王应风鼻子

---

① 匣子：方言，孩子。

一吸一顿的，流坤问他是不是想家了，他说不是的，有点儿伤风了。

流坤又问王应风是哪边人，家里有什么人。应风说盐河的，妈妈送到镇子上来的，过段日子他妈要来镇上支个摊子，能陪他。

两个娃娃眼热得很。流坤有亲哥带着，都享受不到这个待遇。家里，亲妈打摆子[1]打了一年多，还是过世了，把大哥挣的一点儿家底子，都掏空了。

“我说要不就不治了，家里有剪子，墙上有晾衣绳，家前家后都有水码头，你自己挑。”流坤记得半夜醒过来，听见老子这样跟亲娘说。

流坤不能想，一想就万剑戳心。他使劲睡，想躲到梦里去。他晓得老子这样，也是为了他们兄弟。在农村，谁家染上难一点儿的病症，可不就是要么等死，要么寻死吗？在此之前，瘫了十几年的爷爷，已经在床头挂个土布褂子，用一只袖子把自己了结了，因为儿媳妇病倒了，他更没指望了。

流坤自打记事起，爷爷就蜷在床上，他都不知道爷爷是高是矮。那回一推门，倒看见爷爷吊在床框上，两条腿直直挂下来，几乎踮踮脚就能站起来了。小孩儿汗毛都炸开了——爷爷到底是站起来过的。

妈妈最后用的哪种，他不晓得，只记得那天，妈妈煮了个鸡蛋给他揣兜里，喊他去沟里钓长鱼，回来人就没有了。

他装什么都不知道，也没哭，也不想知道。好像只有不知道，心啊，肺啊，到底还能裹住一层，戳进去也能钝一点儿。再说了，知道了又能怎么样呢，没妈的娃娃太多了，哪个能把妈妈哭回来呢？他只晓得庄稼饭不好吃，家里有个吃药饭的哥哥，日子还这么难，自己说什么也

---

① 打摆子：方言，患疟疾。

不能土里刨食了。想着想着，他鼻子又酸了，下意识把二哥搂了搂。

吉清淮也没睡，也在想心思，他念的是龙王庵的明月师傅。运河边上，龙王庵不少，只有这家不供龙王，也不住尼姑，将就出来一个小庙，房子只有天王殿、正殿两间，僧只有他们一师一徒。晚上，他们也是住在这样高高大大的庙堂，到处也是烧东西的怪味道，也是穿堂风，净往缝里钻。

和尚庙吃饭叫“过堂”，他们一天只有早上、中午两顿堂，晚上是没有的，因为汉传佛教讲究过午不食。实际上，大庙的和尚晚上也有东西吃，只不过是藏在袖子里。只有他们龙王庵，一师一徒，晚上是真的饿肚子硬捱，就像现在。受不了了，师傅就让他念念大和尚鉴真。鉴真六次东渡，船翻了一次又一次，眼睛都熬瞎了，想成事，没有那么容易的。

清淮从记事起，睁眼是师傅，闭眼是佛祖，不知道什么是家。唯一对他好过的人，偏是个和尚，说什么众生互为父母，不要他报答。唉，师傅不让我想他，他估计也不会想我，他一直说要净六根呢，但是别的我也没什么人可想的了。

清淮从来没到过海，运河都是头一遭走——浪大害他晕了船。却在这夜里有海入梦，伸手即触：小船逆着运河出邗江，至瓜洲，到长江，浪明显大，船开始打转，最后在陆地的最东头撞上南通，江床不见，水色骤深，冲向大海，江水湍急，两岸一阵惊呼：“哪块来的愣头青，湖荡里的平底船，海里根本站不住的！”

他还不晓得海里只能驶尖底子船，刚听明白，一股激流已经冲进了海里，一阵浪打过来，小船跌进几十米的深海里，深水巨物黑漆漆地荡过来……

六 房

第二天一早，师兄弟三个头一回进了药铺的后场。

先去磨房。一排寒光闪闪的碾子，有大有小，铁黑铁黑，常年磨炼的地方剑刃一样泛着光泽。里面叮叮当当，铁器互相碰撞，像是个铁匠铺。

另一面墙上，挂满了大大小小的筛子，大的水缸粗，小的茶杯口大小，金丝、银丝、蚕丝、纱丝，大圈套小圈，满眼都是圆。

一个瘦高的老师傅，站在碾子上跳大绳一样荡来荡去，跳着跳着，槽子里的药材就成了粉末子。尘灰飞扬，烟雾缭绕。

带队的童流宝说："这是磨房领班罗师傅，也兼二刀，在同柏二十年了，玩起碾子跟开船一样，人朝上面一站，就荡起来了。一盒子胡椒豆，咣咣当当就碾成了碎粉子，用最细的筛子去过，一通到底，一点儿残渣没有，功夫了得。"

又去了刀房。刀房动静小很多，但敞亮，到处都是家伙事儿，大小铡刀、切刀、砍刀、剁刀……大的像戏班子的龙头铡，小的像澡堂子的修甲刀。光切刀就有十几种，寒光闪闪，像进了刀铺。光认就认不过来，可流宝大哥说，要一样样练到纯熟，切出来一刀不多、一刀不少，每一刀都重量相当，全在一双肉掌上。

悄无声息的刀房里，不仔细看，都发现不了有个躬身干活的中年人，矮矮瘦瘦，正把橘子皮一样的东西，用小铡刀切成头发丝粗细。地上已经切了一箩筐，每一根都一般粗细，丝丝绕绕的像江淮名菜大煮干丝，风一吹就能起飞。

流宝说："这位是刘臣刘师傅，人在平泾镇，名在淮扬城，是江淮一带的头把刀。多少大户就要用他切的料，别人切的都不认。"

刘臣抬起头来，扫了三个孩子一眼，又让他们把手伸出来，捏捏，点点头，说："多看多学，先不急动手哈。"

出了刀房，流宝跟流坤、清淮说："刘师傅叫头刀，那参片切得薄如蝉翼，能当墨镜用，这身本事练了几十年，学点儿皮毛就够你们用的了。他本来也是在淮安城里齐鹤堂做的，后来跟着崇老爷回镇上开了同柏。按理说，凭关系按资历，早该上柜台做交椅了，但他是半个睁眼瞎，会看不会写，自己也不想操那些柜台的心，就欢喜躬在药房里切切打打。"

有的人越做越全面，有的人越做越精深，刘师傅就是绝活在身。崇老爷从来没跟他说过一句重话，很少找他。但每年年礼，刘师傅都是拿头一份儿，跟头柜一个分量。

再去丸房，丸房颜色最好看，满地都是竹匾子，里面是各种颜色的药丸子。几个白头老师傅在里面叠药丸子，一排排地放在匾子里。架子上也是一排排匾子，少说也有几百个匾子，好几万个丸子。三个娃娃头一缩，像进了海。这么多丸子，不晓得要老师傅们躬身低头叠多少日头，感觉日头都被叠进药丸子里了。同柏之所以名传江淮，都是这些老人们在后场坐镇呢。

最后是药房，到处都是木架子，一层层升到半空中，架子上也全是竹匾子，层层叠叠几百个。远处是贴墙的一排排木柜子，上面贴着字条，密密麻麻。流坤一眼扫过去，硫黄、天麻、当归……在大哥留家里的那本旧账本上都见过面，舒口气——幸亏跟清淮哥学了一年字。

王应风眼睛飞快地掠过，不敢多看。不识字的人，遇到字就会慌，就会装，就像小学生在路上遇到先生一样，流坤看得出来，他自己以前也这样。

流宝说："还有个杂房，有日子你们自己看。加上厨房和账房，药铺后场就齐活了。每房有每房的门道，每房有每房的功夫，炮制、水制、火制，水火共制，光炮制就分炒、炙、烘、漂、泡、洗、渍、飞、蒸、煮、淬等二十多种，等这些基本功都出山了，才有资格进药房。上千种药材，一样样叫得上名，说得出属性，讲得清用法，码得准配法，练得好做法，背熟了，使顺了，又是五六年过去了。等把这五个房转一圈，你们就能上柜台了。走，去拜拜柜台。"

门板卸下来，立在门后头，一排排的柜子排上去，小字密密麻麻。司药、尾柜、二柜、头柜，在柜台后头依次排开，一水儿的长袍打扮，长袍颜色也是从浅到深。司药抓药，尾柜、二柜轮流核验，最后到黑衣头柜张清欢那儿过眼总把关。

各个柜台上，都拉出一根笔直的铅丝。三四根铅丝，直通往药铺正中最高处一个木亭子里，账房段先生端坐其中。尾柜在下头开了票，木夹子一夹，手一甩，票和钱就顺着铅丝滑到账房那儿。段先生核对无误，收下钱，票据上盖章签字，留一联存根，还用木夹子一夹，手再一甩，沿着铅丝又滑到二柜面前。林二柜解开木夹，把第一联包进药袋。最后交给头柜总把关。

头柜、账房两个岗是镇店的，掌管着整个镇子人的生死，一天下来都脚不挪窝。头柜管药管人，账房管账管票，互不干涉。一个店里，其他人都能替，唯有这两个岗，少一个都玩不转。

"好了，这三年，在后面好好练吧，除了出来做药，不叫你们，不要在柜台出现，出现了就要挨罚。"童流宝又补充，"还要注意咱们这大院有三进，你们只能在第一进活动。二进是头柜、二柜们的住处，不叫不能进。最后一进是东家的内宅，什么时候都不能进！"

一天下来，人多规矩杂，三个小脑壳都要塞爆了。晚上躺在竹床上，三人还跟牛吃草一样反刍着。应风觉得刘臣师傅本事大，一把刀在手，吃饭硬气。清淮自打拜师，就觉得张清欢飘逸得像卧龙先生，袖子随手一甩都是本事。问到流坤，他想半天说，还是账房段先生最威风，坐那么高，像个指挥官。

几个人说说笑笑，渐渐打起呼噜来。吉清淮半梦半醒，感叹这一年经历太多，顶上过去好几年——想想都不可思议，一个出家人，怎么就吃上了药饭。要不是一年前那场搅乱里下河、席卷全中国的大洪水，我应该还在龙王庵里敲着木鱼念着经呢。

洪 水

一年前，中国撞上两个劫，天灾人祸都占了。人祸是丢了东三省，一两万关东军撵着几十万东北兵挤回关内。天灾是长江、珠江、黄河、淮河都发生特大洪水，受灾范围南到珠江流域，北至长城关外，东起江苏北部，西至四川盆地。史料记载，六月到八月，以江淮地区为中心，发生了百年罕见的全国性大水灾，大约有四十万人葬身浊流。

这场水，黄河让淮河改了道，淮河让里河、下河又改了道。洪水越界上岸，穿乡过壤，让多少人的命数也改了道。

对苏北人来说，东三省太远，大水却就在脚下、腰下、眼下、屋檐下、房顶上……白马湖也被安了脚，爬进了山阳沟，盖掉了山阳镇。大水退后，茅草屋子剩几个土围子，一袋口粮里混了半袋老鼠屎。童流宝妈妈一直有病，这会儿更急得打摆子，左右停不下来。童大爷各路神仙都求了，最后去镇上的龙王庵拜菩萨。

哪知龙王庵也遭了水，佛祖金身都泡白了，青砖缝里青苔半尺厚。明月大和尚脸色蜡黄，清风小和尚头大身子小，十一二岁了才到香案高。童大爷心里就嘀咕，这家的菩萨也不灵嘛。

明月大师傅倒还镇定，跟他说："你家还是功德不够，不能临时抱佛脚，捐香火就能攒功德。"

捐门槛？没得钱。做义工？童大爷自己是个驼子，家里事都做不了，还有什么功德能做呢？

大和尚说："我这儿有个小男匣子，你带他找个出路，也是功德。"看童大爷犹豫，又说："出家人不打诳语，他能唱念做打，有他在你家，脏东西都不上门。"

等大儿子流宝从药铺回家省亲，童大爷就把清风小和尚的事情说了。听说小和尚能识文断字，童流宝立马说，有这小和尚在家住，流坤就不做睁眼瞎了。日后做药工，不识字没人要呀！

童流宝就去试小和尚，一见面，清风那眼睛又大又亮，流宝先欢喜上了。又问他认识几个字，小和尚说："《心经》《金刚经》《孝子经》都会抄，还会唱《大悲咒》。”

童流宝笑了，说：“会的不少呢，不做和尚可惜了。”

清风小和尚闷头不说话了。

流宝说：“做药工也是做活菩萨，一样渡人的。像当年的鉴真大和尚，名医榜里也有他一号。要是不嫌弃，先住到我家里来，教教你兄弟看书写字，过段日子我接你们过去试试。”

清风小和尚才还俗叫了吉清淮，认了童大爷做干老子，童流宝做大哥，在山阳镇大童庄上住下来了，还多了个同岁的弟弟童流坤。

整个里下河，连个山包包都没有，山阳西边叫金湖，北边叫汉河，东边叫长沟，南边叫杨桥，也全是水，它叫什么山阳呢？都说山阳镇靠着白马湖，是白马湖边上的三眼小沟，三眼沟三眼沟，传着传着就传成了山阳沟。

只有明月师傅摇头，说不是三眼沟，是山阳渎，还是隋朝皇帝起的。但镇上认字的人不多，康熙乾隆下过江南，运河两岸传下来不少故事，镇上人还晓得。“水潮”是哪股潮，他们不晓得。

大童庄四面不靠，在山阳沟这个偏僻水镇里，都是最偏僻的庄子了。这庄上的后生，要么租几亩水田刨食，要么上船做渔民，其他能有什么出路？

也许能出去做个和尚也不错，听说扬州大明寺、上海玉佛寺、南京灵谷寺的住持都是这地方出的。但跟做药师一样，收徒都有门槛，长相要俊美，还要能识文断字，几个农家小子能做到呢。

流坤很皮，他不想土里刨食，更不想上船打鱼，成天拿木刀木枪比画。半大小子见风长，喝水都喝出大个头儿，童大爷管不住他，他也怨这个驼老子。嘴上不戳破，心里怨着这地方。夜里，还常有恶鬼找他，撕他的伤疤，醒来一身冷汗。

有了清淮，两个娃娃到底有个伙伴，白天叠药房煨药用的小药袋子贴补家用，晚上就着流宝留下的药房旧账本读书练字，吃住一处，睡梦一床。

一练字，流坤就打瞌睡，但是一想到种田打鱼、半夜恶鬼，硬着头皮往脑瓜子里灌墨水。

虽说小兄弟俩同年，但秉性还是不同得很。流坤老爱打听："听说你家以前也阔过？"

清淮说："我记不得了，我一记事就是师傅做法事，上焰口。"

"你家地下还藏着金元宝呢。"

"金山跟我也不相干啊。"

流坤的说法，好多人问过。明月师傅在龙王庵的山门下捡着清淮时，他还是胖乎乎一个奶娃娃，用个细柳条匾子盛着。匾子里面是红绸袄子，贴身有个字条，写着生辰，还有"吉清淮"三个大字，脚头还有十个银圆。

那会儿全镇找不出几个识字的，于是明月师傅一直说："清淮你家是有身份的，哪天还要来寻你的。"

大头、流坤都有妈，唐玄奘还有个姓陈的娘家呢，但吉家到底是干吗的，以前没想过，现在睡在药铺的屋顶子下面，清淮忽然觉得这是个问题了。

第二章

学徒记

头柜，是药铺的头面人物，属于管理层，也算是一般的单体药店里打工的最高等级了，拿的薪水是普通药工的六倍，每月白米六斗，年底还有分红。做到了头柜，一大家子衣食无忧。

但要坐上头柜，没个小二十年成不了。同柏的头柜，更是经过千锤百炼的，毕竟要练的本事太多了：

一是业务要精熟，药房、丸房、料房等五房，房房都知道门道，手艺一等一拿得出手；

二是会经营懂管理，对下几十号伙计，对上掌柜老板，进货出货，行情精通；

三是要深得掌柜信任，毕竟药铺是动不动就要命的行当。

而且，药铺一年四季不关张，一天到晚不脱人，夜里还要留个值班窗。药工越往上做，越脱不了身，好多药工都不是本地人，一年放一次长假——一个月，其他时间都在镇上待着。

同柏头柜张清欢就是外地来的，老家汉河离平泾一百来里。他的手艺，是从淮安县城常半仙家的齐鹤堂带出来的。崇家用人要漂亮，就是从张清欢这儿开的头。

这个平泾镇的头号美男子，白面带须，温文尔雅，也懂得养生保健，四十多了，看起来跟三十出头一样。镇上的女人见了他，脸就红了，眼就杏了，说话都不利索了。有的人买药是假，就为看他。

中药这行当比一般手艺门槛高，用什么药，用多大剂量，用多少水，用多大火，熬制多长时间，服用多久，等等全是问题，随便一个调整都直接影响药效，没有几个德高望重的药师、药工坐镇，药铺没法服人。张清欢长衫皂靴往那儿一站，气度儒雅亲和，说话低沉醇厚，谁人说话都不恼，客人再不好说话都能听他把火压住，男人女人都信他，简直就是同柏的活字招牌。

二柜林普君黑且秃，面相上显老，其实比张清欢还小三岁。他是大少爷前几年从范集一家药店挖过来的。上头有张清欢压着，下面有童流宝顶着，他就处处拿小学徒抖威风。他不像张清欢顶多骂骂，他是打，一根鸡毛掸子抽出花样来，上下翻飞，怎么躲都能抽到肩膀上，啪啪直响，还不准挡，更不准躲——锁骨上有衣裳挡住，带伤也看不出，但都是骨头，是真的疼！“我们练了十几二十年的吃饭本事，到你们这一代哪能说废就废？”边说边拿鸡毛掸子抽。

“药店规矩，我跟你们说，都听好了！

“第一，药铺要清爽。清早第一个起，夜里最后一个睡，里里外外清扫干净。

“第二，药铺不能清静，要是药房都死气沉沉，病人就更没指望了。客人走进来，要听得到声响，看得到动静，处处有活气。

“第三，一人一支金斗、金银花，都拿好了，盼着日后日进斗金。但这一行，只能闷声发财，心里再兴，脸上不显。看看门口挂的对联——但愿世上人长寿，不惜架上药生尘。这是慈悲心，明白吗！”

吉清淮一边点头，一边抓起一把金银花，送到鼻子下面使劲嗅，脑袋嗡一声，清醒很多。

随即一根鸡毛掸子抽在脑袋上：“药，能闻吗？”

吉清淮额头即刻肿了。

童流宝赶紧过来，不敢揽，只好说：“我教，我教！”

吉清淮被打哭了，这么多天，不是人过的。是人都可以踩他，是脸就要赔笑，牲口还有打盹的时候呢。

童流宝说：“药不能多闻，尤其不能当着客人面，药性都在里面，你闻一口，病人就少一口。药工这行当，就是要吃苦。”

吉清淮抹抹泪说：“我倒没什么，我师傅说不过一身皮囊，身上疼，心才醒呢。”

没人跟流宝说过这样的话，竟让他有点儿出神。

“就是我带了一箱子书，晚上没有地方看书。”

“哪来的一箱子书？”

“我师傅托人送来的，说别的也没什么给我的了。”

流宝想一想，说：“柴房的门倒是不关，夜里熬药炖汤，有点儿炉火，要看书，可以去柴房。”

流宝对这个干弟弟，向来不见外。接他还俗时，再三跟他打招呼不要嫌弃，也不全是客气话，家里确实也难些。自己刚刚熬上尾柜，一个月能拿两斗米了，却要管一大家子。爷爷是个瘫子，老子是个驼子，妈妈病了几年，把家都贴没了。

哪有什么吃的，一锅萝卜缨子棒头面粥，小咸菜熬一熬就是一顿。但清淮有师傅给的一点儿钱，自己拿出来贴，还靠给庄上人家写写画画，教娃娃读书写字，能弄点儿荤腥回家。

也幸亏有清淮，流坤识的字越来越多，一年后流宝回去接时，他已经会写八百来个字了。小楷也板板正正，不像以前鬼画符了。

大童庄除了流宝，全是睁眼瞎。大家对文化人很尊重，穷归穷，至少过年都得请副对联吧。以往每年写对联，全庄都等流宝回来。可这回流宝再到家时，家家门上都有新对联，气象完全不同了。比如堂屋外贴着什么“华堂有福平安府，玉宇无尘幸福园”；猪圈里有“朝佛难走西天路，安身立命高老庄”，横批“天蓬府邸”；鸡棚旁贴着“晨啼雄叫唤日出，夜鸣雌声着卵落”；连渔船上也有“出江千船迎日出，归程万篓顺风归”。

流宝觉得好笑，瞎字不识的大童庄，弄得跟宝应城里的纵棹园一样，到处都是墨宝了。

庄上人还跟他夸，说这个小和尚绝对是文曲星下凡！带流坤认字，还带上庄上几个小子。杀猪的大刘家里有本老皇历，以前放家里落灰，现在小三子识字了，皇历每天也有人撕了，刘嫂子每天什么能干什么不能干，庄上人都跟她家学，过日子都定了心——能按祖宗样子过日子，还有什么不定的！

到家后，清淮还跟流宝说，流坤弟还有个大长进，几百上下的加减，一口就能报出来，要是找个算盘带他好好练练，以后能管大账。

流宝直搓小兄弟的脑袋，说：“不得了不得了，你现在是童家的状元了。”又跟清淮说：“学生都这样，这师傅将来能做头柜呢。”

那会儿流宝才刚升上尾柜。整个江淮最年轻的尾柜。

掌 柜

拜师那一年，张清欢虽然是头柜，但还是下人，上面还有掌柜崇二少爷，学徒们难得见到。

二少爷这个人，以前很随意的，小时候常来药房玩，老药工们都抱过他。但随着崇老爷带着大少爷在上海开了一班又一班店，从上海教会学校毕业的二少爷也想在平泾镇闹点儿动静出来。

第一次开会，二少爷就要大家偶骚①起来，说这是个讲“一飞心骚”②的时代。众人面面相觑，彼此脸上找不出明白，就都看张清欢。张清欢脸上不显，心想这孩子怎么出去几年，变得骚里骚气的。

一般药房的掌柜，总要熬到四十来岁，各房都过过手，稳重老成，立得住、压得住、沉得住，大家服气。但二少爷比流宝才大四岁，老师傅们都把他当孩子，嘻嘻哈哈不当个事，三句不到就说老爷在的时候怎么弄的。这么大个摊子，刚接就不趁手，弄得他整天阴沉

① 偶骚：取上海方言“毫稍”之意，赶快。

② 一飞心骚：当地百姓对“efficiency”（效率）的发音表示。

沉的。加上眉毛淡得看不出，面相更显得阴沉，还没开口，就是三分不耐烦。

二少爷太年轻了，每个房都蜻蜓点水般了解一下，根基的确不稳，又不想让老师傅们看出短来，就另辟蹊径，说是要走什么公司管理制度，让头柜按季给每个药工定目标，分段打分核算，不晓得从哪块学来的。说要让同柏真正地“一飞心骚”起来，还说伙计不管老新，凭什么拿这么多薪水，都有标准。不能因为你去年拿一斗，今年就还是一斗；或者，每十年就加一斗，没有这个规矩。这一通下来，逼走了好几个老师傅。

按理说，他不直接管下面，一级管一级嘛，但他是看到就要过问，弄得头柜不知道怎么干了。吉清淮几个刚拜师，二少爷说铺子进人怎么不跟他打招呼，谁是东家?

张清欢说：“这几个是学徒，不放工钱，不占名额，还不晓得能不能留下来，打算等学满能留了再跟东家说。”

二少爷哼哼说：“吃崇家饭不？吃崇家饭阿拉[1]就能管！”

张清欢没法，让三个娃娃再去拜二少爷。二少爷问了一堆古怪问题，什么党参几种冲法、煎药几种药锅，几个娃娃都摇头。张清欢说：“他们才来，不晓得正常。”

二少爷说：“一点儿都不懂，就是来吃干饭的吗?！不要又是哪家后门进来的，是人是鬼都能往崇家塞！”

张清欢、林普君都憋在那边，脸色难堪得很。

掌柜开周会，一般就把各房头子叫到一起，月会年会才全员，二

---

① 阿拉：上海方言，我。

少爷却逢会就全员，专挑打烊吃饭的时候，大事小事眉毛胡子一把抓，全摊开来讲。还说外面天地早换了，大家都要偶骚起来，多学习欧美的现代制度。

欧美在哪儿，个个不晓得，只晓得要回家的回不去，要看戏的、有饭局的去不成，暗地里怪这个欧美，连人都不会做，有什么好学的。

烧火的老鲁，一个矮矮粗粗的本地汉子，两条腿一长一短，走路像划船。一到开会，他听又听不懂，家里老娘还等他带饭回去，急得咂嘴。老鲁没娶过亲，在崇家做了三十来年，还没同柏就先有他了。烧火再脏，身上都是清清爽爽的，说药房人都好个干净，烧火的、挑茅厕的也要收拾好，去哪块都不能丢了同柏的脸。

其他下人喜欢三三两两聚一块瞎嚼蛆[①]，说起东家后院，尤其是两房太太的对手戏绘声绘色，老鲁是下人里唯一能前院、中院、后院进出的，却从来不传后院闲话。饭烧好了就抱少爷小姐们出去玩，从来没见过外。尤其是这个二少爷，老爷总把大少爷带在手边，老鲁带的反倒更多些。

资历摆在这儿，个个都怂恿老鲁："这个'偶骚'是你带大的，代我们说说，老这样不是办法。"

他真说了："掌柜啊，我就会烧火，不受这个洋罪了还好啊？"

下一回，二少爷看到老鲁揣了几个洋山芋回家，当面没说话，周会上说："有些人崇家是没给开工钱吗？还是打一份工要两份钱？！"

---

① 瞎嚼蛆：方言，胡说八道。

个个抬头找老鲁，老鲁手直抖，脸色乌青。

下了会，二刀老罗就在伙房骂："这个'偶骚'真不是东西，你鲁叔抱你逛街那会儿，买的烤山芋吃了他多少？你怕狗，你鲁叔为了护你，大腿上现在还少块肉，大了全不认人啦？！"

老鲁耷拉脑袋说："怪我怪我！一个烧火的下人，也出来跟东家讨脸。这个话，再也不要提了。"

还有一回，二少爷说客人反映药片切太薄了，下水一煮直接化了，下回要切厚点儿。

刘臣、张清欢、林普君他们目瞪口呆，从来没听过有人提这个要求。林普君先张嘴了："东家，做药的切薄不切厚，切厚是对不起祖师爷。煮化了应该是火大了，那个药就要小火煨。"

他以为这点儿常识，一解释就透了。二少爷咬着嘴唇看他，本该长眉毛的地方泛着寒光，眼刀子把他戳了个通心透。

下次开会，二少爷说："二柜，切片你看厚切还是薄切好呢？"

林普君晓得是被盯上了，说："客人要怎么切，就怎么切。西药还做成小药片子呢，还有冲剂、胶囊，中药也要跟得上嘛！一飞心骚嘛！"

二少爷这才点点头，又更正说不是"一飞心骚"，是"efficiency"，西洋人都讲的"效率"。

是一飞心骚还是效率，在老人们听来没有区别。刘臣在药房半天就没出来，童流宝进去看他，他在那边擦碾子、洗筛子，把家伙事儿一样样过[①]得油光闪亮。

---

①过：方言，清洁。

“刘师傅这是？”

“以后，靠你们了！”刘臣把大抹布过得干干净净，晾在库房正中的晾绳上，唤来吉清淮、童流坤、王应风，“要是干这行，还是要照我教你们的这么切。天底下不是只有一家药店，但规矩都是一样的。”

刘臣要走，吉清淮他们本以为张清欢、林普君会跳脚，刘臣可是江淮头刀啊！

两个人却端着茶缸子吹茶叶。

刘臣和老鲁一块走的。二少爷自己不肯低头，又怕交代不了，跟张清欢说：“按理说，这样的老工要多送几个月工钱，你让他们来找我签字。”

没有人来说半句，也不晓得张清欢传没传话。

但童流宝倒很站得稳，处处想在东家前头，还不让头柜、二柜为难。有人说，流宝跟二爷都是年轻人，好沟通；也有人说，流宝是二少爷的贴心人，跟他说话要注意呢。

就这样，张清欢也不犯嫌①他，多少事情还让他去汇报，自己落个清静。上上下下都玩得转的，就数他童流宝一个。

其他人，日子就难了。吉清淮、童流坤、王应风作为新人，半夜还要起来给师傅师兄们挨个倒尿壶。年轻人贪睡，在乎被窝里那股子热火气，起迟了，第二天就要挨一顿鸡毛掸子，所以刚焐热了就要起身，没个整觉睡。

苏北的冬天尤其生冷，暖气没有，大炕没有，御冬全靠生扛。一

---

① 犯嫌：方言，讨厌。

口气吸进去，带着潮气往肠子里钻。十成十的人生冻疮，耳朵、手指头、脚后跟，冻的地方又疼又痒，拿到暖和地方一烘，又痒得钻心。一抓就破，一破就流脓淌血，烂得不能看。

二少爷没事还来晃悠，往那儿一坐，张清欢逢人就骂，林普君的鸡毛掸子就抽得更勤了。

林普君的鸡毛掸子，既是教鞭，又是刑具。他说："药铺的学徒，入行时候先被问声这口萝卜干子饭，你吃得吃不得？！"

"什么叫萝卜干子饭？"他自问自答，"别人都围桌坐，你不能坐，立在桌角吃饭，拿眼瞄着众人的饭碗。哪个师傅饭碗空了，你放下碗来就得去添饭。等你三两次回来，菜碗底卤子都不剩了，可不就只能用萝卜干子下饭嘛。"

流坤也不好过，在刀房切党参，切个七七八八，手上磨得全是血泡，药杵都抓不住。林普君还让他下水，疼得直哆嗦。

到底是苦惯的，清淮不怎么觉得自己苦，就看到周遭的人经受各种苦。同样是苦人，还要刁难人，让人更苦。好像谁漏了一点儿好，就像比武漏了个大破绽。那么多苦，可能只有师傅能接得住，放得下。他想学师傅的本事，但太难了——那么多苦，怎么能让它们不往心里钻呢！

师傅一年多没见了，不晓得怎么样了。嘴上不好说，清淮心里也晓得，把他托付给童大爷，也是师傅的无奈之举。大水前，师傅肝疼就有段日子了，犯起疼来打坐都坐不住，又不能声张，给人超度时，声音越来越颤，一只手在袈裟下面抵住肝，额头冒冷汗，调子走得庄稼人都听出来了，传明月师傅又发功了。

清淮想不通，早课、晚课他们比其他庙里都勤，布施、持戒、忍辱、精进、禅定、般若，人们都说师傅是难得的真和尚，佛祖、菩萨、罗汉随便哪一个来保佑一下子呢！恶人放下屠刀都能立地成佛，凭什么师傅这么多功德，都不配你们动动小拇指吗？

师傅骂他，说大不敬！半辈子功德就想化十世的冤孽，没有这么便宜的事。

这话也不对啊，谁能做得了自己上辈子的主！清淮一向信师傅，单这一回，他觉得不公道，念经气就不顺，身子也不正，师傅来气，又打不动他，就叫他快走。

看来佛祖是动了气了，派了林二柜来渡我。清淮眼前突然闪过龙王庵山门前的天王，不也是这么执杖扬鞭吗？越对照越像，尤其是皱眉头那一下，两道川字纹加两条眉毛，拧成一条麻绳，点上两只牛眼睛，表情一模一样，难怪打起来这么狠呢！

晚上，流宝来堂屋看小兄弟俩。流坤白天累了，睡着了。清淮不在床上。

流宝看流坤磨着牙打着呼噜，手上血泡都磨烂了，弄点儿宣纸胡乱包着。他眼睛一酸，掏出一个小蓝瓶，挤出药膏子，细细抹上。在兄弟身上翻找翻找，又在耳朵、脚跟处的冻疮上抹了两抹。

清淮在柴房看书。流宝也过来，在他耳朵上、脚后跟各抹了几下。

童流宝也知道，一般人十来年以上才能上柜台，他童流宝十一岁到崇家，不出八年就把功夫做足，上了柜台，东家、师傅两头光。也许林普君自己不好给他脸子，就拿他两个小弟出气。他也只能睁一只眼闭一只眼，捶打嘛，谁不是这条路上过来的。

清淮放下书跟大哥说，他最近有了新乐子，发现好多药名很好听，像空青、蜚零、香薷、水苏、紫珠、蝉衣、竹茹、曲莲、白薇、降香、合欢、银翘、陆英、款冬、薏米、南烛、豆蔻、南星、苏叶……看字面就清雅如画，用苏北话念出来，音律悦耳，真不知道老祖宗怎么这么有文化，取了这么些雅名。泡在药房里看书，他就觉得五味皆雅，自己也有点儿像柜台上的张清欢，长衫舞袖，卓然不群，举手投足皆是味道。

提到张清欢，流宝说："张头柜本事大，年轻时候脾气可也不小。我就是被张头柜打出来的，但只被打过一年。"

清淮说："哥哥有什么窍门子？"

"第一顿打哪个都跑不掉，后面就分找打的和躲打的。别人五点钟起，我四点半，把事情抢了做掉了，哪个还打你。"

"我起得早，还是挨打呢。"清淮叹口气。

"那是手脚勤快，第一步。第二步，嘴要快，勤问，问在点子上，师傅晓得你晓得了，跟他想到一起，嘴上骂你话多，心里却高兴。就怕做事一声不吭的，往往把事情做砸了。第三步，脑子也勤快，举一能反三，干个活，别人一份你三份，三个答案让师傅选，总有一个适合的。

"做药工，手脚勤快的是下等工，嘴巴勤快的是中等工，脑瓜子勤快才能做到上等工。能做到东家贴心人的，还得心勤快，跟东家一样想事情。"

吉清淮眼睛一下子亮了。在龙王庵时，明月师傅说的话，他都半懂不懂，不知道怎么做，师傅就说不急，让他先背下来，长大再理解；白天做学徒时，林普君话都说一半，做得不对挨打，做得对也挨打，到脑子里，有个三分就不错了，哪深哪浅一点儿数都没有。

可流宝哥说的话，一下子就说到心坎里去了，本事揣上身就能用，下地就能走，这才是别人走过的路，都算是自己走过的路啊！

流宝跟这个干弟弟相处多了，一看他眼睛，就知道他又悟了，心里自然欢喜。他又说："二少爷给了我两本书，讲什么管理的，翻了几页，看得费力，你先拿过去看吧。"

流宝这个大哥，对他自然没话说，清淮觉得除师傅外，没人这么关照过他。对着炉火，不禁又对照起大哥和师傅的好处来。

如果有人问他想师傅什么，他最记得小时候看师傅做晚课，他把小脚伸到师傅嘴边，师傅也不恼不嫌，还含呢。清淮手小，师傅特意找人磨了一套小法器，小木鱼、细佛珠，都是小小巧巧的，看着就欢喜……

清淮忍不住，把手伸进袖口，拽出藏在里面的一小节珠串子，一颗颗手里盘着，连被师傅狠命打手心的滋味都想得要命。

师傅说他对佛祖不敬，赶他快走，他却一点儿不怨恨。记得临走前那一夜，师傅又叹气，说："师徒一场，只能渡你到这儿了。出去了不比在庙里，要多为自己想一想，不要随便做好人，做好人也要偷偷做。"

这话说得哪像个出家人，清淮的眼珠子被点亮了，惊讶地找那双眼睛，只看到师傅脸色蜡黄，眼窝深陷，深到看不出眼神。

师傅修行半辈子，临走却那么交代，清淮就知道师傅不是嫌他，是真疼他。师傅啊，你有病不能声张，那你就等着我学成了，回来给你开药。吉清淮鼻子一酸，几乎就要涌出泪来。

可再一想，流宝大哥说配方子的本事，至少要十年才能学会，师傅可能等不到了，就觉得四壁茫茫，更荒凉了。两股热泪，在眼眶子里也放凉了。

师 弟

林普君是不是故意的，也说不好，因为跟流宝没有亲戚关系的王应风，被打得最狠，还说他白长这么个大头了。王应风从此就叫王大头了。

王大头一看到林普君，就后脊梁骨发寒，脑门子冒冷汗。更何况，才到杂活儿，没用到识字呢，自己是个文盲的事情，哪天就要穿帮啊！

晚上睡到堂铺里，一想到这道关，大头翻身更勤了。小竹床咯吱咯吱，弄得流坤更睡不好。流坤最怕半梦半醒，他受过暗黑的惊吓，还不能说——“要不咱们就不治了，家里有剪子，墙上有绳子，家前家后有水码头，你自己挑……”这种黑夜的真相吞没了他的亲妈，凶手还是他亲老子。而面上，他还得跟老子装作不知——因为这么做，老子也是为了他。

这天晚上，流坤故意写几个字问大头，说：“给我看看呢，有没有别字？”

王大头跟触电一样，说：“等会儿等会儿哈，我要去磨个刀呢。”这一等，就拖到了流坤上床打呼噜，大头才回屋。

第二天一早，流坤又在大头床头等着，大头一睁眼，纸本子就在他面前戳着，流坤说：“帮我看看啊，我心里没有底。”

大头抓头，说“好好，我看看”，跟接火炭一样接过来纸本子。

“哎呀，还写到我啦。”

看来大头不是全文盲，“应风”两个字还认得。“嗯嗯，都对呢，我看没问题。”说着把纸推过来。

流坤说：“真的没问题？”

“行吧，反正比我写得好！特别是‘大字’两个字。”大头点头，作诚恳状。

流坤双手捏拳，笑得停不下来。

清淮晓得流坤没干好事，接过纸本一看，上面写着——师弟应风大字狗屁不识偏装羊。

大头大脸涨通红，看着清淮，被窝直抖。

清淮笑笑，说：“不碍事的，好多字我们一开始学也吃力呢。”

流坤出来就跟清淮说：“看来以后就我陪你了，大头待不长了。”

清淮说：“我也看出来了，但识字其实不是难事，你说呢？”

流坤说：“难不难的，问床。你听晚上咯吱咯吱的，犯难啊。”

清淮就笑了：“他是不想睡，你是不想起。我倒有个主意，你给他当先生，带他认字。”

流坤来劲了，刚学的字，正要找人显摆呢。之前在大童庄，每次清淮教刘小三子认字，刘小三子他大姐荷花看清淮那眼神，流坤都羡慕——她还从来没那么看过自己呢。

流坤心里美，嘴上却说：“觉还不够睡呢，闲得慌。”

清淮说：“半夜倒尿壶你就不用起了，可以让大头包了。”

大头被戳穿后，晚上连堂铺也不敢回，非要磨到两兄弟上床后，才挪进门。看到清淮坐他床上等他，更窘了，一只脚在内，一只脚在外，说：“还没睡啊。”

“跟你商量点儿事情呢。”清淮说。

“你说撒[1]，你说。”大头歪过脑袋，耳朵倒竖起来。

“我们两个晚上起不来，想多睡一会儿。”流坤也从被窝里钻出来。

“嗯，嗯，哪个不是呢。”大头看到流坤，他就犯哆嗦。

“以后这尿壶，就你包了哈。”

听流坤这么一说，大头想反抗，又不敢，大脑袋耷拉着，小拳头倒攥紧了。

清淮说：“别逗他了。是这样，流坤认了些字，想带你一块认认呢，你看行不行？”

大头瞪大了眼睛，看看清淮，又看看流坤，目光再回到清淮身上。

流坤说：“看什么看，就是怕你被撵跑了，我们又少个倒尿壶的轮班。这买卖，干不干吧？”

大头回过味儿来，眼睛放光，又有点儿犹豫，怕不是真的，说：“我，干吧！”

“还‘干吧’，不干拉倒。我哥说了，没准下周林二柜就来验

---

① 撒：方言中的语气助词，用于结尾。

文化了，我肚子里全是墨水还抖霍[1]，我看你是要老母鸡上窝——滚蛋咯。”

大头赶紧冲进门，脸都涨红了，说：“我干我干，我真的干呢！真的！”

清淮问：“你以前学过多少字？都怎么学的？”

大头挠头说：“我妈纳鞋底子收了些纸盒子，带字的，庄上登账先生碰到哪个就教我哪个，估摸着有百十个。”

流坤问：“那你怎么来的同柏？”

大头迟疑了一下，说：“是登账先生跟刘臣师傅打的招呼。刘师傅问我会不会写字，我说会，就写了个名字，他就说好。”

“那你后面打算怎么办？你也看到了，光药名就有上千，还有那么多药书要过，登账、记账、查账，哪一块都要用字。”

“我也不晓得，吃多少苦我都受得住，就是……”大头突然下巴翘起来，“你们要真肯带我识字，那一排的尿壶我包了。你们俩的，我也包了。”大头一步跨到清淮、流坤旁边，想抱又不敢，激动得直搓手。

自从流坤带着大头去药房认字，清淮都有好觉睡了。

认字，这里比大童庄有条件。那么多斗柜，一排一排地认过去，账本上的那些陌生拗口的药名，都动起来了，简直一排排手拉着手，朝他们身上跳。流坤都觉得自己的小脑袋被一把把钥匙对准了，全被打开了。

---

① 抖霍：方言，害怕、担忧。

清淮更是直观地感受到，中药五觉相通，有形、有声、有味、有效，背后还有深厚的底蕴。药书里有大量医药相关的历史典故、神话故事、民间传说：比如“使君子”，《开宝本草》就记载着“潘州郭使君疗小儿，多是独用此物，后医家因号为使君子也”；又如“蛇衔”，说有田父见一蛇被伤，一蛇衔一草着疮上，经日，伤蛇乃去，田父因取草治蛇疮，皆验，遂名曰蛇衔草也。

一门药学，背后星垂四野、通江达海，外引山川万物，上牵古往今来，内接五脏六腑、经络穴位，不怪林二柜故弄玄虚，果真深得很呢。

只有大头有点儿不着调，很快把流坤这个小先生的耐心磨光了。

“哼，还说自己认识百十个字呢！”流坤气呼呼地揪着大头来找二哥。

清淮问怎么了，流坤说：“土字读王，干字读王，玉字还读王，天底下都是他们王家的。哼！你啊，就‘王应风’三个字认得最溜。登账先生怎么干的？账没登歪就邪门了。对对，不怪你，怪纳鞋底子的纸盒子！”

流坤一发急，就拿出了林普君的派头，手指头还戳，就差一根鸡毛掸子了。

大头不敢回嘴，说：“这回真的记住了，真的！”

下回还忘。

流坤说：“你说我学费劲呢，我现在才晓得，你带我，真是不容易。”

清淮说：“其实也没那么难，我们一起来试试看。”

药房里十个斗橱一排，十排就是一组，这样的大柜子有七八组，铺满三面墙，每天要学一排。大头是真不开窍，党参好不容易记住了，换个西洋参，“参”字又成了头回见面的小陌生。流坤气得瘫在竹床上捶枕头。

“这可怎好，下周要真是验文化，你可真留不住了。”清淮也惋惜。

大头说：“我笨，但我不懒，我使劲背，我再使劲！”脸上显出勉为其难的表情。

清淮眼珠子一转，说：“这样，如果是我大哥来验，还好点。如果是林二柜，麻烦多了，但也不是一点儿办法没有。”

大头看清淮点头，整个人都像被拽直了，说：“清淮哥，还有流坤哥，你们的好我应风肯定心里有数！等我妈灶面饼摊子支过来，我每……每三天给你们带一个饼吃！真的！”

流坤也坐了起来。灶面饼一面烤得焦黄，一面嫩得出水，要是夹根油条在中间，顶上一只整鸡腿！

旋即又躺下：“那你有什么办法想，劈开他大脑壳子往里灌啊？”

“如果是林二柜，他会怎么考？”清淮打量着药柜问。

“还能怎么考，还不是这一排排柜子认过去啊。就是这几百个柜子，鬼晓得他挑哪几排。”

“林二柜多高，眼睛能看多远？”

“鬼晓得他会站哪儿！没准满堂跑呢，他不就爱显能吗？”

清淮不接话茬儿，问：“应风现在比较有把握的，是哪几排？”

大头说：“就这两组柜子中间的三四排，还能认个七七八八。”

“好！中间正好！到时候，给他支好椅子，泡好茶，看他坐不坐！”清淮咬咬牙。

流坤立马搬把椅子，照着清淮站的位置放过去，一坐，说：“哎，还真是的，椅子支在这儿，还有我大哥打掩护，你就准备灶面饼吧！”

清淮说：“别瞎说，大哥跟这事不相干。”

大头没日没夜带劲背，玩命写，日子总归要来的。

童流宝第一个进的门，后面跟着林普君，最后是张清欢，还把二刀老罗带来了。

三人心里一咯噔，完了！

清淮打头阵，闭着眼睛就能背。到写了，他磨墨铺纸，吭哧吭哧挺费劲的样子。

林普君刚想发火，清淮一手俊字儿就把他镇住了。这手小楷，整个同柏药店上下，只有张清欢能比得了！还有什么说的。

写了满满当当一页大纸，还要写，张清欢说：“够了够了，顶小半个秀才了！”

到流坤了，也不错，溜光滚滑，指哪儿都能来。到写了，一样慢慢吞吞，装傻充愣。

一出手，林普君鸡毛掸子也不好举了，至少工工整整，还带着笔锋呢。

到大头了，汗下来了。

流宝说：“张头柜，刚想起来税务站苗站长着急要点儿灵芝草呢，你看我先失陪一下？”

张清欢想了一下说：“哦，我去吧。”

灵芝草、冬虫夏草、犀牛角、牛黄、燕窝，是药店最名贵的几种药材，向来都是在中院小库房单独放着，还要单独上锁。钥匙有两把，一把在头刀身上，一把在头柜身上。刘臣走了，头刀那把就在老罗身上。

“嗯，这几个，有点儿意思啊！”张清欢看看三人，点点头，背着手往外走，还把老罗带出去了。

送走张清欢，童流宝拉着林普君说：“林二柜，站半天了，我们去那边坐会儿。”拉着林普君坐上椅子，流坤赶紧端上一壶茶。

“还是要严师出高徒，我这两个弟弟，在家不成器，只有你调教得出来！”

林普君嘿嘿一笑，说：“这几个小家伙儿，记恨我还来不及呢。”

“不会的不会的，林师傅，我们仨徒儿感谢您老人家的栽培！”大头赶紧接过茶杯，毕恭毕敬上了一杯茶。

“你赶紧吧，完事了我们还要去听书。”林普君往那儿一坐，只能看见中间零七、零八两组柜子，下半截视线被柜台挡着，最上沿两排又被帷幔挡着，可不就只能挑中间三排嘛。

林普君果然眯着眼说：“中间三排，你念念！”

王大头摇头晃脑，连读带背，也还算流畅。

读一遍，再埋头慢吞吞写一遍。

林普君的耐性终于被磨完了，说：“好了好了，不读‘党规’，读‘当归’！别字哈！今天不错，每人手伸出来，奖励一下。”

三人把手伸出来，林普君操起鸡毛掸子，挨个抽了一下。

流坤被打火了，这算什么？！奖励？

林普君看出来了，说：“你小子想弄个明白是吗？好，这一下子，是告诉你们别傲，别认几个字就以为入药门了。药饭啊，难吃着呢！”

说完鸡毛掸子一扔，扬长而去。

鸡毛掸子照例，要由最后一个挨打的人送回他的房间去。

没几天，王大头真的带了灶面饼子来答谢，还给流宝也带一块。

“你妈已经来镇上了？”流坤也多少年没吃过这饼子了，咽得味儿都来不及尝。

“嗯，好吃呢！”清淮是头一回吃这玩意，就觉得甜滋滋的，不是糖的那种甜味儿，是粮食自带的那种甜性。

流坤说：“我说的吧，热的更好吃。”

大头看着他们俩，嘿嘿直乐。

“有咱妈在，以后吃饼子不愁啦。下回带我们去摊子上吃热乎的行不？”流坤美上了。

“对，我们也去谢谢你妈去。”

“远着呢，改日子。嘿嘿。”

流坤咽完了自己的，瞅着大头手里剩下的一块，说：“这是给我哥的？”

大头说：“是呢。”

清淮说：“流宝大哥这块，你就自己吃吧。帮你的是你自个儿，最多有我们，跟他没关系。晓得没？”

两人不解地看着他。大头还不敢问，就剩点头了。剩的那块，大头自己没吃，晾成了干饼子，不晓得塞哪儿去了。

隔三岔五地，大头就给他们带饼子，冷的。清淮看不到大头吃，更看不到大头妈，问她怎么不来看看，大头就说在东头，东头靠菜场，生意好做，不大过来，要么就是身子不好，这几天没出摊。

吃了几次饼子，清淮跟流坤说：“下次别吃他的饼子了，我看不像他妈做的。”

流坤说：“我也说不像呢，哪有靠着儿子不上门的。八成是大头在东边买的。”

“是啊，要是买的就犯不着了，他哪有钱？”

“没钱跟我们充什么大头！”流坤来气，心想还真是大头。

“可能有他的难处吧。都是师兄弟，体谅点儿吧。”

“这次带他过关，我当先生，还挺带劲。要不是这个，我才不睬他。”

还俗后，清淮教过不少人认字，他认为本事是师傅传的，从来不觉得是自己的，交出去也是应该的。这回大头过关，不是自己亲手教的，却让他最痛快——穷人间接济个米啊面啊的，下了肚就没了，文化给了人，传一圈下来，大家都有了，自己肚子里的还在呢。

又想起明月师傅说过，不懂的，先背下来，以后再悟。当时一边哭一边背的那些道理，现在好像能摸到一点儿边了。

老 爷

大头过关后没几天，张清欢来找二少爷报告：“有几个大户说出的料不同了，刀法不一样，问怎么回事呢。”

二少爷认为这是来将他军的，反问：“这么长时间，带不出一个能抵得上的头刀，你这个头柜，要反思呢。”

张清欢说：“刘臣师傅那刀工，能把这个空缺顶上的，只有老爷亲自回来了。”

二少爷说：“你一个头柜，不要就会跟我摊手，摊手我就拴根木头在柜台上了。”

张清欢气得胡子直翘，脸色惨白，脱去长衫说：“请少东家找根好木头吧。”

老罗也走了，只能林普君和童流宝下刀房切药去。两个柜台的人，躬在后场里叮叮当当，回柜台的时候，青袍子上一身粉末子。林普君也不掸，嘻嘻哈哈。

张清欢口头辞了职，人不在了，东西却没搬，好像随时能回来。果然没一个月，崇老爷回来了。

老爷一家是坐船回来的，老鲁带着清淮、流坤在码头上接。吉清淮是第一次见着崇老爷，五十几岁的人，四十来岁的模样，满面红光，头发带点儿自然卷，加上一身洋装、一根文明杖，还真有点儿洋味儿，不像中药掌柜，倒像银行家。可在他心目里，上海滩那个处处充满洋味儿的地方，出的人就该是这样子的。

一同回来的还有二太太，搀着个五六岁的小姑娘。母女俩到底是上海滩来的，白的像从面缸里捞出来的，尤其是小姑娘的头发又黄又卷，活像个洋娃娃。从头到脚，穿戴使唤，都是清淮、流坤没见过的。

小妮子刚下船，似乎还带着起床气，哼哼唧唧，哭哭啼啼，要吃冰激凌，鼻涕眼泪一把抓。二太太皱着眉头骂：“你再蛮，再蛮就再不准回上海了。”

“我不要在这儿！我不要在这儿！”小姑娘赖着不肯上车。

老鲁嘿嘿笑，说："三妮子，我们老家这儿好吃好玩的多得很。"

小妮子根本不理，小腿蹬得像兔子，竟就地打起滚儿来。

二太太板着脸说："早跟你说了，老家不比上海，你要冰激凌，就催你爸早点儿带我们回上海！"

崇老爷沉着脸，左右不说话。

这还没到家，就念着回上海，老鲁不好搭话了，清淮、流坤更是头都不敢抬，心想这又回来个"偶骚"了。

但孩子闹得更欢了，二太太不肯哄，崇老爷哄不住，还是清淮从袖口里拽了一把小串珠，才勉强止住了她的泪。

老爷第二天才到前院来，还带着几个生面孔，卸下来一堆中药西药，又磨房、药房、料房、厨房、账房转了一圈，然后召集大家开会。张清欢、刘臣、老鲁、老罗，还有好几个老师傅都来了，二少爷垂手站在旁边，大家心里就有亮了。

崇老爷开场白，也是清淮预料的那种："同柏的生意，大家都费心了。"

一句话，他轻描淡写，下面人都快哭出来。

崇老爷继续说："听说前段时间，掌柜有点儿心急了，本意是好的嘛，有些老人不适应，很正常嘛，有误会就说开，说开了就好了。"

顿一下又说："说是崇家的生意，也不能说只是崇家的，特别是刘臣，你就不能跟我分里外嘛。还有你张清欢，掌柜年轻，你们要带着点儿，不能一走了之嘛。林普君就很好，虽然来的时间不长，撑着柜台等我回来。还有老鲁、老罗，你们都是老人了，崇家规矩不能说改就改的嘛。”

说完看看二少爷。二少爷立马欠欠身说：“张头柜你来这边坐，这边敞亮。”

二少爷又说：“刘师傅啊，上回我让他们传话给你，给你备的节礼，他们还跟你说了啊？”

童流宝听着这番话，心想：老爷像是怪下人，又像是怪掌柜，下人像被顺着毛抹的犟驴子，舒坦得直伸脖子，面上也给掌柜台阶下，不影响他在下面的权威，要学呢！

童流宝环顾四周，众人反应不一，老罗还有点儿不服气，嘀咕说：“老爷还不晓得二少爷都做了多少蜡烛事[①]呢，晓得了才不能饶他。”

老鲁拽住老罗袖口，示意他闭口。

张清欢、林普君频频点头，表示自责；其他药工头抬得高高的，好像很受鼓舞。

刘臣低头不语，眯着眼睛，脸上没有表情，手里盘着药刀子。

只有段先生坐在老爷旁边，跟老爷点头互动。还有吉清淮，半昂着小脑袋，瞄着众人，左顾右看，正好跟流宝对了下眼神。

流宝心里一热，这小家伙儿，也在学呢。

再瞄流坤，跟大头他们一样坐得毕恭毕正，装着大人。他叹口气，兄弟啊，你要真的听进去才好啊！

崇老爷喝口茶水，说：“大家有什么想法，今儿个敞亮了说。”

刘臣带头说：“崇家的生意现在都在外头，家里是个什么开法？

---

① 蜡烛事：方言，缺德事。

要是还做，我们老的也要晓得是怎么个做法；要是不做了，我们也要个准话，不给东家拖后腿。”

崇老爷说：“怎么不做？要做，还要做大！二少爷正好要去外面看看，让他再去捶打捶打。以后我在家多点儿，家里生意，你们都要当自己的生意做。”

众人互相看看，都有点儿沸腾，又有点儿难以置信。上海滩已经开了四班铺子，老爷怎么会回到乡下这个小镇子？

崇老爷看众人迟疑，说：“同柏开店再多，这是总店，是根！二太太这回跟我把家都搬回来了，还不信吗？崇三妮子都跟着我回来上学了。”

崇三妮子是老爷老来得女，称得上掌上明珠。众人这下更雀跃了。

清淮这才弄明白，码头上的那一出，究竟是个怎么回事。

有人回来，就有人离开。二少爷很快就离开了平泾镇，老爷让童流宝去码头送他。

二少爷说：“你晓得的，他们都是看着我长大的，我是对事不对人的。外面世界都成什么样子了，他们只管埋着头，总还当自己是江淮第一。我也是着急啊。”

流宝说：“外面到处打仗……”

二少爷摇摇头：“不是打仗，是挨打。要补的课太多了。西洋、东洋的东西横冲直撞，军队是一碰就垮，多少老行当还没被打醒，就等着死吧——中国都在掉渣，哪个还把中药放在眼里。”

童流宝不知道怎么回话，二少爷继续说：“我这回出去，家里你代我听着点儿，多少地方帮我把住，以后还有机会处事的。”

童流宝愣了一下，随即反应过来说：“二少爷这是把我当贴心人了，我有数了！”

二少爷说：“崇家摊子不大，但也够吃些年头的，要不是大太太、大少爷看得这么紧，我妈跟我也不至于这么瞎操心。我妹又太小，你代我留意点儿，以后我们弟兄都好算！”

“这回我就是没有自己人，换下来的没人顶上，才栽这么一个跟头。”说完捏捏流宝的手，上了客船。

流宝想，这二少爷还没死心呢，下回再回来，还不晓得要掀出什么风浪。

二少爷这一趟，走的是老爷来时的路。运河上的船，客舱分两等，他在上面一层，有个独立的小包厢，不必跟闯去上海滩的苦力们挤大舱。哼，挤什么呢，上海滩有的是刷马桶、扛大包的活儿等着这些江北佬，搓澡、修脚的技术活儿，更是非他们不行。

这上下一隔，自然舒适，但也让他生出别的担心。流宝再玲珑，毕竟不是一个阶层的，他刚才的话，不晓得听懂了多少。其实他学的也是他爸的话，战争的迫近，行业的变革。虽然他自己也学不出整话，但好歹是上海滩待过的，比照着洋人过日子，总是没错的。而真正的寒气，其实是从他妈那儿传递过来的，打小就是。两房从平泾争到上海，各有斩获，算是势均力敌。同是生了儿子，儿子同样读了大学。而他妈更年轻漂亮，面上温顺谦让，似乎还更得宠一些，老爷生活起居都是她操办。前几年又添了崇三妹子，老爷更是宝贝得不行。

但大哥很快又生了一对双胞胎小子，长子又长孙，二房失去了可以说代表未来的一城。且在两兄弟的竞争里，他二少爷是绝对占下风——大哥是最像老爷的人，连下人们都跟着说。那个处处权威的父亲，做得再对也只对他哼一声，更多时候，他做什么都是错。

他成了二太太阵营的短板，是唯一一个让父亲随时收敛笑容的孩子。像这回父亲就怪他，说："教你厚在人前、薄在人后，你回回都玩反了。"

慢慢地，二少爷只想逃离。只要不在老子眼皮底下，天都是蓝的。一边渴望肯定，一边又想着逃离老子身边，二少爷在这种矛盾里，回到江淮，又返回上海。头等舱二十四小时供应茶水，喝一口茶水，叹一口气，江淮难出好茶，而这水路什么都好，就是太慢了，三天才能到镇江，完全没有"efficiency"。到了镇江转火车，半天就能到上海了。

波光粼粼里，运河像古代淌过来的一条河，没有跟着时光共进，流淌的还是过去的水。水面上的金光，也像是那个时代的金光，跟现在没有关系。

父亲说过，运河事关国运，盛世时，运河要么通北京城，要么通洛阳、开封，隋炀帝也好，康熙、乾隆也好，都是坐着大船来的。哪像眼下，断成好几截，船过了清江浦，人货就得上岸转陆路。父亲就摇头，说这像什么话！

父亲说，怎么总是父亲说！二少爷再饮一口茶，想把脑袋里的父亲冲出去，但一口茶还没下肚，又盘桓上了：听说最近老爷在上海又搭了一个姑娘，没准还要纳妾，到时候三房妻室，最尴尬的不还是他们这一房吗？

他拉上帘子，把烦心事关在外头，蒙头睡去。一觉醒来，"小上海"就会是大上海了。

五 宝

晚上，流宝来堂屋看兄弟俩。流坤刚跟大头写完两张大字，睡着了。清淮在柴房看书，流宝进来了都没发现。

他越来越喜欢扎在柴房看书，他觉得中药大都是天然的植物、动物、矿物，其形态、色泽、气味千差万别，产地有东西南北、山泽燥湿之殊，性能有四气五味、升降浮沉之异，再加以古代传统文化氛围的熏染、渗透，中药命名的途径、方法多元，很像汉字有形、有声、有意，还多了味和效，五维一体，是中国人思想文化意境的综合，沉浸在一起，就是浩瀚沧海，意境无限。

蹲在药味儿里看书，像泡在夏天的湖水里，温暖而纯粹。每读到妙处，就有一阵微风拂来，水面上，金波粼粼。芦苇荡里，芦花轻舞飞扬。也有点儿像师傅在诵经时候的状态，梵呗铺天盖地，气度不凡。那些庄稼人，尽管什么都听不懂，白茫茫的眼睛里也有了光，木讷的脸上也有了笑模样，那是一种有所信、有所托的眼神，黑夜也因此有了亮。难怪师傅说，鉴真大和尚当年就是传法也传药，带了几百味本草和上千个药方子过去，汇成一本《鉴上人秘方》，可惜已经失传了。

“对了，二少爷把几箱书都留给我保管了，你可以去我那儿挑挑。”流宝踌躇了一下，还是拍了拍清淮。

“都是些什么书？”清淮眼睛亮了。

“什么《国富论》《海权论》，还有西医、西药、化学方面的，没一本好认的。”流宝摇完头一笑，问道，“会上看你小脑袋直愣愣的，听出什么来了？”

清淮说：“老爷跟我想象的一样，又不一样。”

流宝笑了：“哦？你说说看呢。”

清淮挠挠头说：“我知道他会这么说，但话从嘴里出来，是那个意思，但又不是那个说法。”

“嗯嗯。”流宝为这几句话很高兴，接着说道，“看来你真听懂了。那是老爷的水平！对了，老爷闯上海滩的故事，我还没跟你讲过呢吧？”

流宝记得，那是民国十四年，也是黄河改道进了淮水，里下河洪水滔天，多少苏北人扒过路船，坐上三四天到长江渡口，过了渡口到镇江，再扒火车去上海。

“崇家当时就平泾镇这一班药店，把铺子丢给张清欢几个，自己带着几个方子出去闯荡。他不上黄浦江上扛大包，不去闸北刷马桶，也不进虹口澡堂子里搓大背，一个苏北老乡也没找，倒转到老字号回春堂的后门，用脚尖拨弄拨弄倒在巷子里的几味药渣子，就有数了。

“他进店就挑战头柜，我们这行叫‘踢柜’。头柜是一个药铺的魂，头柜倒了，药铺就没脸了。一问一种药的用法、切法，就知道深浅了。掌柜赶紧迎出来，说世道艰难，西药店太狠，青帮、洋人一个比一个会吃人，同行留口饭吃。

“崇老爷也没为难他们，请回春堂里给他留了个小柜台，就卖他的药膏子。上海的冬天也很湿冷，他的膏子一出，多少拉黄包车的冻坏的耳朵都不淌水了，没过几天就结疤子了；裆烂的拿膏子一搽，没几天疤子就自个儿掉了，简直神乎其神。”

“就是你给我们抹的小蓝瓶‘全都管’吗？”清淮早就发现，抹了这个小蓝瓶后，冻疮再也不痒了。

流宝点点头说：“外面都传同柏药店有‘五宝’，一宝是活字招牌张清欢，一宝是铁算盘段先生，一宝是头刀刘臣，还有一宝就是这小蓝瓶‘全都管’。在上海滩，中国有多少能人就不说了，就看有多少西医西药，那是能把你黑皮换成白皮的地方，结果老爷硬是岔进去了。

“崇家第一班药铺，立在四川北路，门面不大，一排锃亮的挡板刚下下来，人挤人啊，头炮打响。那些苦兮兮的人，都是他的活字招牌！‘但愿人皆健，何患我独贫’，生意做得再大，不忘贫苦人家。他的规矩是，一年四季，药铺里茶水不脱，热毛巾不脱，不管打不打药，花子进来都能倒茶喝。

“还不是一般的茶，同柏药店的大茶壶里，备的是崇老爷、张清欢、刘臣师兄弟三个调了多年的崇家花药茶，夏掺金银花，冬熬大红枣，夏冬不重样。平泾人几乎都是喝这个茶长大的，到了上海滩，一样红火。”

“还有我们店里的崇三闺茶吧？这药茶就是同柏的第五宝吗？”清淮问。

“对，那是崇老爷添了崇三妮子那年，往花药茶里加了几味，给二太太调理身子用的，后来才拿出来单卖的，女客喝特别适宜。光这花药茶和闺茶，做成茶包单卖，一天就能卖个几百包。

“有穷人身上烂了，没有钱买药，崇老爷就说记账，拿力气换。怎么叫个拿力气换呢？药房有大宗买卖了，客户一个电话打过来，说个地址，药房就喊黄包车去接，拿小黄纸片子抵车资。攒到了小黄纸片子，车夫可以来换药，还可以转给同行。这样一来，大宗客户来的就更勤了。黄包车夫最多的就是力气，拿来换药最划算了。

“刷马桶、搓背、修脚，这些手艺都能换小黄卡，大宗客户从头到脚都被答谢，生意能不好？而换出来的小卡片，还可以给其他病人算成折扣去买药，又给同柏带来了生意。”

清淮眼睛蹿出火苗子：“这也可以！”

“是啊，黄包车的小卡片置换范围又扩大了，只要拉客人到店消费，都有卡片拿；只要来药店接客人走，也有卡片可以换。这样一来，整个四川北路上，黄包车都在同柏堂门口晃悠，生意不好才怪。

“而老爷的药膏子，成本我是晓得大概的，没几个钱啊。所以同柏药店不管开在哪边，都是一开一个红。而且上海滩多乱啊，多少店铺被敲竹杠子、打秋风，同柏堂不拜码头、不进堂口，生意一样照做，秋毫不扰。人说这是同柏的宝上宝——崇老爷的慈悲心。”

清淮心想，“但愿人皆健，何患我独贫”，如果乱世还有良心，那同柏就是乱世的良心、在世的菩萨。

流宝好像看到了清淮的心，又说：“再菩萨心肠，也是做生意的，挣不到钱，名声也不能当饭吃。要是看不到这一层，还是不能跟东家想到一块去。二少爷着急的，其实就是这一层。谁要真独贫啊！只不过他心急了点儿。”

这话，流宝只有跟清淮说。清淮点点头说：“我明白了，老爷是开源，二少爷这边，平泾就这么大，他就节流，目的都是盈利呢。”

流宝说：“可以啊你！只晓得当菩萨，老爷没饭吃，哪里有我们的饭吃。所以，菩萨给东家做，我们就要想着帮东家挣钱才行呢！不然老爷可不是独贫了，我们都得跟着挨饿。”

清淮说："大哥，难怪他们说你不管哪个来了都不倒呢，我今儿个真是学到了。"

流宝说："立不立、倒不倒的我不管，我只晓得有个东西叫作规矩，东家一定要挣到钱，伙计一定要用得上，兄弟一定要帮得上，子女一定要立得住。

"多少人，不就是像鸡鸭猪羊一样地活嘛，饿了吃，渴了喝，困了睡，被人问到意见，开口就是一句'我觉得'。但是你要晓得，鸡鸭猪羊不动脑子，躺得舒坦，是因为要拿命去换的。

"你一个人，带着脑瓜子，看过书写过字，就是要跟他们活得不一样，不要张嘴闭嘴'我觉得'，'我'又算个什么东西啊！第二个，不要问跟你一样的人怎么想，他们要是晓得怎么做，也不会几十年和你吃同样一碗饭了。

"不要'觉得'，要多想，东家会怎么想，官家会怎么样，比自己高的人会怎么想。你不是做过和尚嘛，你就记住，同样是泥瓦匠，别人是砌墙的，你是修庙的，就行了！"

清淮眼睛又亮了一下，这句话像一旁的炉火，把他整个人都点着了。他想一想说："哥，我突然有个感觉，你说二少爷那样做，说到底，未尝不是老爷的意思呢？"

流宝瞪大了眼睛："小和尚，你胆子也太大了。"

清淮说："我是听你说的，东家一定要挣钱，伙计一定要有用，子女一定要立得住啊。"

流宝说："兄弟啊，哥哥刚才是高兴，现在是害怕了。好多话，就我们兄弟俩晓得，流坤那边都不要讲，还记住啦？"

清淮点点头说："一直都知道呢。"

天 台

这么大一个同柏药店，每块地儿都有眼睛盯着，学徒们只有一个地方还能发发呆——晒台。

最好的太阳，都在屋顶上，晒台就在库房的屋顶上。梅雨季刚过去，那么多中药材要翻晒去霉。上晒台，也是手艺。一个五六米高的竹梯子，把个八仙桌大小的晒匾子顶在头上，一手扶梯子，一手扶晒匾子，一脚脚朝上蹬。

不能急，不能颠，药材都是切好洗净的，一翻，整个库房的人功夫白费。也不能慢，好太阳就那么一会儿，上百个匾子都要晒，哪个等你？

下梯倒是好玩的，厉害的药工下梯就像坐滑梯，脚不沾梯就一滑到底。所以上梯子要稳，下梯子要快，手脚要协调。忙起来噔噔噔，竹梯子咯吱咯吱，很带劲。

一般上梯需要两个人，一个在地面抵住梯子，一个顶匾子上晒台，轮流上下，互相托付。两个配合默契的药工，能赶在太阳最好的日头，把百十个匾子从库房架子一个个挪上晒台，看着就麻利，苏北话叫“刷刮”[①]。之前清淮跟流坤搭档，很快就刷刮起来，后来发现王大头有点儿吃力，清淮就主动来帮王大头。

晒台上，是另个天地。库房本来就高，站在平泾镇的最高点向后

---

① 刷刮：方言，做事干净利落。

看，同柏的这个三进院落，就看得清楚了。头一进里，药工们进进出出，或躺或坐，翻药、炒药、切药、撮药……第二进要安静得多，主要是各房领班以上的宿舍，白天他们都在前院忙碌，只有老鲁叔和几个伙房的伙计进出。

再后面那一进，是东家的家眷生活区，就不能随便看了。

向两边看，平泾镇不再是一条天街，而有了纵深感。西面是运河，船舶穿流，大运河在这里并不是直来直去，蜿蜒曲折，倒像是故意兜起了圈子。东面是火柴盒般叠在一起的民居，中间有条细河来回穿过，把镇子截成三块。

跟他们庄子不同，平泾镇上都是四合院子，瓦房多，远看像一个个小格子。每个格子里，都像大轮船上的桅杆，升起花花绿绿一片“旗帜”，那是一家老小的浣洗衣裳：小娃娃的花被褥、大姑娘的月经带、男人的短衫、女人的蓝头巾、老婆婆的裹脚布……热烘烘的太阳下，交织起一个家的温度。

少年们眼角潮湿了。是啊，来了快半年了，嗓子都开始变粗了。

清淮没有家想，他就想师傅。发大水那一年，眼看着河道涨起来，洪水漫过山门，四大天王只在水面上露个肩膀，像在水下拉网捞鱼。师徒俩地上待不了，只好扒大殿顶子上——可不也就这么高嘛。

那会儿山阳镇洪泽一片，砖瓦房还露个顶子，茅草房子一泡就倒了，正殿算是镇上不多的正规建筑，龙王庵庙顶成了个水码头。很快，灾民坐木桶、睡门板，四面八方渡过来，上了顶。

师傅发了几个野菜团子，左右不够分，索性也不分了——清淮也不能饿着。

就算被逼到房顶上，龙王庵还是按时坐班念经。可清淮料不到，木鱼声刚起，房顶上一阵哄笑：

“大水都冲了龙王庙了，还念呢！”

“菩萨不保我们就算了，连你们都不保啊？”

清淮脸上火辣辣，也不知道怎么跟自己解释。师傅刚布施了接下来两天的口粮，就为听得这一声声不敬吗？

师傅的脸色一点儿没变，一遍经念完，眼睛这才睁开来，跟徒弟说：“找不着路，就再爬高点儿。”

师傅的话，总是半文不文的，不像药铺里哪味药管哪种症，都写得明明白白。心操得挺大，“度一切苦厄”，可佛身还在水里泡着呢！

“听说你是和尚庙里养大的？”王大头看清淮在发呆，主动问。

“嗯，我没有家，只有一个师傅。”

“我家也不剩啥了，就一个妈。”王大头说。

“哦。有妈好，有妈会管娃。”

“嗯，我妈以前也管，后来眼睛得了病，看不见了。”

吉清淮看着王大头，问：“你家就你一个？”

“嗯。”

“那她怎么活？”

“就自己管自己啊。我们都说好了，这三年，各人把自己管好！等我回去，带她看眼睛。”

吉清淮望着王大头，想到他怎么挨打都打不走，东家赏的半吊钱舍不得花，灶面饼省下来都要晾成干子，是因为这个。

“那你给我们带的灶面饼……”

“我在天街上买的。”王大头低下了头。

“我妈让我在外面别说这些。”沉默了一会儿，王大头说。

“啊？为什么呢？”

“说别人晓得了，要欺负我的。”

“那你还跟我说！”

“你好嘛。”

“我师傅也让我不要随便做好人，说做好人也会被欺负。”

“那你还对我好！”大头也笑，“再忍忍呗，等我们出师了，就不挨打了！嘿嘿。”王大头就会嘿嘿笑。

他们都信着吃了苦中苦，方为人上人。但各人秉性到底不同，不是吃苦就能补的。

王大头的视力，好像是有点儿斜。一刀下去，大家都喊歪了歪了，他还看不出来。林普君总说他是故意的，就是图省事想躲懒，就打他打得更狠。

王大头也不申辩，好像挨打是默认的教学，挨完了打嘿嘿直笑，粗着正在发育的嗓门说：“师傅都是为我好呢。”

脑门子贼大，记性倒不好，好不容易把药名记熟，会读会写了，记药性又老串。像“汤头歌”“十八反”“十九畏”，清淮练上个把月，流坤他们也就两三个月，手上心上就有数了，他就是记不住。

夜里，清淮、流坤轮流带他死记硬背，刚好一点儿，睡一觉又蒙了。自己急得一头汗，越急越记不住。只有林普君的鸡毛掸子上下翻飞，好像还有点儿用。

“麻黄汤中加白术，下一句呢？”

“麻黄汤中加白术……麻黄汤中加白术……哎呀那个那个什么来着，那个……怎么回事呀今儿个，就嘴边上了。”

众人捂嘴笑。林普君一鸡毛掸子上去，王大头整个人一抽搐，直跺脚："哎呀就在嘴边的，真的真的……咳嗽短气成效彰？"

林普君再一鸡毛掸子，打得更重，说："你这是要杀人啊！"

大头吃痛，不敢揉，猛一拍脑门，大叫："温困身疼总能医！"

众人大笑，还是鸡毛掸子管用！吉清淮、童流坤又笑又气："哎！满一年要到东家那边挨个过堂的，看你怎么弄？！"

那是让清淮悔到肠子青的一个早上，王大头梯子练熟了，胆子肥起来，不等清淮上碾子回来，一个人就敢上晒台。顶着匾子朝上走，快到梯子一大半了，梯子下面一头突然滑丝，连人带匾翻了下来。

这一跤，不轻，半天起不来。陈皮翻得满头满脸。

他晓得自己要挨锤，想爬起来，但好像哪里摔坏了，人动不了，嘴里还说："没事没事，嘿嘿。真没事，嘿嘿。"

师傅们果然循声而来。林普君操起鸡毛掸子，没头没脸一顿抽。

童流宝看着，没说话。

张清欢说："学了也小一年了，不是这块料，就不要死撑了。"

王大头这下才不爬了，瘫在地上，口鼻蹿血，手都抬不起来了。

吉清淮看着不行了，扑通跪在旁边，说："赖我赖我，是我在下面没抵住。"

"你护他？！你自个儿还有几百下子记在我这块呢！"林普君打得更狠了，边打还骂，"瞎妈养个瞎儿子，上个梯子都上不稳！"

吉清淮心凉透了，原来他们都晓得！晓得还要这么糟践他！

他纵身扑到王大头身上。他不能说话，说话也没分量。

林普君隔着人，打得不得劲，也打累了，趁势歇了手："好，你要做好人，我问你，这一大匾子陈皮，我们一根根切成丝，要切几个钟点？！”

吉清淮说：“我切！今儿个晚上我不睡，也切出来！”

林普君这才哼一声，扔下鸡毛掸子走了。

张清欢摇摇头，又说：“真的，药饭不是哪个都能吃的。”

王大头愣愣地看清淮，脸色惨白，想说句什么话，嘴一张，冒一个血泡泡。

这一跤，真跌坏了。

王大头本来就有点儿斜视，这回走路都走不成直线了。养了几天了，还不见好。别人说你又歪了，他说没事没事的，悄悄把手拿出来扶墙，又知道不妥，再缩回去。自己也觉得歪得不像话，手也无处安放，就抓头，还咂嘴，说就是昨儿个晚上梦多了，就是缺觉，嘿嘿。

头柜、二柜都在的时候，梯子放在那儿，他偏要来一句“放得有点儿歪嘛”，作势去扶一扶。

林普君不说话，冷笑。

张清欢背着手，胡子在抖。想了半晌，把林普君叫进去。

林普君出来时，直摇头，说：“绝事倒晓得找我做呢！”

王大头缩头夹颈站在院当中，看着林普君朝他走过去。

童流宝、吉清淮、童流坤都站定了看着。

林普君倒笑了，说：“你不要怪我，打你是为你好，不打你了，也是为你好。”

王大头喃喃说：“我睡一觉就好了，真的。就是缺觉，就睡一会儿，肯定好，真的！”

他拉着衣襟在说，眼睛也看着衣襟，好像衣襟能定他的去留。

“大头啊，打都打不出来的本事，就揣不上身了。我跟头柜说说，你再睡几天养养。睡饱了，换个行当一样吃饭。你还小呢。”

清淮眼睛看着流宝，指望他说两句。

流宝不说话，径自走了。

大头走的那天，自己没哭，清淮眼睛哭成了桃子。他哭大头，更哭那个瞎妈。

流坤还说呢，也好也好，不受这个穷罪。流宝收拾了一包金银花，让大头带回去给他妈洗眼睛，说：“你们也别怪头柜，不是头柜心硬，不作为、养闲汉，跟东家、跟下面都难交代啊！”

“嗯嗯，不说了不说了。”大头沉住气的时候，也有点儿大人样子。小一年的摔打，也看得出长进。

清淮往小包里塞了两个银圆，说：“给咱妈买点儿好吃的，就说你学成了。”

大头不知道说什么好，也不知道自己为什么值得清淮这样对他，刚长出来的喉结一上一下，他定了定神，拽了一下裤管，抬起了右腿要朝外走。

跨过了门槛，他不敢回头，走着走着又歪了，他一把扶住了雨廊下面的漆柱子。

他终于可以扶墙走路了。

第三章

琉璃屋

这段时间，林普君没有大头可以打了，鸡毛掸子全冲小哥俩来了。

两兄弟都好像被大头带走了魂，清淮一想到瞎妈的指望没有了，就像药刀子切到了手指，连心疼。还差一个月，他就能拿钱了，瞎妈得多高兴，就差一个月啊！

两个小兄弟刚要抬匾子，一头轻一头重，匾子跌在地上，丸子掼成了饼子。清淮正要抖霍，老罗说："我们是不打你，要是二柜在，皮又要扒一层了。"

晚上，店铺上了挡板，账目盘点完，流宝说："来平泾一年了，还没带你们出去逛过，今晚出去吃。"

清淮问："林二柜放假了？"

流宝说："消息挺灵嘛。不要怕了，二柜休假回老家了。"

天 街

兄弟三人从药铺出来，滑进平泾最热闹的天街。

人流像水一样淌动起来，耳边顿时嘈杂起来。天街几乎看不到天，也就两三人并排能走这么宽，推个独轮车都会不了车。两边门面临街有雨檐，二层都有木阁楼，天被遮得就只剩一条线了。楼上推窗伸个手，街对面人家就能握住。

两边全是门面房，裁缝店、粮油店、剃头店……一家挨一家，灯笼、店招层层叠叠摞在一起，从地上挂到天上。大部分店都开始上挡板打烊了，人群还不肯散，往有夜市的东头去。跟药铺一样，说是店铺，晚上上了挡板，就能睡人。各家伙计们，就跟清淮、流坤一样，打开铺盖，开始铺床。各家的掌柜们则穿过弄堂，往二进院子走去。

认识流宝的街坊不少呢，都知道这是同柏的小尾柜，一路有人打招呼。流坤说："哥你怎么认得这么多人？"流宝笑说："你们不出门，还不晓得同柏对平泾人，是什么个分量吧。"

清淮说："谁家都免不得小病小灾，都晓得早晚要到同柏门上。所以同样是做生意，咱们药师多少分量重些，是吧？"

流宝说："这条街上的人，男女老少，从生到死，可以说都跟同柏有关。你们信不？我数给你们听，且不说都是喝同柏药茶长大的，就说洗澡的药皂、小孩儿挂的香囊、老人抹的明目膏、调理经络的药膳、女人喝的闺茶、男人喝的药酒……不光是用药，同柏就是平泾人的生活，吃穿用度无一例外，就连什么时候该换季加减衣裳，都是照着同柏过日子。你们说是个什么分量？”

流坤掂着这分量，心里却无来由惦记，大刘家就一个杀猪的屠夫，还要跟他家论门第呢。等我下回再回家，看他家看我的眼神同不同。对了，等发了工钱，下回单独来给他家荷花挑个东西回去。

来到东头一个丁字路口，路一下开阔了一倍，两边各上了一排汽灯，呼呼作响，照得青石街面冷冰冰的亮。北面这盏灯，照着黑漆漆、金闪闪一块大店招——震丰园。这是镇上最大的饭店，跑堂的站成一排，桌子板凳都是松木做的，漆得溜光水滑。外地人都想不到，南边的邵伯、瓜州，北边的河下、窑湾，运河一条边的大镇渡过来渡过去，都难见这么阔气的堂口，出的也是呱呱叫的淮扬菜。光是邵伯的菱、高邮的咸鸭蛋、宝应的藕，就能鲜得人舌头掉下来，不亏了叫“运河三宝”。

江淮水多，河鲜、湖鲜、沟鲜、塘鲜满桌爬，据说震丰园最得劲的就是“十六仙”——“运河三宝”在内，分为“地八仙”“水八仙”：软兜、蟹黄包、螺蛳、慈姑、甲鱼、螃蟹、河虾……一套“十六仙”下来，一般人家根本掏不起，多是外地客坐着船来点。

北面这一排灯，照出白底青字的“华清池”店招。这是镇上最大的澡堂子，泛出一股股澡堂子的慵懒味道，凑近点儿能听到乒乒乓乓的拍打声，那是专门花钱来“找打的”。谁让这带专出搓背师傅，一块搓澡巾，一双肉手，就让人全身经络通江达海，每一寸肌肤都成了快乐源泉。乒乒乓乓每两肉都在跳动，似乎每寸肉都自带了灵魂，丢掉了重力，随着节奏从肉身上滑翔起飞，在离身一寸处悬浮欢舞。

运河一条边，有多少人就凭着这双肉掌，给客人拍出了灵魂的暂歇处，也拍出了全家的生计。光一个华清池，就走出了多少搓澡匠人。

苏北人敬着上海，向往上海，随便一个热闹集镇，就冠个“小上海”；热闹马路，就是“南京路”；热闹店铺呢，就叫“大世界”；震丰园这个三岔路口，也叫“五角场”——都是照搬上海滩的热闹。平泾镇叫“小上海”还不够，华清池斜对面，这个外面清净的小红楼，没有挂店招，大家就都喊它“夜上海”。留声机飘点儿不知名的音乐，点着不知道多少盏红蜡烛，烛火晃晃悠悠，地上的青砖都在爬。

那是男人们取乐子的地方。要是不方便，也可以走后院，背街有个水码头，一艘乌篷船，直接给你渡过去。

这些都不是药工能来的地方。三个人继续往东，经过菜场，街巷又逼仄起来，天又看不到了。一群花子在挑烂菜叶子，用井水一冲，倒进街边的破砂锅里。腾腾热气里，花子们南腔北调地调笑着互相挤来挤去，好像开席前的仪式。清淮没见过花子们如此开笑颜，竟看得有点儿出神。

又一盏汽灯下，一排挑着摊子的小贩凑在亮处，茴香卤干、猪头熏烧摊子、糖果摊子、馄饨摊子、捏面人摊子，都时兴用玻璃柜子罩着，以示干净。但玻璃熏得油污污的，里面的猪鼻子、猪尾巴像在卤水里泡着，看不清楚。玻璃柜子后面，坐着一排操手的小生意人，一不吆喝，二不张罗，尽发呆。连东北来的花子都替他们急，说你们江淮人太不会来事，嘴都懒得张。

馄饨摊子上是柴火小馄饨，皮多肉少，流宝招呼两个兄弟坐下后，又让老板给两碗各加了个鸡蛋。对药工来说，忌讳病从口入，兄弟三个也开始职业病，出来喝碗馄饨，也要老板舀勺滚汤烫下碗筷。

老板看看三人，笑了，问：“你们是同柏药店的吧？”

一会儿馄饨端上来，三碗都漂个白水蛋，虾米、香菜撒得要漫出来。

流宝说：“老板上错了，我们就两碗加鸡蛋。”

老板说：“整个平泾镇，无瘟无疫，清清爽爽，全靠同柏在街口把关呢，送个鸡蛋又算什么呢。”

三个人忙点头称谢，连汤带水往下灌。吃了一碗馄饨面，又喝了一碗平桥豆腐，流坤、清淮眉头都跳起来了。放下碗，嘴沿上一圈白，那是豆腐羹挂在了绒毛上——他们开始长胡子了。

清淮还有点儿闷闷不乐——一年满，就能领工钱了，他还在为大头的离开而难过。苦吃的比谁都多，好歹见点儿现钱回家哄哄瞎妈呢。

流宝说：“按理说，大头是盐河镇的，我不该管，之前帮过，已经越界了。你们要晓得头柜、二柜的关系，有眼睛盯我们，也有眼睛盯他们。这条街，都瞄着同柏过日子，店里面互相也比着攀着呢。这两个人，就算能做主的事情，往一块儿一坐，互相看一眼，事情就简单不了。”

流宝左右看看，压低声音说：“林普君人其实不坏，就是上了岁数有点儿憋闷。他不像张清欢、刘臣、老罗，都是跟着东家从常家出来的，甚至不如我们这些崇家手把手带出来的，他属于带艺投师，本事有。但头柜这行，本事只是其一，他差的，就在这其二。

“林二柜是三年前从范集镇来的，店面虽小，但是头柜。当时估计是大少爷许过他什么，他是辞了职过来的。但老爷说，崇家规矩，头柜只能从自己人里提拔，要做头柜，就得从二柜做起来。

“头柜来做二柜，心里估计有火。又看张头柜跟他年纪差不多，觉得自己机会不多，就在后面拱火。其实是他眼皮子浅，崇家又不是只有一个店，等等总有空缺。就算等不到，也不该跟张头柜争——他是老爷的同门师弟啊！

“张清欢现在好得多了，但以前比较桀骜，不大看得起人。关起门来自己喝酒，青花瓶子摞一堆，想不到喊人喝一口的。除了老爷，谁的面子都不给，大太太走个什么账，二太太差人来拿个燕窝，都被他直接顶回去。太太们恨他恨得牙痒，又拿他没办法。可以说，崇家各房有各房的账，但对张清欢，上下个个恨不得弄死他——但他对老爷是绝对忠心。

“林普君第一天来，跟张头柜打招呼，故意弄得手劲很大，把头柜的手都握红了。张头柜就晓得这个人不是善茬子，就说‘你刚来，同柏跟别处不同，你先熟悉熟悉’。什么活也不派给他，什么房也不给他分管，就把他朝那儿一挂。

“冷了三四个月，林普君请他喝酒，说多赐教。张清欢才把磨房、厨房给他分管。”

“老罗、老鲁不都是头柜的人吗？”清淮、流坤都惊讶。

“是啊，老罗会听他的吗？处处给他难堪，让他谁都调不动。别看他管厨房，感冒想喝碗鸡汤，老鲁都让他自己上街买的。

“等磨房出了纰漏，林普君还不晓得呢，张清欢到老爷那边去请罪，说‘是我用人失误，本来很看好他的，哪晓得磨房二十年没出过事，这回弄成这样’。

“吃了这个哑巴亏，林二柜就拉刘臣，带刘臣去喝了好几回酒。刘臣其他都好，就一个毛病，贪杯！他是谁的酒都敢喝，喝了酒什么事都敢应。喝了几顿洋河大曲，林普君让他组局，带账房、药房、杂房几个老的小的一起出去喝，笼络感情。”

“刘师傅犯不着吧，跟新来的凑个什么热闹。”清淮摇头。

“抢人就跟抢地盘一样，这块地你不占，总有人占，现实着呢。”流宝告诫。

“那天，震丰园里摆了一大桌。也喊我去的，我说我不会喝，你们喝，药房我看着。听说那天上了“十六仙”，一桌人两瓶酒，林普君左手边是账房段先生，右手边是刘臣，一边账房、杂房，一边刀房、药房，自己分管的是一个没有。

“气氛烘得刚刚好，哪晓得张头柜居然到了，还大剌剌往上席一坐。他平时关门喝酒，味道都不给别人闻的，那天说‘喝酒也不喊我！’。

“大家都傻了。谁也想不到平时斯斯文文一个要脸人，能这么不知趣，哪边嫌他往哪边拱。场面要多难看就有多难看，那顿酒喝的不知道滋味。尤其那些小的，张头柜挨个敬酒，当自己请客，说‘我记住你们咯，喝酒都不喊我呢。哈哈哈，说笑说笑’。

“哪个笑得出来？！”

流宝摇头又说：“那些人晓得个什么？就晓得有人请喝酒，就去了。你们就要晓得，酒不能乱吃，席不能乱坐，话不能乱说，兄弟不能乱认，好人不能乱做！”

清淮皱着眉头说：“那，张头柜怎么晓得请客的事呢？”

流宝说：“不要问，要问就是不晓得！”

流宝看流坤一脸糊涂，叹口气又说：“算了算了，心里有数就行了。按理说，一个学徒不该搬弄这个是非，但你们想，只要请了你，你没去，无论如何已经得罪一头了，难道要两头都得罪？”

“头柜晓得了，要怪你不说。再说不管说没说，林二柜都肯定怀疑你。”流坤说。

吉清淮摇头说：“可做没做过，自己心里能交代就行了，倒也不用心虚的。”

流宝说：“兄弟啊，关键时候，老实人就是糊涂人。大人打架，小的们是没得选的。”

清淮闭口不言，流宝继续说下去：“林二柜到底是江湖上摸爬滚打过的，客也没有全白请，他那半场酒下来，已经码准了帮手！”

“谁啊？”流坤直起腰来。

“这么多人，要是你，你拉哪个？”

流坤说：“肯定是几个老师傅啊，都是东家身边人，头柜都不敢随便得罪的人。二少爷动一动，都把自己动倒了。”

流宝说：“错！这几个人，会把你一个新来的二柜放眼里？跟你喝酒就是给脸了，你手上没权、兜里没钱，能给他什么好处？”

“那各房的新人呢？像我们不是挨打就是挨骂，有人来拉，还不眼泪掉下来。”

“错！下面人，像我那会儿，是好拉不错。但一上不了会，说不了话，上面消息也探不到；二没有权，帮不上忙，头柜一哄一吓，什么都往外倒，知道多了反而坏事。”

“那可以找账房！他去给账房段先生喝酒，就不一样了。”清淮说。

“对！你们记住，不管去了哪家，两个岗不要得罪，一个管钱的，一个管人的。林二柜找了段先生，就是找准了路子。柜台跟账房，本来就是分开的，头柜管不到账房，账房还管着柜台账目。哪个人敢得罪账房，账房让你一分钱都花不出来，报不上去！憋在那边比死难受。

“段先生更不一样，喊他‘铁算盘’，其实他连算盘都不用，外号‘袖里金’，手指头在袖子里动动，就能当算盘用。同柏店再多，账再厚，到他那儿都清清爽爽。

“张头柜也是有本事的人，有本事的人搁一块儿就犯冲。加上张头柜跟东家时间长了，一向不把账房放眼里，报销个东西也不客气，有时候还故意教他做人，三两下段先生就有气了。都是老人嘛，‘五宝’之一啊。

“有了林二柜，张头柜买的东西，都有人帮段先生盯啊问的了。说公家买的洗脚盆、水瓶胆、煤油灯，最后都进了张头柜房间。店里的招待用酒，三天两头进货，也没见外人来喝，就没了。还有枕头、蚊帐、竹床、家具，账上都有，见都没见过。

“张头柜钱挣得不少，人长得漂亮，家又不在平泾，名声所累，不能出去乱嫖。林普君就说，置这么多行头，怕是家外有家呢。

“有一回刘臣又多了，说在镇上巷子里，不止一次看到过张清欢。

“林普君真的去盯梢，发现张清欢真在外面养了个小寡妇。

“段先生就盘点儿，再买东西，压住不给报销，还翻出账簿来，问张头柜前面买的东西呢，他要登账，坏的也要走报废。

“张清欢哪受过这个气，拍桌子打板凳，说‘我一个头柜，在乎这点儿东西？眼睛瞎了！哪个叫你做的？！’

“林普君做背后事，当面撇得干净。段先生做面上事，当然也要做得冠冕堂皇，说端崇家饭碗，职责所在！不然借贷不相等，砸自己饭碗！

“段先生一状告到大奶奶那边，大奶奶管账嘛。你晓得的，崇家人哪个不恨张清欢？大奶奶吩咐严查，证据要铁。段先生找到寡妇好说歹说，说‘不是要张头柜赔东西，就是平个账，你就点个头，东西还是你的，不做难的’。

“哪知道这个何寡妇根本不吃这一套，说‘哪个要你们同柏药店贴啊，这个人，你们摞一起赶不上他一根汗毛！我跟他睡是我的福气，贴他都是我赚的，哪个还要他贴！你们真想要东西，我白送你们都可以，想倒脏水，做梦呢’。”

“大奶奶那边只好硬办，哪知东家来话了。”流宝顿一顿说，“你们觉得东家会怎么做？”

“总不会为个段先生，就得罪了头柜吧。”清淮说，“张头柜可是同柏活字招牌，这么多年帮东家挣了多少钱，现在还做得好好的，就说明至少他没输咯。”

“错！对东家来说，做任何决定，不能只针对事情本身。一个下人，拿东家钱买东西，一买多少年，东家装聋作哑，等于告诉其他人，这样做没问题嘛。”

“那处理张头柜？他现在不还好好的。”流坤插嘴说。

流宝摇头说：“处理张头柜，就是鼓励二柜以下犯上，甚至联合账房搞事情。这样一来，下面乱七八糟，崇家就动根基了。”

“那东家怎么做的？”两人齐问。

“东家说‘都不要动，来上海帮我’。一句话，张头柜、段先生都去了上海，辅助老爷张罗新店，还是做头柜和账房。

“林二柜呢，暂时代理头柜，名头待遇还是二柜。那年过年我都没回得去，你还记得？就是他不放我假。

“林普君以为这回稳了，哪晓得张头柜半年多点儿又回来了，跟段先生几乎手拉手回来的。

“林普君就待不下去了，要走，张头柜还留他，说以前没用好林普君，自己有责任。他找东家，给林普君涨了一斗米，还分了点儿权给他。你看，拜师啊，带徒弟啊，测文化啊，都让他去，也是给他留着面呢。

“开会你们看出来没，林二柜也在帮头柜打配合了。崇家只能有一派嘛——老爷派！

“弄清楚了分寸，大家面上处得都不错了，张头柜跟下面也好多了，交给段先生的账也清爽了，头柜骂人少了，上面这层都捋清楚了。

“就是对下这块，二柜倒欢喜打人了。这样，张头柜两头落好人，二柜有人害怕，上上下下包括东家，才都放心呢。

“说这么多，就是要你们知道，人要晓得深浅。我是张头柜带出来的，这也不算什么，我那批四五个，都是拜的头柜。为什么就我留下来了？就我没去吃酒嘛！为什么我才到同柏五六年，就上了柜台？如果不是张头柜，再有本事，哪个敢这么给我机会？！

“你刚才提到同柏‘五宝’，这‘五宝’把‘全都管’、闺茶、张头柜、段先生跟刘师傅并列，其实两个是老爷配出来的秘方，两个是老爷带出来的师弟，还有一个是替老爷看家的。没有老爷，就没有同柏，哪来的‘五宝’！

“所以张头柜自那以后，再不准我们提‘五宝’。林二柜、段先生面上不跟头柜斗了，心里面呢，背后呢，三个人就不盯不咬了？头柜不把事情做到位，就是跟自己作难呢。对下面不狠，怎么带人！真的一团和气了，老爷又该睡不着了，尤其柜台和账房，不互相盯着，做老爷的真放心吗？”

流坤直伸舌头：“难怪二柜打起人来不要命，撒气立威是小，这是打给上面看啊！”

“是，也不全是。”流宝扑哧笑了，“听说他家里的是个小媳妇，长得又不错，留在家里，他不放心，一上火，就拿人出气。你们再看，他这趟回去，跟老婆睡上一个月，他回来开头这一个月，大家都好过了。”

国 运

林普君这趟回来，比预计的晚了半个月。脸色非但没好看点儿，川字纹更深了。去找张清欢销假，里外里透着不如意。

是不是家里出什么事了？林普君不说，答案全在鸡毛掸子上，做得不对就打，说“我不在你们就偷懒”；做得对也打，说“是巩固记忆”。加上大头不在，流坤、清淮挨打就更多了。林普君在，清淮不敢站高，不敢转身，说话不敢找眼睛，一个愣神，果然鸡毛掸子又上身了。

国难之下，能如意的人，少之又少。崇老爷最近上海、苏北两头跑，一路上经过大运河，沿着宝塔过高邮，到宝应，平泾上岸到老家。他说自古运河通则国运通，盛世不是开河就是疏河，只有运河淤塞的朝代，日子都难。眼下，河水淌进的这年份，说是“三千年未有之大变局”，运河断成了好几截，江淮段虽说从不断流，但船火也越来越稀疏，一船一船拉的都是奔赴上海滩的苦劳力。

苏北人如今是敬着上海，涌去上海，但也总在挨了白眼后，咕噜一句“以前的上海，还在海上呢”。崇老爷就爱念“腰缠十万贯，骑鹤下扬州”，以前的扬州城，是今儿个的上海滩才对。

世道变了，又有了机船和火车，货走海运，人扒火车，一条边的淮安、扬州漕运早都没落了，谁还记得扬州府、淮安府以前的兴旺。盛世琼花的倒影也许在河道里浮过，但琼花易谢，多少人真的见过呢？

只有逃难，人才回头。江南的人，都往回头跑。历史上都是南渡，现在是北渡。崇老爷说对一半，没几年之后，花园口一炸，黄河泛滥，改道淮河，北边人冲过淮河，也过来逃荒了。南来北往，全往江淮挤。本来就人多地少，更挤了。那是后话。

崇老爷说回来大做，说难听点儿就是逃难。他感觉上海滩，连西洋人也快靠边站了。上次有这感觉，是在民国二十一年，日本海军跟国民革命军第十九路军在上海打得不可开交，整个闸北被炸得一塌糊涂，那回他就动了逃难的心思。

平日里，日本人不让中国军队在上海驻防，日本浪人穿个和服，倒像穿了护身符一样，横冲直撞地骂人，打着日侨青年同志会的名头，成群结队，到处滋事。多少店铺被他们逼走了，只有中药铺，他们看不懂，也看不上。

有个叫铃木的年轻人，倒来过四川北路上的同柏总店几次。自我介绍说是四菱公司的华东医药代表，也是同行。

崇老爷记得这个铃木第一次登门的样子，手里捏着小蓝瓶，问这“全都管”是不是府上出的，态度还算礼貌，但眼睛里也没人。

崇老爷虽然攒了身家不少，但要问身上什么最值钱，就是这“全都管”在内的几个方子。有这几个方子在，金子银子能往家里淌，客人打都打不跑。听日本人这么问，能不抖霍吗！

铃木说，他们眼里从来没中药，但这小东西倒挺管用，比他们公司出的西药剂便宜一半多，抢了他们不少生意。

果然是来问配方的！见过不要脸的，没见过这么不要脸的！铃木嘴上说是谈合作，却总拿东三省做例子，还搬出了日侨青年同志会的牌子，说光他们就有几千人，用不着海军陆战队登陆，就能把四川北路踏平。

崇老爷保方子甚过保命，这个心理准备是早就有的，所以一直磨叽，说眼下闹打仗呢，等仗打完了，同柏主动摆酒议事。

最后第十九路军是真争气，借着日本海军、陆军之间的矛盾，蔡将军、蒋将军寸土不让，硬是带军打得日本人伤亡过了万，差点儿把他们打回海里去——海军陆战队，不回海里回哪里！

崇老爷高兴坏了。是中国人的，哪个不高兴！

那个铃木，也没脸来了。

但崇老爷是个生意人，世道不太平，没心思做生意。铃木枕木棺材木的哪天再找过来呢？！崇老爷先把二少爷派回来，稳固下后方——这小子打小眼高手低，正好也要历练。哪知道二少爷只顾立威，加上局势更紧，崇老爷只好亲自回来。

这些事，崇老爷只跟张清欢、段先生和童流宝说了，流宝本来不够格，但崇老爷到哪儿都爱带着他，谁也不敢当尾柜待他。

老爷说："国家这回是真看出来了，日本要了台湾要东北，又要华北要上海，胃口不知道有多大，早晚要我们亡国灭种啊！政府目前还不会撕破脸，但备战已经开始了，外面叫'国民经济建设运动'，铺铁轨、造兵器、找石油，到处要用人呢。

"你们也要做好准备了，上海那边，说停就得停。以前扬州、淮安是好地方，现在不行了。以后北边、南边都打仗，我们夹中间，反而能躲躲，保个太平。里下河自古保太平，当年韩世忠镇守我们江淮，十几年金兵都不敢犯。崇家要么就不做了，要做，还就是这一带。

"张清欢、老段，你们要挑更大的担子了，年轻人也要往前顶了，不能按照老办法慢慢带了。二少爷带回来的那几百本书，有西医的，有西药的，还有讲那些外国公司怎么做大的。张清欢你牵头，在中院弄个图书室，大家都可以翻翻，多看看外面，对你们有好处。"

崇老爷让大家找方向，整个中国又何尝不是最矛盾的几年。东北丢了丢华北，上海也打得死了不少人。国军这边打一下，那边让一下，一边骂着鬼子，一边当着主子供，心里头还指望着西洋人出来管一管。打打和和，退退再打，就是不宣战，剿起共来，倒是不遗余力。好多人都在咬牙。

但中国到底是大，家底也厚，江淮不少人就习惯着说"不至于"。张清欢就在前院说："五行相克，木克土，土克水，水克火。从国势上看，中国是农耕民族，是土，日本是海洋民族，是水，土克水，水来土掩，不至于不至于；再说家门口，中药是木，平泾是土，运河是水，打仗是火，木克土，土克水，水克火，一物降一物。所以，有同柏在街西把着，整个平泾都不至于烧起来。”

童流坤想插嘴，问问他什么克木，没敢。

这几年，吉清淮被关在同柏的小天井里，前面时间是咬牙，后面时间倒是飞起来了。这娃娃，再没有挨打的理由，里里外外看出来是个好材料，要么泡在药海里，要么泡在书海里，眼里有活儿心里有数，手上功夫越来越准，不毛不躁不飘，不但中药材的书被他翻了好几遍，二少爷的书也被他一本本地翻得毛了边。

而流坤虽各房本事都稀疏，但账房本事倒是揣上身了。段先生连张清欢都不屑，二柜还要巴结他，属于上面垂直下来的一条线，能通天，上上下下没人敢得罪。流坤就想，算盘珠子比盘碾子轻松多了，走哪儿都清清爽爽，不说话都能镇住人。段先生有句话说到位了——张清欢再牛，离开药铺就玩不转，但算盘珠子盘得好，整个天街哪家行当干不得？流坤心想，我要学呢！

段先生也看在童流宝几顿大酒的面子上，收了这个小徒弟。流坤在算盘上下足了功夫，外面传他左右手同时开工，这有点儿夸张，但看年终盘点，各店账本都汇总一处，流坤面前排开四把算盘，向众人点点头，掌柜喊一声唱，只听算盘哗哗地响，流坤手指噼里啪啦，渐渐就成了流动的影像。

唱账，嗓音洪亮，吐字清晰，进多少，出多少，支多少，借多少，每笔账只唱一次，不带重复。流坤耳朵听着，手头拨着，但凡有一笔账没有听清，这饭碗就算砸了——命都在这算盘上串着呢。

眼看着第一把算盘打到头了，流坤的手指就接着往下一把算盘跳，算到顶了就再换一把，一道道的光影飞来梭去，除了唱账和算盘声，谁也不敢喘口大气。直到唱毕，唱账的合上账本，流坤报出一个大数来。

段先生远远站定，点点头，他不用算盘，袖子里的十根手指头一直在动，流坤报出来的总数，跟他的“袖里金”分毫不差。

账算清爽了，这一年，也算是到头了。

三个头磕在地上，青砖发出三声脆响，又到了新人拜师磕头的日子。墙上药王的脸更黄了，桌旁张清欢的胡子还是那么亮，小三岁的林普君倒额头秃得更狠了，人更黑瘦了。

又来了几批小兄弟，尿壶有人倒，吃饭有人捧碗，林普君也打得少了，哪个还难为他们呢！看着小六子一众小师弟磕头，吉清淮掐指一算，可不就是四年过去了。从萝卜干子饭，到碗底压了红烧狮子头，夜里起夜，尿壶都是清清爽爽的。小哥俩也见风长起来，流坤都超了流宝大半个头了。

发了一斗米的铜板钱，流坤倒在床上，一枚枚地数，好像那看一眼就知道数量的本事全在账房没带回来，边数边想到刘荷花的眼睛笑弯了。虽然有段日子没挨打了，但今天最有幸福感，换了天地的感觉。以前是吉清淮、童流坤，现在轮到小六子们。苏北大地一成不变，师傅打徒弟，老人治新人，天经地义。现在，我们也打得了！

清淮的快乐，来自一个偶然的发现。他头一回进中院小药库，就发现药柜角落里存着一朵干花，连茎带根，层层叠叠，老大一朵，名曰“千瓣莲”。江淮荷藕之乡，艳绝华夏，接天莲叶映日荷花，可从来没见过这么大一朵金色莲。《汤头歌》里没有交代，林普君也没教过，这天翻到一本老书，才晓得这千瓣莲，就是地涌金莲。

说这地涌金莲，产自中国南方，全世界只有中国有。大的有半人多高，推都推不动，故又称“不倒金刚”。再对照药书，说它清热解毒，善良祥和，出既祥兆。

清淮当即愣住，小时候听师傅说过，佛陀出生，下地能走，七步生莲，还有几句偈语：

造物并非弄人，人间自有关照。

金莲涌地而出，苍生苦厄皆渡。

五树七花，佛教圣物，他总以为是传说居多，哪知世上真有，还能入药。难怪说行行相通，千枝万蔓，皆渡苦难。那进的这个门，遇的这些人、这些事，是不是真的并非偶然？

出既祥兆？是什么样的祥兆呢？

这天老爷脸红红的，着急忙慌叫进去张清欢、段先生和童流宝，刚坐定就对张清欢说：“外面出大事了，你们老张家那个败家子，这回把老蒋捉了去，逼他抗日呢。”

几人一愣神，张清欢脑子里过了好几茬儿，才数到是哪个败家子本家。大家随即都喊好，说：“这么多人、这么大地方，还能被小日本欺负，不就是心不齐吗！这回要是真能把老蒋的头按下来，停掉内战，那中国可真有救了。张将军、杨将军这回真要扭转乾坤了。”

“是啊，再不醒都没地方逃了！”崇老爷说，“我们生意人也得要强，那么多人跟着我吃饭，江淮多少地方还缺医少药，崇家别的不会，就会开药店。我有个想法，上海的店慢慢停掉，江淮这一年至少开三个新号，五年时间把同柏在江淮占住。同时还要低调，多少大户都被抢了，我们要做大同柏，还要让外人看不出来。你们回去好好想想，拿个办法再来找我谈。”

流宝记着老爷的这个话，回来拿个办法。什么办法？老爷是不是憋狠了，步子要迈这么大？他知道老爷的风格，四十七岁孤身闯上海滩的人可不容易认命。只是这个任务，对他流宝来说，也是超前了，柜台刚摸清楚，头柜还差一大截呢，而这问题，掌柜都不见得能操得上心的。那么多店，要用那么多人，光让他们弄明白规矩，就要三五年，再学到手艺，又三五年，没个十年时间，一代人都带不出来。

清淮听哥哥这番话，倒说：“人手这块不难，无非是教会三样东西——规矩、手艺和药理。先说规矩，我看书上说，外国酒店行业都有标准，跑堂的先迈左脚还是右脚，都规定得好好的。看得见的，看不见的，都规定得好好的。店招、摆设、店员服装，这些都是一眼看得见的，这是一套对外的；对内是一套管理的明文规矩，还有供货、账目的流程，日常考核，看不见的基本上就是这三个。要是想扩张，先把这些标准整理出来，就有数了。

“现在是又要扩张，又不要看出来是一家，那就是外松内紧。把看得见的打乱打散，甚至越乱越好，让人看不出来有关系，这是面上的；看不见的部分，反倒要加强。外散内不散，各家稍有改动，问题也不大。

“但管理标准跟流程不能变，核心岗用贴心人，单店单账。进货这块麻烦点儿，单店进货成本太大，联合进货呢，又容易暴露。既然要设那么多单店，分账管理，那也可以设个独立的进货公司。

“当下进货不易，老爷有上海的渠道，我们可以向整个江淮药店集中供货，是崇家的、不是崇家的都供，又能挣钱又不暴露。其他的，头柜以下不让他们知道各个店的关系，不准员工互相探店，直接说同行免入。不是说盲人摸象吗？就让他们当盲人，不知道摸的是同一头象！”

流宝看着弟弟，已经顾不上点头了。这是个什么脑子，还是个学徒，已经拿得出一套掌柜都搞不定的路子来。那么复杂的大事情，被他三言两语概括完了。光这本事，自己没有，只怕张清欢也没有。

“那这套规矩，崇家都是口传的，也没个明文啊。”流宝想着清淮话里的漏洞。

“我倒试着整理过一个，自己留着看的。”清淮说着从抽屉里抽出一摞纸来。大项小项列了二十几页纸，组织的架构，各房的流程，做事的规矩，分门别类，归纳得详详细细。

清淮说：“早这么带徒弟的话，哪需要十年、十五年。另外还有药理知识，也整理成教材。这两个死记硬背，一两年完全可以吃下来。这就是你跟我说的修庙吧？砌墙之前，得告诉新手庙长什么样，只要反复操练，就行了。”

清淮一向是这样，脑子越清楚，眼睛越冒光。现在，这眼睛就照得流宝浑身通透。

流宝心想，这本事，他倒真的揣上身了。

清淮又摇头说：“这个方案太粗糙了，要想解决问题，还需要一个支持。我们得把流坤叫起来。”

流宝说：“二弟嘴巴不牢，我是不太敢跟他说。再说，他能干什么？”

清淮说：“这个方案只是大概说明白了要干什么，但是怎么干，就涉及人财物，没有童大账房支持，方案就是空中楼阁啊。”

童流宝很纠结，他太想做好了，知道清淮是对的，但做太好了，不是又暴露了？最后，被出头欲望烧熟的他，还是去把流坤摇醒了。

流宝只是说：“要在上海乡下开几班店，条件跟我们这儿差不多。”

房租、人力、耗材……流坤咋咋呼呼，算起账来倒不含糊。三兄弟嘀嘀咕咕，到了天亮还真捣鼓出来了一个数字。这一个数字的背后，是几百个数字的支撑，附件做了一堆，流宝带走了。

除了概念，三兄弟还提出了整套的组织架构，成立单独的三大部门：新店房、审计房、采购房。

新店房，开新店需要的班子配备，都被放进了这个团队，一个新店的选址、规划到运营，都由这个团队开创。带出队伍、运营成熟后，再转战新战场。核心团队可以保障人数少且精，可以重复使用。

审计房，负责各家的账目审计、整体把控。采购房，经过基础测算，可能成为新的盈利点。他们还提到了打破传统的师傅带徒弟的模式，成立药科学堂，系统性教学，培养人才。

总之一句话，把药铺的职能拆分，弱化单店主营业务以外的功能，集中总号资源和权限，支持单店，做到能效的最大化。

童家兄弟兴奋得眼睛都红了，可清淮还说太粗了。

琉 璃

药房一要清爽，二要热闹，乒乒乓乓不能断了声响，磨房都是金器，叮叮当当各种声响，仪式感很足。吉清淮、童流坤夜里帮哥哥做方案，白天还得在磨房上碾子、刀房里切药，这是唯一能见客的机会。

“给我切一个蒙榔过来。”磨房外，一个男声传进来。

吉清淮问：“客官要哪种用？”

林普君一鸡毛掸子抽过来：“眼瞎了，这是东家。童流坤，你也去切！”

吉清淮一抬头，崇老爷、张清欢、段先生都在，赶紧低头走开。

没一会儿，童流坤端个竹匾过来，说：“一百零八片，切好了。”

过一会儿，吉清淮也来了，东家问：“怎么这么久？”

吉清淮包了三个纸包，说：“蒙榔有三种用法。干嚼切薄片，每个一百零八刀；煲汤切厚片，要带包边；炒货切成条，两头去皮。东家没说用途，我就各切了一份。”

东家说：“外面说西药进来，我们老手艺不灵了，你怎么看？”

吉清淮说：“能治病，能省钱，就都是好药。”

东家看看张清欢，嘴角翘了一下。

三天前，童流宝的方案报给张清欢，张清欢跟段先生合计了合计，大模样没动，改了几个数字，今天上午刚报给崇老爷。

东家说：“张清欢，你说实话，这不是你的本事，是不是童流宝的？”

童流宝开始不敢承认，也不是贪功，这么绝密的事情，他不敢让老爷以为他到处透露。最后自己先跪下来了，说不是旁人，是自家弟弟。

听说是店里两个小学徒捣鼓出来的，崇老爷大吃一惊，一定要来看看。方案里还有几个没有提到的地方，他也想来试试小学徒有没有想到。这一试，他点点清淮，跟张清欢说——他。

会议室设在后院，吉清淮中院都没进过几回，后院更是头一回进。他头都不敢抬，眼角流光飞萤一般，两边什么东西不断变幻着颜色，跟着脚后跟跨进一个高门槛，脚后跟不动了，才敢抬头。

面前摆着一张椭圆会议桌，桌正中趴着一个穿旗袍的小姑娘，八九岁模样，一头小卷毛，正在拨弄桌上一个铜光闪闪的大圆球。看到众人进来，小姑娘才慢悠悠从桌上滑下来。清淮只在码头上见过这娃娃一回，但眉眼还是没变，头发倒是不那么黄了，心想这崇三妮子也长这么大了。

这圆球安置在铜底座上，足有前院的井口大小，围桌六七把椅。墙上尽是落地大玻璃，玻璃都是带彩的琉璃色，煞是好看。早就听说，后院的玻璃都叫什么艺术玻璃，是老爷托人从西欧购入的，难怪一路上眼角跟过电影似的。听说后院还有弹子房和小舞厅，更是洋气得很。

墙上挂着一幅中国大地图，这是清淮头一回看到中国地图，以往的那些关于地理的知识，东三省、两湖、两广、川贵、青藏、奉天、天津、济南、乌兰巴托……要么是药材的产地，要么是广播里失守的城市，对于它们的方位，并没有多少概念。地图就在眼前，清淮忍不住多瞄了几眼，江苏在这儿，扬州、淮阴在这儿，大运河在……

不待清淮反应，张清欢坐下来就说："今天这个股东会，无关人先出去吧。"又指着正中一张椅子说："清淮你坐这儿。"

吉清淮看着粗辫子丫鬟倒完茶水，搀着崇三妮子，带上门出去，留下崇老爷、张清欢、段先生，还有大哥流宝。桌子那头儿，还坐着个生面孔。原来，同柏的最高级会议，是这样的。

崇老爷倒坐在下首，也没人跟他谦让。他上来就问："你们的方案，提到了财和物的解决，人这块，新店房、审计房和采购房解决了一部分问题，但还是不够，规矩和药理可以速成，手艺可不行。十个号的柜台就要至少四十个成熟的药师，后场还要两倍以上的药工来支撑，一个药工养成手艺至少要十年，拿什么接班呢？我就算能把上海的药工全调回来，也不够！你想过吗？"

清淮点着头，脑子里想的却是桌子正中的那个大铜球。他突然想起来，这应该就是书上讲过的地球仪！地球上所有的国家、海洋、山川、河流都在上面，就像把人吊在星空里看地球一样。原来地球是这样的，刚弄明白江苏在中国哪里，那中国又在地球哪里呢……真想上手去拨一拨。

清淮对方位感有执念，大哥说过，酒不能乱喝，席不能乱坐，可老爷为什么坐在下首，倒把上首给他坐。老爷刚问完，他没急着回答，信息太多，心绪太乱，不知道应该先应付哪一个。顿一顿，听到大哥喊他："清淮，说话啊！"

清淮反应过来，顿一下说："我在想，中药光给人抓药，自己又该抓什么药？"

张清欢喝一声："大胆！"

老爷摆摆手，示意清淮继续说。

清淮舔舔嘴唇说："书上说，再好的铁匠，也打不出一根针。看了二少爷留下来的《国富论》，开篇就讲劳动分工，一根针分成十八道工序，每个岗位只做一道工序，才发现我们以前有个误区，就是管理和技术混杂，技术和技术之间混杂。一个好头柜，得先是头刀，药丸子叠得好，碾子荡得欢，十几种刀几十种切法，那的确是二十年往上走。

“可技术是深度和长度，管理是宽度基础上的高度，不能把深度和长度等同于高度，这样培养头柜，出才慢，成才率低，利用率就更低了。一套好的流程制度，可以解决人力问题，我们不是没有那么多有经验的老师傅，而是没有那么多既能切、又能磨、还能叠、最后还能上柜台的老师傅。如果把分工再细化，专人干专事，效率自然就高了。”

张清欢摇摇头说：“那也不够开十个号的，只能保证上柜的人员。后场，根本解决不了。”

清淮说：“国外的药片是怎么生产的，每个西药店都配个后场生产线吗？不是，都是在工厂标准化生产出来的，我们也可以模仿！”

所有人都睁大了眼睛：“你是说？”

“是的，只要建几个大后场，集中所有有经验的师傅分工加工，效率提高了，质量也统一有保障。一个后场辐射周边几个号，剩下的，找些会跑腿的人就行了。我们测算过了，一套班底，解决三五个号的加工制作问题，完全可行！”

一屋子高层面面相觑，流宝更加目瞪口呆，他知道老爷开股东会喜欢广开言路，把上席留给发言人，还说最喜欢年轻人举一反三。流宝心想，今天坐在上席的这臭小子，我是跟他说过举一要反三，可他这是返回来一座山啊！

谁都看得出来，同柏要大换血了！

张清欢对外称病，其实暗地里去负责新店房了，本地人一个不挑，抽调了几家上海店里的核心，拿着地图选址，像个打仗的将军。规划、开发、运营一条龙，忙得热火朝天。

一团和气的张清欢，走前还和林普君一块喝酒，说：“同柏我要是不待了，肯定就顶你，有你顶着我才放心呢。”这话把林普君里外里煨得舒舒服服。

但背后老爷问他意见，他坚决要童流宝接班。他说：“童流宝是年轻，但能管三十年！再说了，年轻人焐热了就要拎出来用，冷了就容易自立山头。我们不就是这么从常家出来的。”

这句话让崇老爷下定了主意。

童流宝二十五岁，直接绕过林普君，坐上了头柜。吉清淮十九岁，上了柜台做尾柜。老爷很明确地说了：“清淮你花半年熟悉一下柜台，再花半年熟悉一下账房和采购，不会给你太多时间的。”

童流坤呢，段先生去负责审计房了，他就接段先生兼的平泾店的账房班。整个同柏总店，都是童家三兄弟接班。

按理说，三兄弟做大，绝对不允许。但世道变了，老爷心思也变了，他谋的是江淮的全局，一个店做亏了，就当是磨砺人才的成本吧。

公布后，林普君几天没在药铺过夜，不晓得去干什么了。刘臣又在药房里玩命擦，洗干净抹布晾在绳子上。老爷问刘臣怎么想的，他说：“没有后场，还能叫药铺吗？不会切药叠丸子，还能叫药师吗？人家拿药方子来抓药，不现场加工，叫人下回再来取吗？这些小的读过几本外国书，就来造中药的反！”

老爷说：“我未尝不晓得是冒险，但这些年的中药行当，你还看不出来？军队守不住国土，中药就能守得住行当了？乱世面前，我不怕出问题，怕的就是一成不变啊！这些年，我们怎么离的常家，怎么开的同柏，怎么去的上海，怎么调出的‘全都管’，别人不晓得，你还不晓得？我不准你走，总后场就是为你设的，我相信只要有你在，中药翻不了天。”

后场刚稳下来，江淮的药业市场就开始了风云搅动，把一个个小浪头拍回到平泾同柏的柜台上来。客人拿着方子，像浪潮一样扑打到柜台上来，尾柜对着方子拿药，再用纸单包，再拿纸整包，一剂一剂码得像个小金字塔，端得一个快准狠，纸包在手里盘得像个魔方，七绕八绕麻线就捆扎个结实，一律字面朝外，麻线一丝不多一丝不少。不为买药，单就这一门手艺，就能当杂技看了。

长衫人手艺不变，脸却青涩。柜台少了张清欢，却出了个眉清目秀的“小张清欢”，除了胡子没那么硬亮，一样的长衫皂靴，白面皮，高鼻梁，眼睛又大又亮堂。大姑娘小媳妇你捣捣我，我捣捣你，挤挤眼睛歪歪嘴，谁也不好意思先上前。

老人们还不放心，把一些尾柜的规矩讲了又讲。不作兴跟客人吵架，几类客人尤其要仔细。

老年人来打药，斤两不但要足，有时候还要多抓一把，当着面抓，把称压得高高的，老人才舒服。不要担心库房斤两对不上，药柜早上开柜，受一天潮，晚上分量就回去了，差不出来。

遇上妇女来抓药，斤两更要当面算清爽，宁可加点儿称，不要闹闲话。

遇上大姑娘抓药，不要觍着脸瞎扯，宁可拿手比画，不要大声，让人不好应答。

遇上小孩儿来抓药，收多少钱，找多少钱，哪样多少钱，哪样涨了钱，都要一样样跟人说清楚，孩子记不住就写下来给人带回去，不要孩子家长闹误会。

百姓家都穷，药更不是家常东西，比柴米油盐更抽老底子，家里摊上病患，日子本来就不舒心，斤两上再不舒坦，客人就更置气了。

上了柜台，一是一，二是二，你看林普君，整天跟别人欠他多少钱一样，前脚还满脸怒气，跨进柜台就换脸，清淮都看呆了。

清淮也很快乐。他的乐趣在于，书上教给他的东西，又高又大又抽象，但每天往柜台上一站，见人见事，与书所学能互相印证，病人还能给反馈，遇到问题能及时修正。品其名，鉴其形，闻其味，解其意，如今还能追其效，校其量，快乐好像又加倍了。

平时书上遇不到的病症，也越碰越多。像有几回，来打眼药的客人多，都在寻一种叫作“空青”的药料。说这种产自山间的罕有矿石，犹如雨后远山之色，清雅高绝，可入画，可入药。更奇的是石中带水，摇之有声，以水洗目，清目去障，颇有神效。

这倒让他想起大头的瞎妈来，没准瞎妈得的就是白内障。等流宝大哥采购了一批空青石回来，清淮还特意磨了几方，写明用法，托盐河镇来的客人给瞎妈捎了些去。

唯一不快乐的，是师傅明月已经好久没音信了。流宝大哥托人去打听过，说龙王庵早断了香火，有人看到明月师傅两年前就端个钵、扶着墙出去了，再也没见回来过。

师傅一直是有心愿的，渡海、西行都比不了，至少给佛祖塑个金身吧，把龙王庵加一圈画廊，把那些割肉饲虎的经变好好讲讲。但学了这么久药学，清淮已经知道师傅得的什么病了，越学越绝望——崇老爷也救不了他的命。简直悲怆得无以复加！

流宝大哥说：“也许是你师傅成了，佛祖招了去。也没什么，天上又多了个菩萨。”

也难怪崇家药铺这么多学徒，上了柜台，顾客天大，只要是自家生意，哪行上了柜台都不敢不给客人好脸。何况抓错药就要死人，药工压力天大。这些人白天脸上赔笑，心里犯毛，晚上又不得归家，成天就跟这药铺打转，能有好脸才怪了。

只有林普君这阵子打起人来，更加不要命，虽然东家又给他加了一斗米。流宝说：“不能这么打，打坏了东家问我们要人。”

林普君说：“我做学徒那会儿被打得更狠，哪个帮我出过头？”

下了柜，每天都要盘点，柜台以上的人和各房领班，都要集中到中院堂屋开会。现在，清淮、流坤不但能自由进出中院，而且等几个房间收拾出来，他们就能搬进来，住上两人一间的宿舍了。

平泾镇东头开了一家新药店，叫柏鹤堂。开业那天很热闹，林普君和流坤去看了，不知道哪里来的一帮外地人，一个熟脸子都没有。药店里没有同柏的敲敲打打，一个门进去，一半中药柜，一半西药柜，玻璃罩着，地面都是水磨石，溜光溜光的。

两人回来就嚷嚷，遇上对手了，说柏鹤堂价钱便宜，还有西药卖，感冒发烧，两颗小药片，捂一下，很快就好。起名也像是冲着同柏来的——柏鹤堂，这不明摆着同柏、齐鹤一起踩嘛。平泾镇一向瞄着同柏过日子，现在被同行堵到了家门口，这不翻天了吗？

很快，范集镇也来了一帮外地人，麻利地开了一班药铺，都是老手，价钱又公道，开在那些老药房不肯开的地方，现在乡下人都能在家门口买药了。平价药店一推出来，就开一家火一家。这些店不像一般的中药店叮叮当当、尘灰飞扬，后场成天静悄悄的，帷幔后面不知道藏着什么。

掌柜、头柜们倒不怎么慌，好像同柏家底很厚，不怕被人挖一样。流坤看大人们不急，清淮也无所谓，他倒急得不行，说："要是被这西药抢占光了谁还有饭吃？你们都不急啊，东家那儿没准急得很呢！"

压根想不到这是同柏自己在造自己的反。

流坤升了账房，林普君对他也不同了，提点他说："我是到头儿了，同柏提拔你们几个小的，就是看你们表现呢！你看清淮，脸上是不显，暗里下功夫呢！"

后场这些事，流坤不用管了，做了账房，只管账嘛。但近来，他加班反而更多了，让药工下班，自己去下药房上碾子，好像是对得起东家加的工钱了。有一回段先生陪着崇老爷走到前院，看到流坤在磨房，乒乒乓乓忙得不可开交，问他这是在干什么，流坤说："苗站长家要用的保胎药。"

段先生问："磨房伙计呢？"

流坤说："他们去吃酒了，我替一会儿也没什么。"

老爷没说什么，背着手走了。

流坤问："老爷那是啥意思？"

清淮说："你这是笑话，东家六倍薪水雇你，不是让你来做碾工的。"

"我就不信了，眼里有活儿反倒挨骂。"

"你要是药工，多干活儿是对的。提拔你，是让你带着人干活儿的。人就一双手、两只眼，只看着活儿，哪有眼睛管那么多人。以后可别这么干了，坐上来了，就要干些上面的事情。”

流坤说：“我还是不信。”

清淮说：“你干得来下面的活儿，说明你上面的活儿不值六斗米。”

流坤惶惶，不敢使“巧劲”了。

清淮还手把手教小六子：“有的学徒只瞄着其他学徒，有样学样，那不行。机灵点儿的，就瞄着二刀，那也不行。你做学徒，你得看着头刀，看着尾柜，你眼睛瞄得高，下手才能高。坐上来了，也不要傲，要想想最后要做到哪个位置。要是你傲起来了，说明你眼皮子太浅，也快做到头儿了。”

小六子一边点头，一边掰着手指头，数着还有几级才到头柜。一个巴掌不够数，他的左手从袖子里钻出来，不知不觉漏出连着大拇指的“六子儿”来，像个攀在拇指上的肉钩子。

赶忙往回收，流坤已经捉住了。“六子，来来，我们拉个钩！”流坤一有机会就拨弄小六子的“六子儿”。

小六子不敢收，涨红着脸任师兄勾手，用一根没有骨头的假指。

“倒不是我帮东家说话，越往上做，越是发现高人多。东家那么说话，那么做事，都是有原因的。我做尾柜，人家都笑我操穷心，把东家的事情当自家事情做。我就晓得一个，不把东家事情当自己事情，东家就永远不把你当个事情。”

清淮一边说，一边把六子的手拉回来，罩上袖子。

流坤在一旁摇摇头说：“不是怕吃苦，太慢了，有功夫在这儿切，外面谁看得到啊？少几刀多几刀，谁在乎呢？”

女 人

有了小六子他们，尿壶有人倒，吃饭有人盛，各房也把他们当主力使了。白天库房累一天，一个个睡得死沉，抬了扔河里都不醒。

上了柜台的，是另外一种累法，脑子累，心也累，反倒睡不着。林普君晚上就睡不着，拉童流宝出去，去船上喝花酒，尤其每次休假回来，整个人就不对，晚上总往外面跑。

祖师爷定下的规矩——不准嫖妓，拜师时候就交代了。

“那是个什么下三烂行当，你是干哪行的！在俗世里，药铺人就是君子兰，走出去就是活字招牌，喊你一声活菩萨，把命都交给你，哪几个行当配得上这三个字？”

但他们就算是菩萨，也是肉身菩萨，还是偷偷去。

平时在柜台里，抓药的小媳妇、大姑娘也不少，个个不敢拿眼看。掌柜说了，看人要正看，斜眼瞄的那不是好东西，收徒时就看，眼珠子白的多黑的少的，一个都不能要。

所以晚上就要往死里看，扒开来看。

平泾镇什么生意都分水陆两种，他们只去船上，不上岸，船上熟人少。

林普君自己是个黑皮，漆黑，找姑娘却要白，雪白。船上姑娘多是外地逃荒来的，加上船上成天吹风，他嫌不够白。上了粉好一点儿，但身上还是黑。

流宝说：“船上姑娘都是做船帮生意的，跟你不一路。要想睡好的，就要上岸睡，到夜上海去睡。”

林普君说：“哪个说船上没好货？下次带你去看看小婵子。”

江淮江淮，光听名字就晓得处处是水。平泾就不用说了，三湾、瓜洲、泾河、汊河、盐河、水泗、双闸、清江浦……哪块不跟水沾边？就连淮安、淮阴，也是淮水闹出来的。一片水汽汪汪中，女人养出来了，水灵灵，白嫩嫩，还不娇气，多少男人的活儿她们照做。南方姑娘的水灵俊秀，她们有，北方女人的淳朴憨直，她们也有。林普君说的小婵子，就耐看，还把看，是花船上的头一道招牌。

一般这种姑娘，外地逃荒卖身的最多，本地人哪有干这个的，更没有在本地干的。本地的，男人外出做生活，女人持家带孩子，喂鸡赶鸭种田插秧，家里家外，妯娌邻舍的比日子。苦出钱来就是英雄汉，苦不出来就是蹩脚汉。男人回家来，掏不出钱，女人撒泼打闹挨顿捶，洗把脸日子照过。

好像家里本该如此，男人苦到钱了，在外面抽大烟要钱嫖女人，回家甩大膀子干歇着，油瓶倒了可以不扶，孩子头疼脑热了还要埋怨女人。女人也不会申辩，垂头叹气自己不行。家里家外，功劳都是男人的。连她们自己都这么想的，自己做的这些算什么呢，又不能来钱。

也有男人苦不到钱的，或者玩女人玩出花来的，女人和他实在过不下去了，给小子喂顿奶，自己从水码头上一跳，人世间就算来过了。“才多大啊，不值当。”那是庄上女人说的。男人会说：“不扛事，不行。”人就盖戳了。捞上来河边上检尸，衣裳剥得赤条条，河两岸多少人来看，还要评价肉白不白。

胆子大的，敢跟路过的船把头跑，但极少。船上的日子更苦，回头更难。到时候跳船头，还不如跳码头——至少娘家还认你。

小婵子这样的，纯属故意了。正宗苏北人，张嘴本地腔。你问她苏北哪里人，她说船上晾裤子，你就懂了，是汉河的！

楼里的货色，非要上船卖，打的就是老子和男人的脸。林普君带着童流宝去过一回，童流宝就震住了。

小婵子白得像豆腐脑，蓝布褂子也是本地媳妇打扮，跟外面那些抹粉的带花的不是一路子，倒像是庄口水码头上浣洗的小嫂子。

小嫂子，都是嘴上供着，心里痒着的嘛。男人哪个不欢喜？

小婵子长在了苏北男人的痒点上。童流宝都站不住了，把她衣裳一件件剥下来，白肉照得船舱都亮堂，瓷实得像藕段子，浑身上下没一个疤、一个斑，唯有肚皮是花的。小婵子不瞒人，说："要不是生养过，你能在船上睡到我？"

睡完了，小婵子还要跟你叙旧，续家谱。续完夫家续娘家，让你喊嫂子，喊弟妹，你喊一声她应一声。

谁也不是天生作践自己，小婵子的故事是这样的。小婵子欢喜的是剃头匠，老子非带她到船上，换二亩水田。

头胎刚生出来，婆婆、丈夫对看一眼，说是个死胎。

小婵子说："给我看一眼。"

婆婆说："太晦气，不要看了。"转手扔水里去了。

小婵子挣扎要起，被丈夫按住，说："我看过了，是个带把儿的。要不是死胎，我还能害自己骨肉？"

小婵子迷迷糊糊，就听到哭声，问："什么在哭？"

婆婆说："外面蛙叫，不是人哭。"

男人没说过这种硬气话，小婵子更加不信，但也没法想。

产后，小婵子痴痴呆呆，老听见娃娃哭。过了段时间，船把头捞上来一个襁褓，红色花被子，女婴紫头紫脑，泡成个何首乌。水上人都看得出，是呛死的。

小婵子手禁不住地抖，她骂不出来，怪自己嘴笨不会说，说了也是她无能，就会生闺娘，还有脸闹吗？罪不罪的自己先认一半。

“剩下一半，骗我无非是为了我好，怕我知道了难过，还是我的罪。他们都无辜，全是我的罪，我的亲骨肉一口娘奶没吃过，人世间一眼没望过，我抱都没抱过一下子啊！我的亲乖乖啊！”

哭也不敢哭，周遭都是杀人的，哭给谁听？

“我不能便宜了他们！

“凭什么你们男人说一不二，定我嫁谁就是谁？

“凭什么你们男人玩的女人越多越体面，我们女人被玩过了就是下贱？！

“凭什么你们男人下的种儿，生男生女都是老娘的肚皮子担责任？

“凭什么你们男人是人，我们女人就不是人，生个闺娘连望一眼人间都不配？

“一样是人，两样作价，你们凭什呢[1]？”

小婵子上了船。花船。不起花名，不改籍贯，不换乡音，就在大运河一带荡过来荡过去。

“我就这一身白肉，不把你们一个个臊死，我这一身肉白长！

“我要是会唱淮剧，我编成段子，三沟五河，十里八乡，满湖荡

---

① 什呢：方言，什么。

传唱！

“记住，我就是汉河镇小婵子！杨月婵！”

童流宝被这几个“凭什么”砸下床，提着裤子就跑。他说再也不敢嫖了，像是女鬼来索命。

林普君回来说：“哪个让你走心？嫖就嫖了，还要听故事。不是苦命，哪个干这个！你不畜生，她们就要跪搓衣板，骂你畜生不如！”

童流宝语塞。

林普君说：“哪家摊到这个女的，还真是倒霉，祖宗八代都被戴帽子了。”

吉清淮在一旁，忍不住说：“把人作践成这样了，还要骂，这不是吃人吗？”

“什么吃人，哪个吃人？”

“没什么。”

童流宝不忍，也不好说。小婵子是可怜，但男人不这么活，还能怎么活？看吉清淮的眼神，倒像小婵子，满眼的“凭什么呢？”

问童流宝真的那么欢喜嫖娼吗？流宝肯定说不是，但他会说，你太干净了，就没人跟你玩了。

清淮说：“把自己弄得脏一点儿，交的不都是脏人吗？”

流宝说：“别的我都不担心，你就这块太较真，人在外面，不是流氓还要装流氓呢！混不混帮会的都要纹龙刻凤，你这样，会吃亏的。”

清淮头一回觉得大哥说得不对。干净人太少了，所以干净人要往身上抹狗屎。父母出门叮嘱好人做不得，这都是不对的。腹有诗书气自华，哪需要纹龙刻凤充流氓？

流宝说："这也是我要说你的，书是好东西，可人也不能脱离眼面前。你虽然天生地养，但以后也要有老婆孩子，谁都不能石头里朝外蹦。"

清淮不说话了。

小六子也对女人有了兴趣，听到师傅、师兄弟们的故事，晚上也翻来覆去，一想到小婵子被剥出来的藕段子，被窝直抖。

流坤说："清淮你指甲钳子找给我用用。"

清淮说："太冷了，在五斗柜里，你自己下去找。"

流坤绕到五斗柜旁，拉开抽屉，作势翻箱倒柜。他突然背过身去，一把拽掉小六子的被子，说："小六子也是大人了，哈哈！"上来摁住两条腿，喊清淮来脱小六子裤子。

清淮不动，但流坤人彪力沉，到底把裤子拽下来了，跟其他学徒们传来抛去，一阵快活空气。

小六子求了半天，才把裤子求回来，哭都不敢哭，跑了出去。

清淮怕出事，探到鞋子跟出来。

小六子靠着墙根，看着井沿发呆。清淮说："没什么了，他们不闹了，都睡着了。"

小六子不说话，继续看井沿。清淮上来搂搂他肩膀，拉着他坐在石碾子上。

小六子默了许久，突然把左手伸出来，说："我妈刚生我，我老子就说我是祸星。打小，我就被人拽住要拉钩，好像我另外十个手指头都是假的。哥啊，我是不是不配做个人啊？"小六子涕泪俱下，纵声大哭。

清淮第一次勾住他的第六子，轻轻搓揉几下，说："西医上，就是个五分钟的小手术。”

“真的吗？”小六子边哭边问。

“嗯，书上说，你这种无骨的六指儿，做个切除就行，只要做好止血和防感染。等你再大点儿，上趟淮阴，听说仁慈医院就能做。”

小六子抹了把眼泪，刚要把脸转过来，又想到什么，又开始哭。

“那个呢，也不算丑事，书上说叫自渎，男人都会的。”清淮只看井沿不看他，又说。

“你们也会啊？”小六子又不哭了。

清淮默一默说：“也会吧。”

小六子惊讶地看一眼清淮，清淮又说：“很少。”

空气闷了一会儿，清淮开口说：“书上说，想女人是正常的。自渎也不算什么，比嫖妓干净。”

小六子舒口气说：“清淮哥哥，刚才我真不想活了。要不是家里一窝弟弟妹妹指望我，我……”

清淮说：“我晓得。他们也晓得。”

“他们都晓得？晓得还要这么对我，就因为我是个‘六子’，就到哪儿都被人厌吗？”

清淮说：“不是‘六子’的事，是他们讨厌自己，把你当成以前的自己呢。”

小六子默半天说：“我要有了师弟，一定当亲弟弟关照。”

清淮笑了，搂过小六子说：“这话我记住了。做人凭心，从我们起，把同柏这个歪风改过来。还有，以后做这种事，背着点儿人，而且不要多，多了也伤身。”

小六子臊得脸通红，说：“以后哪个还敢！”

“有什么不敢的，媳妇、小姐也想汉子呢，被窝里花样也不会少。”

小六子睁大眼睛问：“是真的？”

清淮也不敢确定，说：“也是书上说的。”

同柏的天井，比别家深，连星星都装得少些，坐在磙子上，屁股冰冰凉凉的，星光也寒了几分。吉清淮想到了夏天晚上，师傅关上院门，几盆井水泼地，热气腾走后，铺个凉席出来乘凉。夏夜的蚊虫，赶过来会餐了，好在有芦苇棒子，一头插在地上，一头点着火，烟熏火燎的，眼睛都睁不开，蚊子见风就栽。

那会儿的星星，似乎更亮些，把天都铺满了，也更大些，把眼眶都撑满了。师傅说，宇宙很大，我们住在一个星星上，连太阳光都是多少天前照过来的旧光。师傅还说过三千大乘世界，但不念经太久了，快忘光了。

看着星海，才想起不念师傅也很久了，如果师傅真的涅了槃，那哪颗才是他的星呢？星汉茫茫，清淮认不出，师傅让他先记下来的那些道理，号称十方世界皆管，宏大得都管不到眼前了。

他又想到后院会议室里的那个大铜球，如地球在宇宙里苍茫地转动。有了它，清淮才知道日本是由几个小岛组成的，鉴真大和尚舍生忘死穿越的，不过是地球仪上这一指宽的海面。中国上面是苏联，打得不可开交的德国、英国、法国，在欧亚大陆的另一头。对面是美国，中间隔一个硕大的太平洋，实在是太大了，难怪麦哲伦摸瞎了好几年。

清淮想想这些年经的人和事，山川都可移改，相比之下，人类的刻度显出多少小家子气。哪有什么不朽，不晓得自己的小，好多东西不过是人类太把自己当回事罢了。

本师比不了，麦哲伦也好，郑和也罢，还有师傅最佩服的鉴真，这些人类代表冲击未知的时候，哪一个又把自己摆在了心头呢！

第二天一早，流坤对着刚起床的小六子，拿手握圈，放在裆上做了个比画。

小六子一改常态，说："有本事，你从来不自渎。"

流坤一愣，哪来的文辞？否认也虚伪，承认更不行，憋在那边。

其他人哄笑起来，流坤自己也笑了。清淮知道这关，小六子算是过了。

小六子有了这个师兄，脑瓜子一天一个新主意，但身体里面，却有虫很诚实地在拱——青春期嘛。来了女宾，他就琢磨，姑娘小姐们也想男人？不可能吧，她们看我可凶了。

这么正经的人，被窝里也干那个？小六子百思不通。

街东大秀酱油铺的大秀，又来给她老子抓药了。小六子就想，酱油铺怎么会生出这么白净的丫头，她懂那些花头精[①]吗？

大秀六岁就站柜台了，十年下来也泼辣惯了。小六子切药，大秀在一旁等，眼看着他浑浑噩噩，大秀大辫子一甩，嗤笑说："别傻得把六指儿切掉了。"

小六子愈发无措，手脚无处安放。

小六子在柜台后面思春，被流坤在高处看见了，他一个夹子甩过去，夹子顺着铁丝滑到小六子面前，啪一声脆响，小六子跟触电似的

---

① 花头精：方言，做事的花样。

吓一跳。

流坤最近也栽在女人那儿。听说大刘家把荷花许了人家，要去山阳镇上做杂货铺老板娘了——大童庄人就是眼皮子浅。但这也是没有办法的事情，流坤用鼻子哼一声。

吉清淮也想女人，想小婵子。这几年更不太平，日本人占了东北、青岛，又要去占华北。马路上要饭的更多了，男女老少，南腔北调，缺胳膊断腿，生疮淌脓，血水横流。也更年轻了，更干净了，有些明显是一大家子，都是有家难回的人，好像昨天还一样过小日子的人，今天就捧碗跟你讨饭。平泾人最听不得他们唱那首歌：

我的家，在东北松花江上，

那里有森林煤矿，

还有那漫山遍野的大豆高粱。

我的家，在东北松花江上，

那里有我的同胞，

还有那衰老的爹娘。

九一八，九一八，

从那个悲惨的时候，

脱离了我的家乡，抛弃那无尽的宝藏，

流浪！流浪！

……

施粥的老鲁、老罗，都听得掉眼泪，忍不住捞点儿稠粥给这帮东北花子。花子们一声声喊着老板，要么就叫大哥大姐，老鲁、老罗都说“我们不是老板”，纠正了好几回，还是喊。

药渣倒在路中间，前脚刚倒出来，后脚看着一帮花子打得头破，也不管是治什么的，抓起来就往创面贴，往嘴里塞。清淮就想，我也不过多一个屋顶而已。哪一天，这个屋顶没了，也许我也跟他们一样了。

林普君不觉得，说日本人占了东北、青岛，占的都是有海的地方，要么是出煤炭、长木头的地方，我们这地方能有个什么？家前家后小河沟，养鸡子养鸭，要吃鱼虾鸡鸭，还差不多。

清淮说："日本人不吃鱼虾的。"

"不吃鱼虾？真的假的，难怪不是爹生妈养的。"

"书上说，他们不吃河里的，只吃海里的，生吃呢。"

"腥死了，还生吃？"一柜台人彻底无语。

周遭日子这么难，吉清淮更想去水上看看小婵子。他还有个疯狂的念头——给小婵子赎身。他不知道有哪个男人，才配得上这样的女人。

他想想真上头，自己是不是已经疯了，居然已经走出这么远了。不单小婵子，他想到瞎妈，想到流坤妈，想到师傅，想到那些奇形怪状的花子，想不到自己。反正自己要钱没用，反正这个世界他看不懂，国家跟国家打个没完没了，都不在自己家待着，跑到别人家去欺负人。

反正这个国家也让他看不懂，被人欺负到家门口了，自己人还在那边斗个没完，"庐山谈话"好不容易说地不分南北、人无分老幼，可实际上呢，你打鬼子，我打你，到处拆台，背后全是算计。

人跟人，就更看不懂了。在一个药铺里，个个都在秀拳头，证明自己不好惹，明明一件简单的事情，弄到那几个事儿精身上，就没完没了了。到最后，事情忘干净了，个个就顾着立人了——连流坤都忘了自己怎么过来的，开始欺负新人了。

世道已经这么难，为什么还要互相为难。和尚师傅都教育说，不要做好人，好人做不得。就算做了好人，也要背后做，悄悄做，别被人看穿了。

像小婵子，这么悲苦的身世，玉石俱焚报复这个世界。怎么就没人给她一点儿人味儿，让她觉得人世还有点儿温度呢？吉清淮在被窝里掉了好几回眼泪，他多想把这个苏北大地炸醒啊，小婵子就是一根好引线。他又想有一股清流，沿着运河上淮河、出长江，把这乱世的五湖四海全换一遍水。

城里人逛街看姑娘、看媳妇，乡下人看女人，就要去水码头上。清淮去运河边上的水码头找过好几次。浣洗的妇人是独有的风景，春夏水码头旁围一群鸭鹅，大冬天敲开冰面子，手还得下水。江淮大地从古到今，多少女人上过水码头？多到说不清，可洗衣裳洗进《史记》的，唯独一个漂母。

漂母洗衣裳碰到落魄小子，给了一口热饭而已，却喂出了淮阴侯韩信，至今还有漂母井。漂母是永留青史了，但吉清淮认为，古书里女人动不动就投井，孝子动不动就卧冰，好像命都不值钱，就图个名声。可命都没了，拿什么经世治家呢？

连中药里有时候也作践女人，宿苓就因腹皆烂而色黑，有了“妒妇”的别称，谓“妒妇心黯，苓腹心黑”。哼，男人吃了苦头，全是女人品行的不是，都是人，男人的肚子里，颜色还能不一样吗？遇到这种书，吉清淮就用来垫桌脚、垫床脚，像人作践小婵子一样。

船上那日子不是一般的苦法，居无定所，浮萍一样。小婵子的花船在平泾荡了一段时间后，很久没来过，吉清淮一直等不到她。如果遇到，他该怎么说？跟她说“你受苦了”，还是“我来晚了”？没准还真像流坤说的，先要装装嫖客，不要一上来急巴巴地就说要赎人。小婵子肯定会说“你神经啊”。

救下后呢，怎么弄？带上岸？带回店里？在镇上租个房子，跟她搬出去住？流宝哥肯定要说话，这个怎么办？

担心得有点儿多，水码头上找了个把月，影子都没一个。清淮叹口气，流坤会交际，朋友多、路子多，自己还真不如。

小婵子遇不上，女人倒是来了一个。不，是半个。

“吵着闹着要来药房，哎呀，这里臭啊，女娃娃家不要来。”清淮正在后场点料，老鲁牵着蹦蹦跳跳的崇三妮子边走边嚷。他一瘸一拐走不快，倒像是小姑娘牵着他。

崇三妮子还跟小时候一样，一头卷毛发，像个洋娃娃，但小黄毛已经成了一头乌发了。平日里养在后院，不从前门进出，清淮之前只见过两回，每见一回，都高出一截。

“你是那个最小的头柜？我见过你！”小姑娘穿着小旗袍，肥嘟嘟、粉嫩嫩一个小脸蛋，昂着小脑袋瞅清淮。

吉清淮有点儿尴尬：“我并不是头柜呢，是尾柜！头柜是他。”他指了指对面流宝。

“不对，你是头柜！我爹说的。”小妮子一脸认真，又指指流宝说，“他是掌柜。”

清淮、流宝不免对看一眼，心想听说她人小鬼大会攒钱，老爷笑她小财奴，还说她以后要跟段先生拜师呢。

清淮就说：“大人说的话，你不要跟我们传。还有，你在哪儿见过我啊？”

他想着当年码头上接她时，小妮子还不到板凳高，居然还能记得他。

哪知道小妮子说："天台啊！我看到你在天台上看书呢。"

"你能看到天台？"

"是啊，不信你带我上去试试。我也想上去玩玩。"

流宝连连摇头，清淮不管，倒真的架起小姐，上了屋顶晒台。

阳光像是不要命地洒下来，照得小妮子头发透着金黄。看着脚下全是小格子的平泾镇，小姐手舞足蹈，说："哪个是我的窗户？哎呀，在那儿呢。看，那棵是我爬过的树！"

清淮看着那棵杨树，树根在后园里，树冠伸在院外，离地面足有个十来米。

清淮说："你几岁来着？"

"十岁啦。"

"那还小呢。小孩子要听话呢，老鲁叔不让你来药房，怎么还闹着来？"

"不来药房，我怎么学药啊！大哥、二哥都说没出过女药师，我就想做第一个。"

清淮倒是听说，她小小年纪就爱翻腾药书，好几回把两个哥哥都考倒了。张清欢跟大少爷、二少爷都不近，跟她倒没事就教呢。

"学药很苦的，要挨师傅打的，小孩儿吃得了这个苦吗？"清淮逗她。

"那你做我师傅不就行了，你看起来不打人。还有，你叫我小孩儿，也没见你有多大啊。"

"那你先答应我，不要再爬树了，再爬我就告诉老鲁叔去。你爸可总把老鲁叔挂嘴上呢。”

小妮子说：“不能把人挂嘴上知道吗？”

“啊？为什么啊？”

“人那么重，会把嘴挂歪的！”小妮子一脸认真。

清淮扑哧一声笑出来。这孩子，接话都不讲逻辑。

三 杰

刚送走小妮子，就见流坤到处找流宝、清淮。他说：“听段先生说，东家有新安排，大哥不管单店了，直接去老爷身边领差事。这么安排，铁定要清淮接大哥的班呢。咱们家，要出一个掌柜、一个头柜了。”

看来小妮子说的是真的！流宝和清淮对看一眼。

“以后我们三兄弟，东家以下横着走了。”流坤以拳击掌，兴奋不已。

流宝赶紧喝住：“你瞎说什么呢。”

流坤说：“就咱们兄弟之间说说的。”

“那也不行，这是什么地方？你要是东家，你会欢喜这个话吗？什么时候都是替东家做工，记牢了。”

“我说你们就是文，就是酸。哦，一路朝上干，不是为自己，全是为别人。图个什么，真是的，私底下松口气都不行。”

清淮说：“为了别人，别人才会为了你。”

流坤被两个哥哥说愣住了，不敢冲流宝发火，对着清淮说：“你是打小教过我几个字，我就该一辈子做你徒弟吗？你也太托大了吧。”

清淮愣住：“我并没有这个意思啊。”

流宝不管单店了，跟段先生一样跟在崇老爷身边，家里家外都操办，同时分管进货公司的建立，采购渠道一手抓。崇老爷不在，他就是代言人。几家药铺里他都有了股份，不拿死薪了。

但流宝从来不轻易表态，尤其一个用钱、一个人事，处处请示汇报。东家问你怎么看，才提自己主张，说明一二三，处处站在东家角度想。汇报也不是大事小事遇事就报，事情都是七七八八攒在一起，看着东家心情不错的时候，先报几个喜事，再报几个容易的，最后才是棘手的。

东家前面哄得高兴，后面一踌躇，问流宝怎么看，流宝不急不慢把自己的方案端出来，说请东家参考。

东家说：“才出柜台几年啊，肉桂能和赤石脂一车进吗？半夏和乌头呢，什么时候也能进一个库了？”

流宝作恍然大悟状，说：“要死了要死了，这两对碰上了会改性子。”

东家笑笑说：“其他，按你说的办。”

出来后，流坤问：“哥，我都知道，你怎么回事？”

清淮说：“大哥事情多，也正常。”

隔段时间，流宝进货外出一下，其实也并非他去不可。他一走，家里、店里各种事情来问老爷，东家嫌烦，更觉得流宝不能少。

前院、中院又开始传，说流宝是同柏第六宝，每每有人当面夸起，流宝总忙说当不起。但架不住人传，连流坤也跟着传。随着“六宝”一说，天街上还兴起了“一门三杰”的说法，连清淮、流坤一并夸了。流宝连小弟的嘴都管不住，外面的嘴就更管不了了。

药店每个季度盘点一次，门口挂上“今日打烊”的木牌子，上下的神经也在这天难得打个烊，靠抬石头[①]来个内部聚餐。

三个叠丸子的长木桌子一拼，餐桌就有了，依次坐着林普君、刘臣、老鲁、老罗等一众。林普君和刘臣中间，留出两张空椅子，那是留给吉清淮和童流坤的。

药房和账房盘点任务最重，吉清淮和童流坤一个从左到右，一个从右到左，一排一排地盘着药柜。等开席的功夫，林普君没什么事，拉着小六子去另一个库房嘀嘀咕咕。

盘到贵重药柜时，斤两都对，但高丽参个头儿不对。问到刘臣，刘师傅一捏，说：“这是西洋参，价格差五倍半。”

不报不行，这种砸招牌的事情，哪个敢瞒。

崇老爷很快来了，段先生也跟着来了。

童流宝、林普君、刘臣、老罗、吉清淮排一排，垂着手站着。小六子辈分的都低着头，排一排跪着。能进药库的，都在这儿了。

问谁都不认，林普君还说：“怪我最近代理头柜忙昏头了，钥匙给了清淮，就没问事。”

清淮说：“林二柜是今天才给我的钥匙，查账用的。”

---

① 抬石头：方言，各人平均分担所需费用。

林普君说：“不对吧，钥匙到你手里小半个月了，我教你心要诚，不能走旁门左道。”

吉清淮想不到林普君这么说话，一愣神：“哪有这种事？”

流坤说：“他自己查账，把自己揭发出来？林二柜，你是教过我们本事，可也教过我们说话带脑子，做人带良心。”

林普君并不气恼，说：“你们兄弟查账，查出什么来都不稀奇，‘一门三杰’嘛。钥匙都是当众交接的，小六子你也在场，你跟大家说。”

小六子跪在地上，满屋子都是空气，但随便哪一口他都不敢喘。还有一个月，他就满一年了，没有林普君点头，这碗饭就吃不到嘴里了。他下面还有两个弟弟、一个妹妹，头发都饿黄了。

不敢看吉清淮的眼睛，小六子垂着脑袋，点了一下头。

清淮头嗡一下大了。众人都看着崇老爷。

童流宝不说话不行了：“林二柜，你是太忙了，忙得忘了规矩了，钥匙交接要当着头刀的面，刘师傅晓得这个事吗？”

刘臣说：“不晓得嘛！”

但又说：“同柏这两年，丢掉的规矩太多了。林二柜，你是不是也被带偏了？”

见老爷不表态，段先生说：“小六子，你再想想，交钥匙的时候你在没在？”

小六子脑子嗡嗡直响，他飞进了库房，鸡毛掸子在眼前飞，林二柜说：“药饭不是谁都能吃的，你一个‘六子’，凭什么留你？打你是为你好，不打你也是为你好！”又飞进了家门，一床的弟弟妹妹翻他的包裹找吃的，酒鬼老子直勾勾瞪着红眼珠骂祸星……跪在那儿，他哇啦一声就哭开了，浑身乱颤。

段先生说：“哭什么哭，有一说一，有二说二，凭良心说！”

颤着颤着，突然平静了，没人让他起身，他自己从地上站了起来，抹一把眼泪说：“交钥匙的时候，我是在的。”

他抬头看看吉清淮，看看崇老爷，目光落在林普君身上，说道：“今天交的那把，我在；半个月前那把，我没在。”

林普君瞪大了眼睛：“唉，你个‘六子’怎么……就算我打过你，那是为你好！”

小六子并不回嘴，自己回房间收拾包裹去了。

林普君追着嚷：“我晓得了，平时对你严点儿，你记恨上了。看他们兄弟得势，靠到那边去了。”

晚上，段先生又来了，直接把林普君从床上喊下来，让他脱裤子。

林普君连哭带嚎，说：“东家在，也没你们这么羞辱人的。”

段先生带人，直接把他裤子扒了。一看，裆里开了梅花园子一样。再问他：“柏鹤堂的陈二认不认得？”

林普君面如死灰，熬不过，承认了。

原来，他从船上带了什么脏病来，裆都烂了。他不敢在自家店里熬药，只好拜托柏鹤堂的尾柜陈二——两个人都爱上花船，一来二去就串一块去了。陈二捏着他这个把柄，就怂恿他挣点儿外快，拿柏鹤堂的西洋参换同柏的高丽参，再拿外面的何首乌充柏鹤堂的西洋参。几头瞒着，出事了也赖个干净——反正也升不上去了，外面都喊他“千年老代”。

但他和陈二都不知道，两头都是崇家的，一盘点就看出来了。柏鹤堂少了什么，同柏就多了什么，斤两都一样，还看不出来？！

林普君只好认了，说："我在范集干得好好的，你们挖我来，最后带身病走。"

崇老爷给他多结了六个月薪水，还让药房给他开了六个月的药，让他其他不要烦，先把病治好。"名声给你留好，去其他家还能吃药饭。"

最后送他的，只有一个吉清淮，和远远跟着的小六子。

"我找口饭吃还不难。现在你饭碗端稳了，没几年头柜也是你的了。"林普君再有怨气，也晓得赖清淮赖得不地道。

"林师傅，我在和尚庙吃了几年的野菜团子，能吃上白米饭，还有什么不满足的。"

"总会老的，我看着你哥，一天天长成，我就慌。后来你来了，我更慌。你也会老的，看到后生一天天超上来，你再想。希望你看在自己也会老的份儿上，不要怪我。"

清淮说："自己攒了几十年的本事，有人愿意请神一样请过去，我只会感谢他。还有，本事不是东西，给了别人，自己身上还有。最后，本事没有学成的那一天，不到咽气，就有新本事往身上来。自己慌，那是自己短了见识，少了长进呢。"

林普君叹气："我晓得是谁在背后搞我。跟你们哥俩，我没什么说的。以前我对你哥，只是不服。你，我是真的怕了，弄不过你，你还没弄我，我就栽了。同柏药店，早晚是你们的了。"

林普君接过吉清淮递上来的包裹就要走，刚要迈步，又转回身说："我们到底师徒过一场，晓得你在找人，我前阵子遇到过。"

清淮顿觉头顶生风，把天井上一片云彩带走，漏一道金光直插下来。

“我知道她的船，最近靠在宝应的八浅闸，那边刚驻了保安团，生意好，一时半会儿船走不了。”

吉清淮站定了，想不到最后是林普君帮他了的心愿。

林普君挥挥手，走了，从头到尾没看过小六子一眼。

送走林普君的背影，小六子上前说：“林二柜这哪是在帮你，临走都想着害你呢。”

吉清淮说：“就算不是护我，我也高兴。就像你这次，只要是凭心，就算害我，我也高兴。”

小六子说：“清淮哥，还提那会儿呢，我现在心还往外蹿呢。好在想到院子里那个井沿子了，死过一回，还有什么好怕的。与其看这个脸色，靠那个势力，像你说的，凭良心做人，才舒坦呢。”

吉清淮心头像炉火，不远不近地烘着。

第四章

八浅渡

柜台最近分外忙，老头柜张清欢、二柜林普君都走了，童流宝只好又回来代理头柜，里外里更忙了。清淮接了二柜的位置，担子也更重了。

晚上稍微能透口气。盘点完毕，流坤又出去应酬了，按理，这个点儿，清淮应该在看书。崇老爷吩咐搞的那个图书室，设在中院的一个旧仓房，装上了两盏汽灯，用了库房淘汰的药架子，各人都把藏书汇过来，老爷还吩咐上海那边按月寄过来，所以像报纸杂志这些，也不比外面晚得太久，陆陆续续竟汇集了大几千本，还在增加。

吉清淮自愿来做管理员，分门别类码得整整齐齐，有中医药、西医西药、营销管理、物理化学、政治经济，还有《三国演义》、《说岳全传》、唐诗宋诗之类的文学，最后是清淮放上去的那些经律论。

这天清淮读《海权论》，书中提到海洋民族和农耕民族的天然矛盾，令他看世界的角度都耳目一新，联想到中华大地和那个岛国的眼下现实，他更心烦意乱。再随手翻到一本唐诗集，不知怎么就翻到杜甫的《茅屋为秋风所破歌》，读到“安得广厦千万间，大庇天下寒士俱欢颜”，顿时心里一动，心怀悲悯的大有人在，其实自己从来不是孤独的。翻到最后，看到“何时眼前突兀见此物，我庐独破受冻死矣足”旁，有一小行批注：

我庐亦破，我亦受冻，还避天下寒士？笑话！

清淮顿时眉头一皱，这是谁啊？

好久不翻经了，《心经》里居然也有批注：

“度一切苦厄”？摆脱受苦的办法就是说服自己有罪，活该苦？笑话！

清淮更加诧异，这到底是个谁啊？

整个同柏，会翻书写字的，有二十来个人，崇老爷、二少爷、张清欢、林普君、段先生、童流宝、童流坤、老罗和几个老师傅，还有小六子等几个师兄弟，后院可能还有几个女眷，像二太太、三太太、二少奶奶……老爷还带回了几个帮手，上海、苏北两头跑，平时不走前场，但去中院翻翻书还是可能的。

常常来看书的，也就是那几个。张清欢最爱唐诗，尤其喜欢王维的那首《饭覆釜山僧》，房间里挂的都是“一悟寂为乐，此生闲有余”，挑走几本古诗词后，就不大来了；老爷最爱读历史，二十四史来回翻，常说以古鉴今，遇事不要慌，老祖宗什么事都遇过，书里什么办法都有。老爷还打趣张清欢：“王维诗好画好歌也好，还是盛唐头号美男子，我们张大掌柜就是‘平泾王摩诘’啊。唯一不让人佩服的，就是王维做过安禄山的官，气节上到底矮一截，这个你可不能学啊，哈哈。”

流宝中医药翻得最多，《伤寒杂病论》《本草纲目》，偶尔看看管理学，流坤借过几本《三国演义》《说岳全传》《水浒传》《西游记》……清淮的那一柜子佛经，更是从来没人动过，包括他自己。

再去翻《国富论》，发现中间也有个批注：

分工带来效率，讲得好！

清淮顿时觉得，这个同柏药店里面，有一个跟他一样的人，看一样的书，说的话也是一样的见识，甚至可能正跟他开着躲猫猫的玩笑。

究竟是个谁呢？光凭翻《国富论》这一点儿，他就猜这个人可能参加过股东会，可有资格上这会的，不过是寥寥几个人而已：崇老爷、二少爷、张清欢、段先生、童流宝，有时候还有刘臣。就在其中之一！

二少爷还在上海，林普君走了，大哥有话就讲在当面了，没必要开这个玩笑。难道是张头柜？他清高惯了，不想当面夸我，又喜欢翻看古诗词……也许是老爷？他是个有很多想法的人，别看年过半百，思想上并不禁锢，尤其他慈航普度，却也不亏待自己，像是他留的话呢。

差点儿忘了，会上还常有个生面孔，几乎不说话，说话也是附在老爷耳边说。也许是他？他越想，越觉得这个人神神秘秘，梳着分头，戴着黑框眼镜，有时候又不戴，开会时清淮每每发言，他倒是常常点头的。

清淮环顾四周，没找到那双眼睛，但越想心越宽，就算是在大地上逆行，也总归有思你所思、忧你所忧的同路人。既然这样，他更有气力去做自己想做的事情了。

夜奔

今天图书室的汽灯都没烧，因为吉清淮给自己放了假。

运河堤岸的夜晚，没有路灯，只有星光。也没雇到船，没有人愿意在夜里走四十里水路，就算有，划到八浅闸，天也快亮了。清淮决定步行。

运河两岸，带“闸”字的地名不少，双闸、西闸、范水闸、子婴闸……多是为了运河控水而建，好让邵伯湖、高邮湖、宝应湖、洪泽湖这些地方水体，发挥运河水柜的作用。也是托运河的光，这些地方水体才能串串门子，休戚与共。

八浅闸也在运河边，清淮从山阳镇出来时，经过那里。现在，头顶星光，脚踩露珠，沿着运河堤岸，走一半来时路，要去追一个妓女。

平泾镇不缺绯闻，夜太长了，寒气又太大了，被窝没人，心里都是空落落的。不靠这些段子，男男女女日子怎么过。靠着远近闻名的夜上海，故事又怎么会少。

苗站长的姨太太绿萝，以前就是夜上海的，屁股扭得好看，天街上一走，男人、女人都咂嘴。传她床上花头精也多，苗站长靠着流坤调的同柏十全大补膏，也难说能把她喂饱。听说最近大了肚子，镇上嘴损的都在猜是谁的种儿呢。

同柏药店故事也不少，老掌柜张清欢跟何寡妇，不也是一对吗？“平泾王摩诘”自然是镇上独一份，做姘头做得这么理直气足的，平泾镇也就何寡妇一个。脸涂得跟个鹅蛋似的，街坊就知道，张清欢要回来了；挎个菜篮子上街了，就知道，张清欢在她家住下了。

“哎呀，我们家清欢不吃香菜的，芹菜、韭菜，带味道的都不吃呢。”上街买菜，别人就是买菜，她是街头挑到巷尾，什么话题都能扯到她的露水相公身上。

要么就是，“这阵子不在家，死鬼事情多，等他回来了我跟他说啊！小事小事，一句话”。好像全平泾，别人都是姘头，就她是八抬大轿明媒正娶。

寡妇门前是非多，何寡妇之前也没少姘，和酱油铺子的“酱油西施”，合称“平泾双鞋”。只是“酱油西施”有了闺娘大秀后，不大浑了，何寡妇门前是非就更多了，直到张清欢上门。

都说张清欢一个外地人，眼睛又朝天看，不晓得枕边人是个烂货，不免都为他可惜。尤其是镇上的女人，说不晓得何寡妇怎么使得障眼法，清清爽爽的美男子，竟然看上她了。到底是名字起得好，清欢清欢，眼前清净，心里就欢呢。

同柏的男人，有样貌、有文化、有技术，站到天街上，都是一顶一，崇老爷更是镇上几代人的话题。老人都记得，崇老爷年纪轻轻，就做了齐鹤堂尾柜，娶了方圆百里的大小姐，都说他们郎才女貌。哪晓得过了几年，又娶进门二太太，还是郎才女貌。如今更是三房一夫，嚼舌头的说，是“郎财女貌”。男人永远喜欢年轻的，反正每一房姨太太，都像是大太太的翻版。别看他五十多岁了，脸红腰直的，神人呢。

还有人归功于同柏药茶，说崇老爷喝的那款别有秘方，根本就不外传的，全天下，只有张清欢和他两个人会调。

日子在走，人也催老了，平泾镇一代代的新人也喝着药茶起来了。大秀这两年长得正好，生得水汪汪的，大黑辫子缠住多少眼珠子。门前打酱油的小伙儿络绎不绝，大叔、大爷都要捏捏小手、蹭蹭胸脯子，小六子更是看都看呆了。

丫头跟她妈一样泼辣爽快，应付起人来跟她老子手里的油瓶一样，滴水不漏。难怪她妈“酱油西施”没人提了，改说她了。不晓得再过几年，还要闹出什么故事来。

再往下数，像崇三妮子这一辈的，也快长起来了。宝淮的黑菜不就是这么一茬茬儿的吗？春天的雨，秋天的霜，雨一浇，霜一打，风一刮，今晚摘了，明早还有。

但再离谱，也不会有吉清淮正在做的事情更离谱。同柏最年轻的二柜，中药行冉冉上升的新星，一个处子之身，要去追一个妓女——里下河最臭最贱的妓女，连同行都骂她不要脸的妓女。

平泾镇上即将炸响的这颗雷，此刻行在黑夜里，寂静无声。走出二十来里，长衫里面就湿了，夏虫在鸣唱，渔火对着愁眠，他感到惭愧，师傅失踪都没亲自去找过一回，现在为了个女人夜奔了。

流坤说过，不能一上来就急巴巴说赎她，会吓到她，要先装嫖客……清淮心里想着，步子就慢下来，揉一把，发现脚脖子肿了，才反应过来现在也许是后半夜了。

八浅闸前，果然横着十来艘船，排着队，等着天亮过闸。靠河边有一艘船，挂着一排红灯笼，通红通红，不正是花船吗？一条长船板，从岸上连到船头。

上了船，可就不能回头了，吉清淮深吸一口气，擦擦头上、身上的汗珠，这个童男子要去逛窑子了，先迈左脚还是右脚呢？这是个问题。心想着，脚下的船板，颤颤巍巍起来。

这个点儿了，过来嫖妓的还真是少有，不出意外，小婵子已经睡下了。好在船头有人出来倒水，洗脚水砸在水面上，像铁块撞在另一块铁上，惊得蛤蟆都跟着叫，差点儿盖住了吉清淮的敲门声。

老鸨是个瘦老太，刀把儿脸，面相不善，说话倒和气。一挑灯笼，打量一眼面前这个小伙儿，真的不像半夜着急忙慌来卸夜火的，但她不拒客，说代问一声，转身进去了。

里面有女声哼哼嗤笑，说："我早都睡下了，那些臭当兵的你当好伺候的？"

老鸨旋即又出来，说："明天赶早点儿再来吧，婵子乏了。"

吉清淮把住门，说："我走了四十里才走到这儿，无论如何要让我见一面。"

老鸨没法子，又进去传话。女声又说："姐姐只给半个时辰，他动我不动，钱一厘不少，觉得上算就进来。"

吉清淮不待老鸨出来传话，就说："上算的，怎么算都上算。"自己推门上了船来。

原来花船是这样，船头一个木门，进去一个小厅，船舱一道走廊分成两半，一边各三个小门。门只有框，没有板，布帘子隔一下。过道顶头，摆着一个老爷柜，上面贴着两张神像，一男一女：男的像是龙王，船上求个风调雨顺嘛；女的不认得，应该是祖师爷。香案插满香头，看来每天有人供养。

"最里面，右手边。"老鸨说完，就下了船，还把船板收了。"完事了就喊我！半个时辰。"说完上了旁边一艘小一号的乌篷船。

吉清淮走到门口，门帘子挂下来一半，一排剪纸垂下来，正好把人视线遮住。

“进来啊，就半个时辰你还不利索点儿。”

吉清淮推门进去，里面一盏煤油罩子灯泄着黑烟，比外面还暗，一股子说不出的怪味道。

小婵子躺在床上，露两截“藕段子”在被单外面，闪着瓷光，眼神冷冷地打量着他。

吉清淮突然局促得很，不晓得怎么开口。

哪知道小婵子突然说：“你是同柏药店来的吧？”

吉清淮愣住了：“你知道我？”

“林秃子一年前就说有人在找我了，你们身上都是同一股味儿。脱吧，半个时辰都不到了。”

周清淮手足无措，就摸头，像当年的王大头。

小婵子看他一看，问：“要我帮你脱吗？”随即从被子里坐起来，袒胸露乳，船舱里立即亮堂起来。

吉清淮赶紧摇头，说：“我是来找你说说话的。”

“你不是来睡我的？”小婵子怦然大怒。

吉清淮想不到她说话这么直。

“你不睡我从平泾跑过来干吗？要睡，就上来；不睡，就滚蛋！”小婵子把被子一掀，叉腿坐在床沿上，手指门外——室内亮如白昼，她浑身寸丝未着。

吉清淮那些编好的说辞全都倒不出来，结结巴巴说：“我，我是来赎你的。”

小婵子更加诧异，她猛站起来，把门帘子一掀，吼一声：“滚！”

吉清淮把心一横，闭着眼睛解长衫上的扣子，手忙脚乱。长衫的扣子，从来没有这么多、这么难解过，像根麻绳捆着蓖麻，越剥越乱。干脆一个兔子剥皮，从脚往头上剥。

小婵子一声冷笑，铺好被单，躺倒。等半天，这男人睡在床沿上，不晓得在忙什么，小裤也不脱，手还遮。

“头一回？”小婵子越发诧异。

吉清淮说：“是的。”

小婵子哈哈大笑，笑得运河两岸乌鸦四起。“姐姐今儿个睡了个‘嫩鸟’。”翻身上来，把吉清淮压在下面。

会 战

老爷在后院，最近早晚都骂人。拎起电话骂，放下电话更骂。骂什么起个大早赶个晚集，骂什么老醋坛子喝醋不分时候，拉一大家子陪你，还骂不成器的东西，西洋人才是你亲老子。童流宝不好劝，段先生也只好添几句不咸不淡的，因为老爷骂的是大太太，还有二少爷。

大太太十六岁嫁进崇家，陪着老爷从司药熬到现在，眼看着同柏越做越大，老爷的后院也越来越大。这几年，又多出来一个三姨太，气还没顺，老爷带二太太、崇三妮子回平泾，倒把二少爷又派回上海，没一件顺心事。

只有大少爷在上海守的这几班店让她舒坦，有汽车、佣人，两个双胞胎孙儿在手边，眼前没个添堵的人。所以老爷让她撤，她总是说“别听风是雨，这么多洋人都在呢，哪有这么容易打起来”，要么就说“你二太太、三太太一边搂一个，我插进去不方便”。

二少爷呢，按理说该明点儿事理，但他一不想守在老子身边，二也是指望着上海滩是西洋人的地盘，东洋人不敢造次。

这两房的老小，平日里明里暗里使绊子，这次倒难得抱了回团。酸话说一堆，一日拖一日，最后倒好，连个苍蝇都飞不出来了。

他们确实是酸水冒多了，老爷对时局的判断，回回都不差的。上海这一战，就差一颗火星子了。太平洋、大西洋、印度洋，大半个地球都互相干瞪眼，就看谁先眨眼皮子。随便哪个洋、哪股浪，都要拍到上海滩这个大码头上的。

这一回，两个日本兵强闯机场被当场击毙，像是一个火星子掉进了干草堆，搅动远东风云再起。国民政府发表了《自卫抗战声明书》，话比哪回都横：“遇有侵略，唯有实行天赋之自卫权以应之。”黄浦江畔，风卷浪高，炮栓、枪栓拉得咔嚓咔嚓响。长江里，日军的轮船成群结队往下游冲，就怕被江阴要塞拦住。种种迹象都说明，这回要来真的了。

崇家再要撤，迟迟撤不出来。公路上铁流滚滚，川军出川，桂军出桂，粤军出粤，国军源源不断往上海开动，中央军也不抠抠搜搜了，教导队都拉出来了。上海人看到的是多年来未曾硬气的中国，那些往年打来打去的大佬们，这回铁了心要抱团，在上海跟日军赌上一把。连最热衷打自己人的“四川王”刘湘，都放出“日寇一日不除，一日不回四川”的提气话。

真的是那句话——地不分南北，人不分老幼。

全中国，甚至全世界，都揪着心看上海。崇老爷每天打电话，问车问船，说实在不行就退到租界去。租界已成了看台，这边火光冲天、人间地狱，那边歌舞升平、摇旗呐喊，双方都咬着牙打给洋人看，这真是一场带着表演性质的真枪实弹。下面动用重炮，上面飞机轰炸，七十多万国军对三十万日军，在个弹丸之地的高楼大厦里，百万人来回厮杀。

几家店都关门了，四川北路总店留道小门供人应急。也供不到货了，反正都在药柜上，看着拿点儿。大少爷在最后一通电话里说，药铺门口，国军、日军反复争夺，到底是自家地方，国军下手还有点儿数，日军可不顾，声明就要无差别。炸弹来得太猛烈，几百公斤一个，几百公斤一个，就是生铁也砸通几层楼板。一炸，上百米一个大坑，寸草不生。几班店大半被炸毁，一大家子每天都往防空洞里跑两回。

老爷前面还打电话，找人疏通，后面连电话线都断了。每天听广播，说国军又勇毙日寇若干，战略性退防某区某镇，老爷就像泡进黄连水的苦胆，内外皆苦。这回家里人可能真要折损了，心里怕着，不敢说。

直到大家看到段先生抱着头慌慌张张跑进后院，心都一沉。大家从没见过段先生跑——平时眼皮子都懒得抬的人。很快后院哭嚎一片，老爷骂声不绝，二太太哭天抢地，崇家上下撕心裂肺，很快又惊呼“老爷，老爷倒啦”，哇啦哇啦地传到前面来，买药的吓走一片。大家就晓得，肯定是天塌了。

事态比崇老爷预料的还要绝。上海的一个头柜拍过来电报，说那天刚响警报，一排大炸弹就掉下来了，有一颗砸通楼板掉进柜台。大奶奶、大少爷、大少奶奶、两个小孙子，还有二少爷，刚要出门钻防空洞，直接在柜台附近挨了炸。房子塌了。

再进去扒，大少爷、大奶奶跟两个孙儿被炸得不成人样。只有一个二少爷，还分得出个整模样。一家子有模样没模样的，全被收尸队抬上车，拉到坑道埋了。

“一家子大活人，就没啦？就埋啦？两个儿子、两个孙子，一个都没留给我？”崇老爷被刘臣掐人中救回来，回过气来就骂不绝口，怨大太太，说自己怄气不走就算了，连累一大家子。越骂脸越红，一口老血喷多高，又昏死过去。

再醒过来，想想又不忍，叹：“我们崇家，没做过恶事啊。这母子几个，一个治了多少人，一个烧过多少高香，打小就教他们悬壶济世，怎么有这种报应？！”

崇老爷一生要强，四十七岁闯上海滩，只脚踩出一块地盘，他想不通。这一炸，抽走了崇家的魂魄，吸干了老爷的骨血。伤痛很钝，想到两个小孙子肉嘟嘟的，小嘴甜嘟嘟的会哄人，想到大儿子、大儿媳妇这一对漂亮人，如此人叠人地埋在坑道里，死了都没个好地方葬，阴冷阴冷的大半家子冤魂，崇老爷就顿足捶胸，最后说：“上海是我要去的，跑是我先跑的，是我对不起这一大家子啊！”

二太太哭不动了，骂大太太，也骂不动了。段先生提醒：“你不能再哭了，再哭老爷怕要出事。”怕他有好歹，二太太总把崇三妮子赶到老爷面前。盯着小姐看了又看，老爷说：“闺娘啊，我们崇家要绝了啊！”

崇三妮子说：“爸，不是还有我吗！”

老爷说："闺娘啊，他们都是为我们死的啊！"

两天不见，流宝眼看着满面红光的老爷几乎一夜脱相，文明杖换成了拐杖，都撑不住那颤巍巍的肉身。一脸肉像被掏空，空挂着皮囊。

灵堂设在中院，大半家子三代六口，都是衣冠入棺。画像排成一排，栩栩如生，六双眼睛像盖棺时敲进去的十二根钉子，撞击人心。崇老爷再度晕厥，家里已无男丁，只好让崇三妮子代父谢客。一个小丫头，立在人前，也不大会哭，让拜就拜，让坐就坐，身后一排女宾悲怆震天，灵堂都显出单薄。能接班的都在墙上，对面的宾客躬身拜着，心里都酸楚，崇家要败了。那个"站如松，坐同柏，吃穿用度都同柏"的同柏，要败了。

感念崇老爷的慈悲心，大家送来放在店门口的大小花圈，直排到大秀酱油铺。出殡那天，六棺鱼贯而出，纸钱洒满天、铺满地，一街素白。天街人车避让，沿途每个铺子端出一个小供桌，灵车推到哪家门口，哪家就烧纸上香，留上一程。老鲁扶着二少爷的棺木，一瘸一拐，街头哭到街尾。连花子们都垂手站立，街面寂静无声。

这画面，对平泾人的震撼前所未有。瞄着同柏过日子，吃穿用度都是同柏牌，张清欢还说有同柏在街西把着，平泾镇会一直稳下去。可同柏这一劫，怕是平泾镇都要跟着折腰。

更有人说，生意做得再大有什么用，早就说过，上海滩龙虎之地，不死也要扒层皮的。

好像缩在平泾镇，才能永享太平似的。

同柏倒不倒，得问崇老爷，何况同柏还有"六宝"。这么多人跟着要吃饭，东家把张清欢、段先生他们抬得更高了，贴身事都交给了流宝。同柏药店这块，果然没给清淮多少时间，就升了头柜。

吉清淮从学徒到尾柜，用了四年，破了行业纪录。从尾柜到二柜，再到头柜，从白袍到青袍，再到黑袍，只用了一年，更是闻所未闻。那件张清欢同款黑长袍上了身，一样袖口外翻，只是小臂多朵白花——给崇家戴孝，同柏总店上下无一例外。

柜台交到清淮手里时，老的一个都不在，连流宝都去忙治丧了。新头柜，第一责任就是查药。客人拿着药方去抓药，尾柜按方抓药，每味药分装单包，并配上图标、图案、名称、功能和用法，头柜检查，有无“十八反”、“十九畏”、妊娠禁忌，还要应对客人的各种咨询，甚至对药方也有一票否决权，是整个药铺的最后一道关卡，也是药铺的权威和品牌。

吉清淮成了江淮最年轻的头柜，连兄弟童流坤都眼热，同行更要给他一点儿难堪了。平时不显山露水，这个突然冒出来的小家伙儿，谁都要教他做人。根基牢不牢，做做才知道。做了头柜，以前有人顶着，现在他是最后一关，说不紧张，那不是人了。踢柜的来过好几拨，清淮干过几个硬茬儿，有人说：“你这不是中药，倒像是什么野路子。”

吉清淮说：“经验是经验，科学是科学，你懂科学吗？”来人有被呛走的，也有被骂走的，反正没见开药吃死人的，慢慢也不怎么怕了。

下了柜台，吉清淮又去赶路。四十里的旱路，他已经走惯了，闭着眼睛都能走到。遇上乌云天，路上一点儿星光都借不到，可不就跟闭着眼睛差不多。好在拎了一盏小油灯，玻璃罩着，刚刚好照到脚前的一步。每走一步，都是把光推到前面一点儿，把黑挤开一点儿。

不知来路，不知归路，油灯只能照到脚面一样大的地方，这路，就走得荒凉。黑漆漆的，清淮突然脚面一凉，像被一只肉乎乎的冰手捂了一下，甩都甩不掉。吉清淮吓得大跳，双脚跺成药房捣药的铜盅，才听到呱呱两声响，脚边上一只肥硕的癞蛤蟆扑通一声跳回水里。哦，它也在夜奔呢。

走着走着，他想到头一回，被小婵子上下其手剥个精光的羞辱，就面红耳赤。自己硬生生是被强迫的，这个女人有多少恨意啊，与其说是女人的欲，还不如说是对男人的恨，根本不管自己的疼痛。

那趟回去的路，又长又累，双腿发软人发飘，沮丧得让他心寒。她还值得拯救吗？她已经不知廉耻、自甘堕落了，她对男人已经心如死灰了。我这是把自己喂进去了，可真的值得吗？

他想起师傅说的鉴真大和尚，六次东渡，弘法海外，沧海淼漫，百无一至，干的都是施身喂虎的事。没这点儿精神气，能做成“千古一人”吗？

转念又想，我又怎么敢这么比，我来回四十里是去嫖妓，说出来岂不荒唐。师傅肯定要怪我，说清誉毁于一旦。可若不是那一下，她怎么会让我进门呢。不以身做药，我又怎么敲她心门呢！

小婵子也清洗干净，静坐着。这个清清爽爽的小伙子，每个星期总会来一两次，也不急着干那事，每次都是哄她开心。两人一头，躺一块说半个时辰的话，讲一个故事，讲完故事就要往回赶。

虽然还不能断定他安的什么心，但他身上有一股很浓的药味，这味道，她很熟悉，林普君有，林普君带过来的一个年轻人也有——比清淮也大不了几岁。她依赖上了这各种草药混合的味道，盖住男人身上和身下的那股味道——男人终于不是臭的了。

小伙子说：“刚入行时候我也不懂，嫌味道难闻，现在缺了这味道反倒睡不着。药材的秉性就像它的产地，川贵火爆，江浙温良，齐鲁刚直……大江大河，名山大川，大漠荒沙，深海惊涛，一根根草本带着天地之气，赶来我们江淮，讲着各地的故事。随便一讲，就是上下五千年，随便一混杂，就是一整个中国的味道。下一回，我给你带些个同柏的茶包、药包、香囊来，你满屋子一挂，神就定了，魂就安了。”

小伙子的故事更是信手拈来。小婵子不要听那些个帝王将相，说：“成天都是臭男人身上爬，姐姐要听点儿我们女人家的故事。”吉清淮就说：“那给你讲个宝应城里的小姐家的故事。”

小婵子说：“这个好，我就爱听才子佳人。”

清淮应声“好”，说开了去。

“宝应城里，有个大花园子，叫纵棹园，里面有户人家，姓戚。戚家大公子到了成亲的年纪，他早就听说刘家的小姐琴棋书画无所不精，只是没见过面，催了父母去提亲。戚公子才貌、人品样样好，都说没有再般配的了，刘家能不答应吗？一来二去，这婚约就定下来了。

“新婚夜里，一帮亲朋好友闹完洞房，新郎官去送客，新娘子就坐在婚床上等着男人回来揭盖头。哪知道左等右等都不来，左等右等都不来……”

“怎么了，新郎官在外面喝醉了？”小婵子跟着着急起来。

吉清淮继续说：“新娘子以为新郎官不想要她，守了一夜，也哭了一夜。天都发白了，才听到外面闹起来，你猜怎么了。”

小婵子说：“我哪知道啊，你快说啊！”

吉清淮说："新郎官送客回来，经过戚家汪，一脚踩空，掉到水里了。左右都没个人，天亮了才发现。"

"啊，死了？"小婵子一声惊叫，半天回不过神来。

"还有这么苦命的人，"她摇头，"那这么说，这小两口子竟然一面都没见过？老婆长什么样，他到死都不晓得？"

"不晓得，新娘子也不晓得相公长什么样。不是说了吗？盖头还没揭过呢。"

"那这姑娘可怎么活。红事才办完，又要办白事。"小婵子眼圈红起来。

"姑娘留了一首诗，意思跟你说的一模一样，你要听吗？"

"我要听，就怕听不懂。"

"你肯定懂！"

吉清淮朗声背出来：

画虎虽成未点斑，百年夫妇一宵难。

欢声未已哀声动，贺客才临吊客参。

孔雀屏前灯隐隐，鸳鸯枕上泪潸潸。

从来未识儿夫面，空惹虚名到世间。

小婵子竟然全听懂了。"还真是，贺客才临吊客参。哪有这么苦命的，苦死了。"她眼眶里泪水直打转，半晌才问，"然后呢？"

"新娘子就留下这首诗，打扮得漂漂亮亮的，也在新郎官掉下去的地方，跳下去了。"

"啊？"小婵子又是一惊，"也死了？"

"死了。后来乾隆皇帝下江南，路经宝应码头上岸，住在纵棹园，听说了这个故事，也哭了，还特意写了一首诗给她。"

未睹妇面继夫之，非此寻常烈女行。白发尚且贪晚景，青春岂肯弃红妆？

魂游地府乾坤大，骨葬山头草木香。朕泪从未轻易落，只为千秋立纲常。

吉清淮刚念完，小婵子突然止住眼泪，连声叫起来："不公平，不公平不公平，呸呸呸，什么狗屁皇帝，我道是好心呢，说到最后，还是这些狗屁。什么纲纲常常，一面还没见过，就为他自杀了？娘老子给的命，跟谁有交代了？呸呸呸，什么狗屁故事！好不懂事！要是我，才不干这亏本买卖。空惹什么虚名，值屁的钱。命就是我自个儿的，伺候老娘一辈子，问我会不会陪他死，才可以考虑考虑。"

吉清淮也觉得畅快，果然没有看错小婵子："姐姐，说得好，有你这股劲，好人才不受欺负呢。"

"你真这么想的？"小婵子有点儿诧异。

"当然，不然我找你一年多，回回走四十里路来会你？"

"我以为你就是图姐姐的身子呢。他们都想睡小嫂子，一边睡我，一边喊亲嫂子。"

"不不，你就是你，不是谁的嫂子、谁的娘子。你能这么说，可太金贵了！我找你也找值了！"

"贵什么啊，我是臭遍四野八乡的烂货，你挑好听的说也不顶事。好了，半个时辰到了，你还得赶回路。"

"我说真的。我跟你一样，也是苦出身，你是父母不认，我还不如你，连父母是谁都不晓得，眼睛一睁就是和尚了。"

小婵子瞪大了眼睛，看着面前这个清瘦的少年："你也没家没口的？”

清淮摇摇头：“我是和尚庙里长大的，只有个师傅。师傅生病，也没了……”

小婵子怜惜地摸着清淮的脸，说：“弟弟，姐晓得你是真疼姐了！从今儿个起，你就是姐的相公，再来就直接进，姐不收你钱。”

北 渡

一批又一批的花子南下北上，涌到江淮来，命跟狗似的，走不动了，路边一缩就当埋了。清淮白天站柜，晚上赶路，但再忙也知道，同柏再乱，也是穷苦人的指望，一些规矩不能改，义茶义粥不绝，煎药也总叫人少熬一火，多留点儿药性给花子们续命，药渣就算倒在路上，也要吩咐找块干净青石。

清淮自己还拿薪水出来，买“全都管”给花子们涂，外伤、烫伤、消毒消炎……伤口像涟漪一样平静下去，几乎不见。在背街小巷里，这一幕每天都有，没有人看见，花子们也是安静的、默契的。“不要轻易做好人，做好人也要悄悄做”，现在做了头柜，清淮开始理解其中的好处了。

这边药渣子抢完了，那边花子还不散，等着老罗、老鲁抬一锅白粥出来。同柏的义粥，也比别处讲究，混了六七种粗粮，说是粥，厚得几乎就是稀饭了，筷子都能在粥里站一会儿，还加了几味本草，自带清香。花子们抢着一碗，能管一天。

老鲁腿脚不好，抬到店口的铁架子上时，熟脸的花子们早把锅沿都挤出几个圈来，外围六七个脸生的花子倒被晾在边上。老罗早就发现，这批花子，不会唱《松花江上》，不会喊“老板”，“大哥大嫂”也一个不会喊，说话前面总加个“阿”字，不南不北的，听不出哪儿来的。

老罗拿勺敲着锅沿说：“一句好听的没有，硬腔硬调的，哪像讨吃来的，倒像总统府里出来的。”

老鲁上去问：“家是哪儿的，家里还有谁？”对面还没说话，眼泪全下来了，药铺屋檐下哭成一排。大家就晓得了——南京城出来的。

“捞点儿干的吧，”老鲁跟老罗说，“南京城里还能逃出来的，都是几辈子修了大德的。”

老罗嘴上没回，勺子探到锅底，捞出一勺稠粥，说：“南京那几个，到跟前来。”

很快一锅粥见了底，花子还不肯散。“老这样子也不是回事啊，”老罗说，“个个都惨，就这么大个锅，贴都贴不过来了。你看看你看看，这还有往后场挤的，轰出去轰出去！”

花子不睬，喊着“我啊我啊”，老罗还要推，老鲁瘸腿倒跑得飞快，一把抱过去，哇啦一声号哭开了：“我的个乖乖啊！”

花子也搂紧了老鲁，哇哇乱哭，互相把泪蹭对方一脸。老罗细看，衣裳破到肋骨一条条露出来，头脸瘦到骷髅像，头发卷成拖把，但来人眉毛还是秃秃的——二少爷！

一通号哭耗尽了气力，二少爷像个挤干了水的拖把瘫在地上。伙计们七手八脚抬起来，撞开两道院门，直插到后院，一路上人仰马嘶，惊倒一片。

很快，就听到后院炸起来了，二太太哭天抢地，崇老爷谢天谢地。崇家这段日子像唱折子戏，戏文全是悲喜交加，五十多岁的崇老爷风浪了大半辈子，也没过过这么刺激的人生，直到半夜还在有唱有跳。

连睡两天，二少爷才醒。醒来摸摸，脑袋是自己的，胳膊是自己的，但房间不认得，揉揉眼才看出来，睡的是老爷的床。他老子和娘守在床边，双双眯着了——真到家了。

眼睛一闭，警报又钻破耳膜刺进来，斗大的炸弹又砸下来了。大哥跟他，一人抱一个小孩儿，大嫂扶着大妈妈，要去钻防空洞。每天都这么操练的，早熟练了。但大妈妈这回心脏病犯了，只好换大哥来背，她还不要，说“你们快躲，我反正活够了”。一来一回，街头已经落弹如雨，来不及进防空洞了。

一家子匍匐在柜台下，数着炸弹声由远到近，一般数过二十下，飞机就从头顶过去了——以往也这么躲过，他们都有数。怀里的小侄儿，正到了狗都嫌的年纪，不老实得很，只好哄他是在玩木头人：“你我都是木头人，不到二十不许动，一、二、三、四、五……”

但这回明显不同，炸弹就在周边转悠，好像就隔半个街区。飞机飞过去了，偏又折回来，还在这儿附近扔，左邻右舍楼房接连轰隆隆倒塌，大地像个炒锅，人跟黄豆子一般，颠上来又砸下去，再颠上来……

四十八、四十九、五十、五十一……好像是半个世纪，或许更长，怀里的小侄儿前面还憋得住气，数到八十多后开始哭嚎，后面直接浑身抽搐神智错乱，突然猛一把推开他，站起来就跑。他起来追，刚追出店门口，街中落下来一个大炸弹，眼睁睁把小侄儿撕没了。一个热浪裹起他，他也飞了。

在半空中感觉又一声巨响，药店好像也跟着离开了大地……

被一阵颠簸震醒的他，眼睛一睁，发现自己在车斗里，身上身下全是死人。再摸摸自个儿，一身血，都是别人的。车到了个什么坑边上，停下来，他从血堆里爬出来，也不晓得哪儿对哪儿。拖尸人一看，点头打个招呼，“你还没死呐”，也没当个事，又把他拉回来了。

他摸回四川北路，哪还有店，哪还有家，一条街都没了。遇上个收尸的，原来除了闸北四行仓库那边还有几声枪响，这一仗已经算是打完了，中国败了，上海不能待了。

茫茫上海滩，一地废墟，漫天浓烟，异族在庆祝，本族要逃亡。二少爷原地站着，连扇自己十来个耳刮子，还不解恨，再扇十来个——他恨自己，居然跟大妈妈一样的见识，还指望能靠西洋人震住日军，再不济，也能进租界庇护一下。

原来战争是这样，你的家园，不过是巨人赌桌上那被扭转把玩的魔方——面目全非、乾坤颠倒、经脉散断又何妨。

这一炸，脑子像被震散了，就勉强分得出北。撑着一根打狗棍，二少爷跟在步步进犯的日军屁股后头，也不敢进城，大路不走摸小路，旱路不通走水路，就沿着京杭大运河一路摸，向北。一路上断壁残垣，狗啃残殍，不知谁家的闺娘、谁家的媳妇，就那么精光光地死在路边上。原来人间是这样，进化到什么程度，也都有披着衣服的豺狼。你亲个没够的心肝宝贝，不过是敌人刺刀尖上烹烤的香肠。

一群群北逃的难民都在奔走，越汇越多，上海的、苏州的、无锡的、常州的……中国自古以来最好的江南啊，大运河边上的好地方，《康熙南巡图》里的柳绿桃红、万商如织，如今遍地狼烟，都在讨饭，讨饭都没个人家。

最后在镇江渡口，碰上一群南京来的，才知道首都也没了，亡国感一下子就涌上来了，想想各家苦事，江滩上上万人哭成一片。

家就在北边，他们过不去，长江横在那里，水都看不到多少，浮尸满江面。对岸的扬州城里，也狼烟冲天。哭都不敢大声，个个拿手捂着嘴，天地只剩一片呜呜。

小时候，父亲跟他们兄弟说过，华夏历来靠“三条龙”抵御入侵——长城、黄河和长江。历史上几次大难临头，都因为长城、黄河不保，华夏要靠南渡长江才保住中华血脉，南晋、南宋、南明，莫不如此。靖康之耻，扬州十日，嘉定三屠，全是血泪。说罢眼泪纵横，留两个孩子懵懵懂懂。

如今历史就在眼前，南渡换成北渡，古人换成自己，才知道不是听故事那么简单。亡国灭种的风险，从书上跳到了他头上！真像父亲说的，长江再守不住，就只有崖山跳海。

南边是家，北边是乡。眼下，他要北渡，要回乡，穷途末路也要回，死也要死在自家床上。何况还没到穷途末路，还有几根金条和一瓶“全都管”，贴身藏着——多亏大哥给老小都交代过，关键时候保命用。两房争争斗斗几十年，还是斗大的炸弹把他们炸回了亲兄弟，这会儿他倒真念起大哥的好了——还是大哥更像父亲一点儿，处处想在前头，要不然，这一道大江，多少万人死在江滩上、葬身江水里，只有他，能顺着往下游走，硬是在靖江买通了渡船，挤过江来了。

“怎么才来！不许再讲那种逼死人的故事了。好好的人，都被讲死了。”

吉清淮点点头，进了舱，上了床。这一天，房间里没有那些说不出来的味道，反倒有股淡淡的花粉香。他带了十来包崇三闺茶，还有安神醒目的香囊，小婵子喜欢得很，一个个小茶包挂在帐子内外、船头船尾，清香飘满了船舱。

但二少爷死里逃生，清淮实在没心思做那种事，他这次来，也要把这个消息告诉她。

二少爷逃亡的那些地方，小婵子一个都没去过，总觉得远在天外，但听说人被这样对待，自己的那点儿苦，好像就不算什么了。“我小婵子就算不识字，道理还懂一些，”她说，“男人不争气，女人挨糟践；当兵的不争气，老百姓就挨糟践。当兵的去了哪儿呢？还不是往我们身上来了。我们总说，‘你们有劲往鬼子身上使去，总往船上跑算怎么回事。你们保安团，保什么平安了？一打起来就把我们扔给鬼子，自己跑了’。唉，不提了，说得姐姐胸闷，给姐讲一个远一点儿的。”

“好，那我讲个外国的。你总说你最苦，生得苦，经历苦，我看不见得。我知道一个天底下最悲苦的女人，你敢听吗？”

“又来骗我眼泪吗？要再是逼死人的故事你趁早别再来了。还有那些大户人家的小姐，好不懂事，越是大户越是傻，那么好的日子不过，非要死。我不要听了。”

“不会的，上次是我没发挥好，今天定让你称心。传说有个叫莲华色的女人，跟姐姐一样漂亮，是天竺人。你知道天竺吗？”

“知道啊，孙悟空不就去的天竺取经吗？那边有如来佛祖。”

“太对了，这个莲华色，就是跟佛祖一个时期的人。如来佛祖本来是个王子……”

“好端端的，怎么讲上如来佛祖了，你这个小和尚，三句不离本行吗？不是跟你说了，男人的故事我不要听。”

“佛祖不能算……好好，讲莲华色。莲华色这个女人，一出生就很有名，皮肤像白莲花一样白，跟姐姐一样，是远近闻名的美人。”

小婵子笑了：“你个小和尚，也会撩拨人了！”

清淮顿一下说：“莲华色有个很爱她的男人，两人生了一个很可爱的女儿。可她不知道，趁她不在家，她男人竟然跟别的女人睡到了一块儿，而且这个女人，说出来谁都要大吃一惊。”

“谁啊？谁吃惊姐也不吃惊，不要脸的人我见多了。”

吉清淮说：“莲华色回家，看到她男人跟她的妈妈睡在一起。”

“什么？谁的妈妈？男人跟丈母娘？”

“是的，女婿和丈母娘。”

“哈哈哈，这可丢了大人了，哈哈哈。”小婵子笑得停不下来。

等她笑够了，吉清淮继续说：“莲华色很生气，就离家出走了。”

“她做得对！不惯着！”

“可在那个时候，又在天竺，一个女人想活下来，很难很难。他们把人分成四等，男人死了，女人就要跟着火葬。唉，怎么又说到这儿了，不对不对……”吉清淮看到小婵子眼睛瞪起来，赶紧转走话题。

“莲华色是个很要强的女人，虽然一个女人在外面很不容易，但她咬牙也不回头，不肯原谅这种亲人的背叛。”

“这还差不多，然后呢？”

“莲华色遇上了一个很爱她的男人，是个做生意的，日子过得很幸福。这个男人发誓，这辈子只守着莲华色，绝不再娶。”

“那她可真是转了运了。”小婵子帮清淮把被角拽一拽。

“是啊，但这个男人只提了一个条件，就是除非遇上一个跟莲华色一模一样的女人。转眼十几年过去，直到她的男人回家来，告诉她，因为太爱她了，他在外面遇到了一个很像她年轻时候的女人，忍不住就想娶她。

“莲华色很伤心，觉得男人背叛了她，可把女孩儿娶进了门，盖头一揭，莲华色自己都吃惊，这个女孩儿跟她年轻的时候太像了，难怪男人会一眼看中。她的心也不知不觉软了下来。”

“真有这么巧！那这个男人也不算太过分了。”

“是啊。但是，她发现这个女孩儿身上有一处胎记，立马吓得魂儿都飞了。你猜怎么了。”

“怎么了？”小婵子也紧张起来。

“这个胎记，和她生的第一个女儿一模一样。一打听，这个女孩儿，就是她和前夫生的。”

“什么什么？”小婵子听傻了，“这么说，她的头一个男人睡了她的妈，她的第二个男人睡了她的闺娘？”

“是啊，偏就有这么巧的事。”

“那她的命，实在是太惨了。”小婵子忍不住叹息起来，“那这事怎么受得了呢。”

“谁都受不了啊，所以莲华色只好再次离家出走了。但这次，她没有那么幸运了，没有遇上好男人，也没有什么工作好做。她没有办法，只好靠出卖肉体换食物和住处。”

小婵子愣一下说：“什么叫出卖肉体？”

“就是，就是靠男人养着，不同的男人养着。”

“就是婊子呗，跟我一样。”

“差不多吧，反正就是……”

“这个故事好，你继续。”清淮讲过那么多故事，小婵子这是听得最用心的一次。

“莲华色在一座小城里做妓女，因为貌美，客人很多，渐渐地成了这个城里妓女们的公敌。那些女人对她又嫉妒，又无奈，最后上门集体挑战她，说如果你能把这个城里最老实的卖香小伙儿弄上床，就公认你是我们的头儿！”

小婵子笑得乐不可支：“这是真的假的？是你臭小子自己编故事来糊弄我的吧，找打！”

吉清淮说：“书上就是这么说的，我可不哄人。”

小婵子笑得快岔气了，说：“要是真有这个就好了，弟弟你晓得吗，这些笨女人，勾个男人可费劲了，自己没本事揽，硬来拖我床上的。哪个男人会要这种泼妇？男人在家受了气，才出来找乐子的，谁会花钱找个泼妇睡！

“她们自己笨，还坏！刚上船的时候，可欺负我了。自己没本事睡觉，还怪上床歪了。要是真有比赛，你姐我肯定第一，就是你们平泾镇的夜上海，你姐我也敢去！”

吉清淮忍不住说：“我第一次来那回，你可不也是这么泼嘛。”

小婵子愣住了，又扑哧一笑：“我那是赶你走呢！好弟弟，看你是个老实孩子，不想你学坏啊。”

嘴上说着，心又荡漾开来，吉清淮论相貌、论人品，倒贴都是赚的，忍不住，又想撩拨起来。

吉清淮也渐渐明白了这种难以言说的感觉，像是手脚并用攀岩一座粉嫩柔滑的肉山，怎么爬也爬不到顶，只有灵魂的抵近能探到彼此的心肠。前两次是被迫，可接下来呢，怎么也停不下来了一样，尤其放空之后的那场对话，才是肉贴肉、心贴心的交流。

这么想着，吉清淮说："这个故事有点儿长，再打岔我就赶不上回头路了。"

小婵子停不住手，突然有个声音飞进来："就你本事大，万世的婊子命！"

小婵子立马直起身子，骂道："好你个屎霞，白天男人睡得还不够，晚上还不老实！"

屎霞还没回嘴，又一个声音打另一边飞出来："人家跑这么远来讲故事，多好的故事啊，你老打岔！小相公你别理她，好好讲你的！"

吉清淮吓得坐起来，小婵子按住说："这船不隔音的，我们都习惯了。每次你讲故事，她们都带着听的。"

那……吉清淮更加窘迫了，那些个被压在下面的夜，都在别人的耳边呢。

屎霞那边像是猜到了，说："小相公，你面皮薄，船上什么声响都有的，我们不会笑你的。我们也不见你人，后面还是不出声，你就是把故事带给我们听到就好咯，姐姐们都念你的好！"

"四霞说得好！小相公，你行行好，继续讲呗。"满船舱里都是女声，小婵子也朝他点点头。

吉清淮倍受鼓舞，起身穿上长衫，真像个说书的站在床前，朗声讲下去：“莲华色跟你……跟你们一样，漂亮又有手段，果真……”吉清淮自己也扑哧一声笑了，小婵子和船舱里的其他人又是一通狂笑。

吉清淮说：“后来果真把卖香少年勾引到手，还为他生了一儿一女。”

“真是厉害了，好吧，我承认她比我厉害了。不对，你确定这不是你编出来的我？为什么出来一个小少年，跟你似的，要我给你生儿子吗？”

船头传来颤悠悠的木板声，很快老鸨过来叫门，说：“半个时辰早过了，要是不走，我要收船板了。”

“不行不行，要走的……”吉清淮赶紧找鞋子。

左右船舱退回到寂然无声、黯然无光的状态，只有小婵子房间还有点儿光亮，像之前的每一个夜晚。他踏着船板，颤巍巍地朝岸上走，咯吱咯吱的声音跟着他，由近到远，像踩在别人的心上。他知道了，黑夜里，多少双耳朵在送他，多少个灵魂在等待唤醒。

岔 路

有了崇二少爷，崇老爷好像一夜回了魂儿，活气全上了身，说：“儿啊，你就睡爸这儿，靠爸近点儿。”二少爷睡了两晚，非要回自己房间。老爷就一趟趟往二少爷房里跑，有时候就在门口，看一眼就走，确认这个儿子是真到家了。神道了小半个月，二少爷身子养起来了，每天出来走动了，这个做老子的才正常一点儿。

等崇二少爷出现在前场，已经是一个月后的事了。众人听了他的事，对他这趟能捡回命唏嘘不已。吉清淮想起来，当年达摩祖师也曾在那江边一苇渡江，立少林，开禅宗，成一代宗师。二少爷怕是要悟道了。

也确实有长进，大少爷还在时，二少爷成天把崇家挂在嘴边，现在慢慢接手了，反倒不提了，跟下人有商有量，跟以前完全是两个样子。满嘴的洋泾腔也没了，小事全放，大事狠抓，对老的尊重，对流宝、清淮、流坤这些大的小的们，也更倚重了。二少爷还说了件好事，这趟过江北边，扬州、仪征、江都也失守了，但还没到界首，就看不到日军了。有当兵的在路上拿枪抵住他，一问才知道，是韩德勤的保安团。国军听说他是从上海一路逃回来的，还给他饭吃，说南边败得快，全因平原无险可守，但里下河路窄湖荡多，坦克、汽车开不动，日军暂时不敢来，没看连省政府都迁到淮阴去了吗？

听这么一说，大家更觉得老爷当年的预测有水平了。果然日军南边攻下扬州城后，就不往北推了，北边打下徐州，就往武汉方向打会战去了。高邮，宝应，淮阴，淮安，盐城……整个里下河近二十个县镇，还在自己人手里！

张清欢又拿出他的五行论调，说："土克水，木克土，水又克火。中国克日本，同柏镇平泾，运河隔战火，不至于的！"

老爷四十七岁闯上海滩的劲头又回来了，说："我们也学学川军，国家一日不亡，同柏一日不关张！张清欢你们几个，该做的事照做！"

清淮升得够快了，就这样，二少爷还嫌慢，股东开会，让他也跟着上会，什么事都不避他，对他开放。

那间镶着琉璃的玻璃房子，灿烂得像是一个美梦，编制的每一个项目，也像梦一样五彩，发出来的每一个指令，都在为梦想添砖加瓦。有人参会，坐那儿比死还难受，要么一言不发，要么说几句场面话，走个过场；有人拼命找存在感，有的没的说一堆问题，解决方案呢？没有。清淮打听清楚开什么会、议什么事，脑子里先过一遍。每次开会，先静静地听，到他发言了，一二三四，有粗有细，提出问题，自己还得解决问题，还是一二三四。

问他怎么什么都懂，他说："万法不离其宗，原理都是一样呢。多搭几个模型，就行了。"

"模型？！什么叫模型？是不是又是西洋鬼子那一套？"二少爷带头问。

"中药里就有，比如一个方子里，老祖宗早就定下了'君臣佐使'的模型。另外，张掌柜常说的'金木水火土'，其实也是模型。"清淮还翻出二少爷的各种书，"这些这些，都是，古今中外都是通的。"

清淮感觉脑袋里像装了一排排的斗橱，分门别类，一级科目、二级科目、三级科目，经史子集，一个抽屉一个抽屉排下去，别人随口一句话，都能自动触发他脑袋里对应的那个抽屉，随即排出个优先级别，是什么、为什么、怎么干、谁来干，清清楚楚，明明白白，像在这个岗位上干了几十年，主持的还是全面工作。

崇老爷点头说："清淮说自己不会下围棋，但下起来也是高手呢。"

下了月会，流坤叫住清淮，说："你什么意思呢？开会就开会，出我什么洋相。"

清淮说："没有啊。我跟大哥一样，都巴不得你出息才对。"

"那你说什么这个月收支都正常，就是账上几根参轧账轧重了，里外里就是百十块。清淮你什么意思？个个都不说，你一个兄弟跳出来！"

清淮说："我是对事不对人。不是对你人有意见，是对这个岗。"

"这个岗不就是我的岗吗？说到底还是对我啊。"

清淮说："人是一时的，岗是不动的，不要混为一谈。"

流坤说："你真是变了，说得这么理所应当。"

流宝远远过来说："清淮是对的，做事时候不要做人。但流坤好歹是我们兄弟，特例一次。"

清淮看看流宝，说："规矩都是你传给我的。"

"分得这么清楚，不累吗？"流坤直摇头。

"不分清楚，眉毛胡子一把抓，不是更累吗？"三个人都是一脸难以理解对方的表情，清淮干脆不说了，前场等着他开柜。

流坤一头火，说："这个清淮，刚在东家那边吵过架，下了桌子就喊我吃酒，演给东家看呢。"

流宝说："清淮不是这个意思，他人前人后都一样的。"

"你是没看到，刚才在东家那边他是怎么踩我的。"

"怎么踩你的？"

"说同柏的账不清楚，不就是说我。"

"说账不见得就是说你啊。"

“账是我管的，不是说我，是说鬼啊！”

流宝停一下，说：“什么时候你能学到清淮的一半，就算出息了。哪个是对公，哪个是对私，对公也分事，事跟事之间也剥剥干净，一码归一码。你要有这个本事，还能往上做。”

流坤说：“我是理解不了，也不想理解！什么时候你都护他压我！非让你看看，我童流坤怎么立人！”

流宝说：“还有一层意思你看到过没有？头柜跟账房，一团和气是干不长的。你二哥这样，也是在为你打掩护啊！”

流坤说：“什么都是他有理，什么都是为我好！我根本就不要你们为我好！”说完拂袖而去。

吉清淮是有点儿不会做人。流宝也叹气，又追到柜台，趁着还没上人找他谈谈，说：“做人能圆滑点儿才好。”

吉清淮说：“你说上柜前还在骂人，上了柜就换张脸，我就是学的你啊！凡事不都是要分清楚吗？！”

“分得再清楚，东家还是东家的，你的才是你的。”

吉清淮说：“我是盖庙的啊，是你告诉我的！”

“盖庙是盖庙，真的盖好了，就也要做一天和尚撞一天钟。”

吉清淮也不理解，说：“大哥你怎么口风变了。”

流宝说：“我一直是这么说的。你们两个，都只听一半。唉，愁死我了。”

“你最近怎么来的少了？”

“想我来了？我说给你赎身，你非不要。搬到平泾镇上去，说话就方便了。”

“你晓得给我赎身，得多少大洋？五十块！你有吗？”

“我现在是没有，但能借得到，只要你愿意。”

小婵子定定地看着吉清淮，说：“那等你凑够了再说吧。那个故事呢？快接着讲。上回说到莲华色勾引卖香小伙子，给他生了一儿一女，再后来呢？”

不知道是因为清淮讲的故事，还是因为同柏的崇三闺茶，小婵子最近气色也润了不少。

吉清淮清清嗓子继续说：“但是莲花色已经迷失了，不相信这个世界上有好人，并不想好好过日子，这一儿一女，她自己都没看过一眼，就托人送了人。听说一个送到城东，一个送到城西。”

小婵子眼角又挂了泪，说：“最近怎么回事，眼泪老不值钱。”

吉清淮说：“十几年又过去了，莲华色年老色衰，成了半个老太太，客人越来越少，晚年很难熬了。身边没人，手头没钱，脚下也没力气了，你说难过不难过。”

小婵子跟着掉眼泪：“你肯定是故意的，故意来让我伤心！”船舱里也是一片抽泣。

“这时候，她却时来运转，遇上了城东守门将军的儿子。”吉清淮语调突然一仰，又转出了小婵子的笑脸，“这个小伙子很爱莲华色，竟然不顾世人反对，要迎娶她。养父母当然反对，因为家里给他早早定了亲，要他迎娶城西一个大户人家的养女。最后，这个小伙子干脆两个一起娶进了门。哪知道，最大的悲剧也来了。这个小伙子，竟然是她和卖香少年生的，那个一起进门的女孩儿，也……”

“我不想听了，”小婵子收起笑容说，“读书人果然没有好东西，脑子里都是这些乱七八糟的东西，比我们妓女还脏！你走吧，再不走赶不上了。”

吉清淮愣住了，尴尬地下床，穿鞋，挑开帘子，出来了。

小婵子在后面哗一下把帘子拉上了。“我不相信会有这种事情，你就是咒我呢，咒我们妓女永世不得翻身！”顺手把清淮带来的香囊也砸了出来。

老鸨在船板那头儿抽烟，问：“今天出来这么早，拌嘴了？”

“我问一下，给婵姐赎身，可以分批吗？”

老鸨愣住了，说：“你真不知道？”

“知道什么？”

“你婵姐是自己上船来的，她跟其他船姐不一样。她是想来就来，想歇就歇，想走就走，我管不到，只抽水。”

吉清淮蒙了，这个小婵子，前面是人逼得她没得选，现在是有人引路她不走，自己作践自己啊。我舍了这一身清白，拉不出来她，还要搭个自己吗？

小刀会

清淮和流坤自从上次之后，也好几天没说话了。

这天清淮在柜，快打烊了，门口突然变暗了。抬头一看，一个胖子进来，门被堵了一大半。来人脑袋很大，歪着头，披一个罩袍，两个胳膊一叉，门又少了一圈。

“哪个是头柜，我来踢柜！”

所有伙计和客人都停下来，店里一下子静了下来。逆着光，清淮看不清楚，反倒是流坤在柜台上居高临下先瞅见了，是不是大头？

清淮吃了一惊，眯眼细看，可不就是大头王应风嘛！

王大头斜斜地一眼眼瞅着药铺，打量众人，最后在清淮脸上定住了。

清淮、流坤迎出来。王大头还是叉着腰不动，说道：“你们成头柜、账房了？”

流坤发现大头的头更歪了，但油水很好，像是有些发达了，说道：“可以啊大头，哦，应风应风，快里面坐。”

大头走到哪儿都拿眼看、拿手摸，三兄弟都有点儿感慨，清淮、流坤眼睛都潮了。光这一身行头，就知道大头走运了。

“你们都以为我死了吧，嘿嘿！”大头笑得眼睛更斜了，“路过也不晓得多少回了，也不敢进来看啊。”

“那今儿个怎么就有胆进来了？发财了？”流坤还是不拿大头当回事。

“哼！”大头冷笑，“财没发多少，刀倒有几把。现在是小刀会堂主驾到！”大头拿出神气模样，“今晚我就不走了，你们两个，陪我睡觉！”

三人哄闹着进了流坤房间。流坤现在睡在套房，里外里两间，里屋卧房，外屋起居会客，家具齐备，床还雕花。

大头左看右看，说：“这以前是林普君的房间吧，送鸡毛掸子进来过。那会儿我就想，我们三个天天穿堂风，他一个人睡里外里两间，让我睡外面看门口也好啊。今儿个好，就在这儿喝！”

流坤说：“那你是没见清淮的房间，比这还多一间，床也大。要不是全是书，我们就上那屋喝！”

大头说：“那会儿住的是张清欢嘛，同柏‘五宝’之一啊，哪轮得上我惹他。今天就睡林普君的床！哎哟哟，吃了多少鸡毛掸子哦！”说完倒头往床上一躺。

小六子端进来一桌酒菜，八仙桌上点起四盏蜡烛，烛火晃动里，当年的三个半大小子，一个个胡子都硬邦邦的了。大头现在进了小刀会，成了韩大爷的手下人，说：“现在官家靠不上，村村自保，放个土炮，千八百人还是喊得到的。以后有什么事，就去盐河镇码头上找王大头，其他地方不敢说，运河这一条边，管用！连我瞎妈妈都穿红戴绿，干儿子收了一堆呢。”

提到瞎妈妈，大头扑通往清淮面前一跪，清淮吓得嗷的一声跳起来，赶紧来扶。大头脑袋直晃，说：“不让我把这个头磕完，回家我妈准拿鞋底子夯我。”

“咱妈又能纳鞋底子了，那眼睛……？”清淮心都快跳出来。

大头跪谢的，正是清淮托人送过去的眼药。大头照着清淮写的法子，盛了空青石里的汁水给瞎妈抹眼。空青去障，需每天坚持着抹。一天，大头刚把药碗放下，瞎妈突然来了一句“儿啊，你都长这么大啦！”把大头惊得又哭又笑。

大头爱喝，但酒量不好，几杯同柏药酒下肚，歪眼就直了。流坤再劝，大头竟哭了，说：“你们两个还是那样，靠着炉子带我识字，脸烤得红红的。”

哥俩也动容了，清淮说不止一次梦到过大头，还有他那个瞎妈。

大头抹把泪又说："张清欢说得对，我不是那个料儿。若不是那句话，我现在连老鲁都比不了。"

"那么说，张清欢那句话还帮了你了。"

"哪个害我的我清楚。要说帮我的，还是你们兄弟，还有流宝大哥。我这个人，有恩报恩，有仇报仇！"

"哈哈，王大堂主只跪了吉头柜，还没提怎么报答我呢！"流坤大笑。

王大头反而问："你们以为我是怎么来的同柏药店？"

"怎么呢，不是刘臣师傅带你来的吗？"

"介绍我给刘臣的那个登账师傅，教我认字那个，还记得？"

"当然，统共教了一百个字，一半是别字嘛！"

"我把他剁了！"

清淮愣住了。大头这话不像开玩笑的。

"真的，真的！"

"就为教了你别字？"

"他教我识字，送我来同柏，你们晓得嘛，他要我妈陪他睡觉！"

大头坦然得让两个人猝不及防。

"大头，先别喝了，我有点儿上头。"清淮想岔走话题。

大头像触了电，浑身发抖，纵声大哭："让我说完……我的个瞎……妈妈啊！"

流坤扶住大头肩膀，说："大头大头，万事有我们呀。"

大头止住哭声，说："我在同柏一年，他就欺负我妈一年。我妈眼睛看不见，又不敢喊，庄上人晓得的不晓得的都不管。我妈不敢死，她要等我到家。那天我摸回家……我，我不怕你笑话，清淮，有的丑只能跟你说，我，我……”

“后来呢，你们怎么活下来的？”

“清淮，要不是有你那两块大钱，我们母子一点儿活路都没啊！也是你们兄弟好，带我识字了，庄上登账，就轮不到那畜生了。写写画画，各家找我，多少管顿饭，把几个。我妈也有饱饭吃了。流宝哥给的药，我也煎着，身子后来好些了，就是看东西歪，我自己都吃力。

“我妈眼睛那会儿还不行，也没钱看，但洗洗浆浆的有我了，晚上也敢脱衣裳睡了。后来韩大爷的小刀会起来了，要人登账、写告示，要个字好的，我就去了。再后来，清淮的药就到了，我瞎妈能看个眼跟前了，至少家前屋后的能料理了。哎！这世道，我就念你们兄弟三个。真的，真的！

“你别说，以前人家欺负我，我屄呢。后来跟着出去打人，别把刀在腰上，心不屄了，走路也不歪了，反正都过不下去！你们可能还不觉得，在药房练的那刀啊，碾子啊，磨子啊，梯子啊，都不白练，打架干仗全都用得上呢！劲也比别人大。韩大爷那儿还有神药，发了功刀枪不入，还怕哪个！

“见过了两回血沫子，回庄就把那畜生剁了。哪个敢报官！哪还有官！除了小刀会，庄上事谁还能管！要管也是我管！”

流坤说：“剁得好！”

“长这么大，我就遇到过你们兄弟三个好人，只有你们把我当人！我带回家的药和钱，少了它们，我和我妈骨头早就坟茔堆里喂狗去了。

“林普君那条老狗我都想来剁掉他，他躲哪块去了？‘瞎妈生个瞎儿子’，哼，就凭这句话他就要吃几百刀！”

大头突然暴躁起来：“还有那个什么二少爷，成天一副死人脸。还有那个老鲁，你们吃的馒头都是整的，到我这儿都不成样了，也没把老子当人。畜生！还有那个老罗，别人夜里就一泡尿，就他非要撒三泡，尿壶也不换大点儿的，也是畜生！就你们三个，其他都是畜生！”

清淮等他不说了，才跟一句：“流宝哥跟我说过，鸡鸭鹅鸟命就一条，你要报我恩，就好好做你的堂主，多在咱妈面前尽孝。药铺里，没有血海深仇，登账那缺德货一死，下辈子也超不了生，其他人，不值当！”

大头说：“这年头，谁把谁的命当命的！”

“那就不对了。我们是救命的行当，哪怕再恶，后脚你就剁他，前脚我还得治他。”

大头一愣，有火发不了，顿一下说：“也就你能这么跟我说话，哥哥，我的清淮哥哥啊！”

大头衣服都没脱，就打起了呼噜。清淮看着他，心里在翻。大头转了运，清淮为他高兴，瞎妈也有了指望，更是暗夜里一道金光，让他喜出望外。但大头现在这样，清淮又不忍。赌狠斗命，羔羊做魔王，谁不顺眼就灭谁，作恶一方吗？不该得的，不是早晚要还回去吗？还说什么小刀会刀枪不入，好歹也是学过药的，有没有什么鬼符神药，自己心里没数吗？对死亡没有敬畏，对生命还有尊重吗？

就像小婵子，非得不把自己当人，才能像人一样活着吗？清淮叹口气，好久没想到明月师傅了，这会儿无来由想到他。小时候，听师傅讲经，头上有佛祖，眼前有师傅，一切心定。以前什么都信，后来知道的多了，很多东西反倒不信了。清淮自己还不觉得，看着酣睡的大头，才知道自己已经走出那么远了。

同柏阁

流宝出差回来，大头走了两天了，两人没遇上。

这段时间，流宝总惦记着找两个人谈谈。

一个是二少爷。二少爷临走前，曾叫流宝帮他把住，码头上说的那些贴心话，他总想找机会跟二少爷私谈一回，毕竟二少爷慢慢地开始当家了。

另一个是清淮。流宝在水路上听到不少闲话，说同柏的新头柜年纪轻轻倒有怪癖，什么大姑娘睡不到，偏找个小妈妈败火，还要娶烂货进门。

但二少爷这次回来，可能是受的刺激太大了，一直不提那话茬儿，反倒跟清淮走得很近，两个人晚上经常去图书室讨论，一讨论就到半夜。流宝话都插不进去。

二少爷回来后，几乎不离开同柏，倒对图书室赞不绝口，鼓励大家多去看书。慢慢地，他把月会也放在了图书室，好像对着满墙书本，各人开口也能变得理性一点儿。

清淮接连碰了小婵子和大头的钉子，这晚上有点儿消沉，直冲着二少爷发呆。二少爷说："你一向有主意，说不出'怎么样'，至少也能说说'是什么''为什么'。"

清淮说："我以为信佛救不了世，才入的药门，可药店救人不救心，有些病，方子都开不出来。我又折了自己名声去当药，还是捞不出人心。更想不到，就这年头了，宝淮好多人居然还相信刀枪不入！

"我想一想，日本人炸了闸北图书馆，就是毁人先毁文心。小小平泾镇，敢称'小上海'，有酒楼，有澡堂，有妓院，就是缺一个图书馆。要救人，就要救心，同柏药店要供的不仅仅是一茶一粥，我有个想法，能不能……"

二少爷对看一眼，不待清淮开口，立即点头说："我看行！"

两人相视一笑。

同柏药店又有新动作，有了一个图书馆，崇老爷也高兴，说："宁波有个天一阁，平泾镇也就添一座同柏阁吧。天一阁只迎大儒，同柏阁对外开放，允许镇上人免费借书。外面传同柏'新五宝'嘛，这也可以算一个嘛。"

崇老爷和清淮他们都深信，万余的藏书，对于识字人数尚不过百的镇子，已不算小。国富论、海权论，这些颠覆性的观点，对镇上的人更是思想上的冲激。培养阅读习惯，更要改变阅读习惯，只读自己爱看的，还不能算启智。

比如流坤。流坤也看书，但最爱读的是桃园结义，最想上的是聚义厅，尤其是会过大头后，心想大头都能翻身，自己比他缺在哪儿？！流坤外出更频繁了，忙着跟镇上的头面人物杯盘交错起来。震丰园的包厢里，总少不了他。"十六仙"的滋味，早尝出了巧儿来。

华清池、夜上海最近也进去过了。

有时候酒桌上还能跟流宝碰上。流宝发现，这个小弟真是海交，自己认识的他全认识，他认识的那些人，尤其是一些武把式，流宝连名字都没听过，只好跟着“久仰久仰”。

淮安人喜欢喝洋河大曲，流坤成了平泾镇酒桌上的头面人物，结交的也是小地方的头面人物，县里、镇里的某某，这个是镇长，这个是镇税务站的站长，那个是船埠的把头，还有卫生所的所长……进这个局，有一定门槛，起码也得是个镇上有头有脸的，要是个小老板，再有钱，喊过去也就是个买单的。

就像这个把头，长着一个酒糟鼻子，实在其貌不扬，管着千把平方米的小埠头，让谁进不让谁进，让谁先进谁后进，到他地面上就是他说了算。他不在，他手下一个小保安都能治你。让你在水面上漂上三天不进埠，你试试看。

当然有人压得住，被上面兜头兜脸骂下来的时候太多了，当着众人面的都有。可掉脸就换个模样，獠牙露出来，教你做人，何况还有老弟兄们的组合拳呢。前脚你敢投诉，后脚税务站来查你，再后脚防疫站也来贴单子了，你扳倒一个，他们咬成串地来搞你。就要你晓得，这平泾镇谁说了算。

流坤年纪小，能坐进去，也是本事。他活络可靠，给苗站长调的同柏十全大补膏使其家里风调雨顺，酒品、酒量又好，动不动杯子一端，说先自罚三杯，有的是扩展朋友圈的法宝。

一个人是条狗，十个人就是一头虎，更何况，每个人还是只小狼呢。“在平泾镇，没有我们摆不平的事情。”流坤在外面跟苗站长学的口头禅，哪儿都能插进去。清淮惊人地发现，流坤已经结交了这么多所谓的人物了。每个人物还有朋友，以及朋友的朋友，一顿酒下来就说相见恨晚。流坤每晚都“恨晚”，朋友圈就大了。

在外面的能量大了，胆气也大了，少年时的梦中恶鬼，渐渐也不来缠斗他了。只有回店里让他委屈，是龙是虎，回店里都得趴着。一个药店，能需要多大的能量呢。这晚，流坤带着震丰园的酒气回来，他刚认识了县里下来的税务局副局长，有点儿美气，就想找人说说。

这书里，是有金子还是银子？路过图书室，清淮在看书。二少爷刚塞给他一本没有书皮的书，低声说：“实在有点儿抽象，你帮我理解理解。别在外面看，一会儿回了宿舍看。尤其帮我看看什么叫唯物主义，物质和意识之间到底是什么关系……”

流坤看清淮入了定，故意弄出声响，在对面坐下来。清淮问：“有事？”

流坤摇摇头，用清淮的茶杯喝了一口，咂咂嘴说：“这茶不行，我上我房间拿个给你吃吃。”

清淮说：“你那好茶把我喂刁了，以后还怎么过。”

流坤笑了：“这点儿茶叶算个什么。税务站的苗站长，我大哥，他都喝不完。”

清淮说：“我有你这一个兄弟，你有，我不就都有了。”

流坤说：“也是，你这便宜占大了，不用这么喝酒，什么都有。”

“你有的，都给我。我有的，只怕你看不上。”清淮话题一转。

“你有啥？”流坤一愣，“哦，我欠你八百来个大头字。”

“不只是字，是理，有的理教做人，有的理教做事，有的理教做官，还有的理教怎么做爹、做菜、做兄弟呢。什么理书里都有。”

清淮顿一顿又说：“哪是书啊，都是别人走过的路啊！我们的命才多长，还有多长？书里的道理，流传几千年了，我们可学不完的。”

“道理再好，也不能带我认识眼前的人，解决手边的事。我的目标是，谁来平泾，先得来我这儿拜码头，再干别的。就这个，哪本书能给我？”

清淮扑哧一笑：“从来是拜码头、拜官爷、拜帮会，从来没听说过还要拜药铺的，拜的还是个账房先生。”

流坤也笑了：“看来这行当太小，包不住我了。”

“每个行当都有几种做法，有时候不是行当小，是做行当的人眼界小了。”清淮接着解释说，“有人往下做、往长做，做深做精；有人往上做，做管理；有人往宽里做，上下游……”

清淮的耿直让流坤不快：“还说我小了，我看你们才是小。守着个小药房能有什么出息，社会上的路千条万条，每条都好走，偏关上门来走床沿子，哼！”

清淮不恼，说：“你爱听《三国演义》，刘备为什么要摔孩子，诸葛亮为什么斩马谡，这不就是教你怎么做老大，怎么做老二，怎么做官，怎么做事吗？上次我跟东家说账目问题，你说是针对你，我这儿也有个故事。二少爷被困在江边上的时候，那地方叫黄天荡，宋朝时那里打过一个大仗，韩世忠围困金兀术四十八天，八千对十万。仗打完了，全国都叫好，皇上要封赏，有个人不同意，偏要上折子参韩世忠。你知道是谁吗？”

“秦桧？”流坤听过《说岳全传》，谈到宋朝就知道一个岳飞、一个秦桧，哦，还有个昏君。

清淮摇摇头说：“是韩夫人梁红玉。女将军上折子把自家男人给参了。”

流坤说：“是真两口子吗？这是过不下去了吧。”

清淮说：“满朝也震惊。一是打了胜仗，怎么还参；二是你们是夫妻，怎么会参。梁红玉说，他不乘胜追击，贻误军机，是误国；自己若公私不分，包庇自家，也是误国。皇上封她为杨国夫人，从此对两口子更加信任。秦桧离间计多阴毒，连岳飞都倒了，他们两口子就是不倒。大家都知道我们是兄弟，我们更要学到这道理啊。”

流坤说：“大哥那天也猜你是这层意思呢。你下回再要这招，提前跟我通个气，我脑子转不过你。照书上来，也等不了，学不会。反正呢，书上的，你有，我不也就有了吗？那天的事，不怪你了，我睡觉去了。”

流宝和清淮知道，流坤和他俩走的不是同一条路，就算给了他一个头柜做，他还是会走这条路。不过，流宝对清淮的做法，也有点儿担忧，每到应酬场合，清淮都不愿参与。流宝说：“哪有不应酬的头柜，窝在店里不出去，最多做到刘臣，到顶了。”

清淮说：“崇老爷在上海滩结交了吗？那么多码头他一个个去拜过吗？”

流宝被问愣住了，又说：“那是大地方，讲实力，比不得小地方，全是人情。”

清淮说：“再小的地方，也讲实力。把结交的人用好，也是实力。”

流宝也没词了，说：“你说的那种人，只怕书上才能有。”

清淮说：“我心里比着一个人，也是这淮安城土生土养的，打小喝同一河水，远不远？”

流宝想了半天：“哪个啊？”

清淮压低了嗓门说：“人家书都读到外国去，二十八岁黄埔军校当主任。这回蒋光头在西安被扣了，你看他那口才、那气度，将来拿了天下，绝对是要封王拜相的人。这可是我们活生生的里下河走出来的人物，你们说是哪个？”

流宝默默不语，从来没人这么比过啊。

“但我怎么听说，你来来回回八十里路，是要娶那个妓女呢。”顿了半天，流宝补上一句。

同柏最近多了两种人，看书的和看笑话的。

崇老爷觉得同柏阁是“新五宝”之一，可镇上领情的人倒不多。图书室跟西药柜台并排，中院那万把本书也可供免费翻阅，却只有几个半大孩子过来翻书。读书启智，可好多人字都不认得，抱着天书不晓得翻。天街上倒也有些认字的掌柜、伙计，但也得家里家外忙饱肚子，没有这个空闲。

慢慢地，书架倒落了不少灰。而同柏小头柜的风流事，已经在平泾镇上传开了，说他还真是“小张清欢”，漂漂亮亮一个人，什么姑娘睡不到，偏挑苍蝇叮烂了的。

只有他自己还浑然不觉，冷了段日子，气消了，又去走夜路了。

吉清淮进门，小婵子跪倒在香案前上香，脸也尖了不少。每行有每行的祖师爷，小婵子从来不拜，显示自己跟其他妓女不一样。这次却破了例。

“上次你走了，我好几晚上没睡着，也一天没接过客。你说像莲华色那样的女人，最后是不是只能下阴曹地府？”

吉清淮摇摇头说：“她已经在地狱里了，不会更差了。”

“那我呢？无父无母，无家无子，连生的闺娘看都没看过。你太毒了，你为什么要来看我，用这么毒的故事编排我，他们只睡我的身子，你是啃我的心，让我永世不翻身！”

吉清淮站着不动，说：“你继续，我听着。”

“我不晓得你是哪个，为什么要来给我讲这些，我每晚每晚做噩梦。你来了，我连噩梦都做不了，整夜整夜地不敢睡。外面冷，里面更冷，我本来就不是船上的人，湿气这么重，关节生疼，现在跟掉进地府里一样。你比日本鬼子还坑！”

“我说了，我是来解救你的，给你赎身，娶你，过正常日子！我就是这么想的，也是这么做的。你没见过好人，不代表这世上就没有好人！”

“你真不明白？”小婵子痛哭失声。

另个船舱飘进来一个声音：“小相公，她不懂事，你别置气，我四霞说几句。你是好人，有好心，我们姐妹都听得出来，都说你是下凡的菩萨，祖师爷潜过来渡人的。

“你是同柏药店的头柜，江淮最拔尖的相公！我们没见过你的模样，也猜到你是人上人，能被你相中，我们这种人想都不敢想。就是嫁到拿锄头的，我们也是一辈子抬不起头。

“她呢，更是想都不要想。她是最下贱的女人，我说了你要心疼，但是她自己封的。为什么？你想想看，你大哥睡过她，你师傅睡过她，里下河四野八乡多少男人都睡过她。她跟我们还不一样，我们跑到你们苏北来，隐姓埋名，回乡还有人模样。她呢，真名实姓家门口的，她跟你上门？做过婊子的，有能在家门口上岸的？

“你是人上人，她是人下人，你对她越诚，她心越恨。她本来就在阴曹地府里了，你拉她出来接口人气，再塞回去了。”

小婵子哇啦一声哭出来，船舱里哭声一片。

吉清淮站在原地，五雷轰顶。这本是多浅显的道理啊，奈何他不懂得。他天生地养，无父无母，无亲无戚，人情不通，只晓得理，不懂得情，只晓得理不辩不明，不晓得人心也是肉做的。

他还拉着世人跟他一样，一板一眼做人做事，怪她自甘堕落，自作下贱。周遭早有一张无形网，把世人笼在当中。自打她踩上这块船板，就注定要一世颠簸，做不回人妇样了。他这条漏网之鱼，哪有资格救人，实在是差得太远了。

第五章

失地记

混混沌沌中，一年又要过去了。还能吃顿安稳饭的地方，整个中国都不多了。大年二十九，东家照例喊吃饭。外面都打糊了，江淮还有年过，众人都感慨。

请了张清欢坐上席，众人更愣住了。

东家说："人各有志，张掌柜吃了这一杯，我们就是两家人了。"众人面面相觑，不敢说话。张清欢也低着个头，领了酒不说话。

年轻点儿的都看着吉清淮，他也不作声。这段时间，张清欢很少见人，的确跟离职没什么区别。淞沪一战后，崇家元气大伤，江淮两年涌出来六七家药铺，齐鹤堂都开到眼皮子底下了。看来，同柏"五宝"这个篇章，彻底要翻篇了。

散席后，大部分人领了年礼走了，留段先生、刘臣、老鲁、老罗等老人在。年轻点儿的，就是童流宝和吉清淮。张清欢也还在。

进到后院，酒宴排开，二场开场。

“大家晓得这层意思吗？”老爷问。

没人敢说话，崇老爷继续说：“清淮，你来说。”

“风头太大了，要切割呢。哪天有一家两家露了，也怪不到同柏来。”吉清淮说。最近清淮的心情总阴阴的，少带笑模样。要救的人就在枕边上，他却感觉比任何时候都遥远。

“嗯。这个，也是想到我们当年，师傅要是多为我们想一点儿，可能也就没有后来的同柏了。”崇老爷没发现清淮出神，对着张清欢、刘臣几个继续讲下去，“你们现在，每人手底下都有一块地盘了。像你刘臣的总后场，是以前的十倍都不止。老段担子也重多了，多开一家，就多花一份精力。大家不是下人了，是合伙人。”

“该放的放，该收的收，上海我要是收得再早点儿，也不会……”说着手一抖，杯中酒洒在地上。

张清欢扶住老爷，说：“不管怎么分，我们都是崇家下人。”

崇老爷摆摆手，说：“大家也要习惯，要做好准备，哪一块养出来了，就分出去。为我好，也为你们好。以后大家在外头，该翻脸就翻脸，周瑜打黄盖嘛。”

众人大笑。张清欢说：“我这块，肯定不会漏，屁股打烂了，对外面只说店是我的。”

“要真是刀架脖颈子呢？”从来不开玩笑的段先生突然凑上来。

“你别给我下套！真有那天，就比比刀和脖子哪个硬！”

“不至于，不至于。”崇老爷笑罢，掉过脸来问流宝，“你说过段时间要请长假，有什么打算？”

流宝说：“家里处理点儿事情。公司这头儿，我处理妥了再走。”

崇老爷说：“家里什么事？今儿个年会，坐下说点儿家里话。”

流宝坐了，闷一下说：“就是回家盖房子。庄子太穷了，全是土坯子、茅草顶，想盖个真正的青砖房子。清淮、流坤都是我兄弟，他们总要娶媳妇，要有个住处的。”

东家点点头，问：“准备了几个大钱？不谈法币哈，就谈大洋！”

流宝搓手，说：“六十个。”

“盖几间？”

“正房七间，偏房三间。”

“盖什么顶？”

“小瓦就够了，砖头用好点儿。”

“院墙怎么起？”

“大户人家才砌院墙，我们那块，夯块平地出来就很好了。”

东家又掏出八十个大洋，说：“你们那边夏天闹龙脖子[①]，小瓦不抗风嘛，要用大瓦。院墙也用大青砖，两进，盖十五间。”

流宝愣住了：“住不了这么多。”

东家说：“哪天我得闲了，带我一块住住。”

流宝见东家这么说，推辞不了，就说：“正房五间，给东家留着！”

老鲁都笑：“老爷借你先住着，盖了不住跟钱作对啊。”

众人都笑。

---

① 龙脖子：方言，龙卷风。

老爷又说：“地上也要铺小青砖哦，不要给我偷工减料！”

众人又笑，说：“看来老爷不是说笑，真要去住呢。”

上梁

流宝、流坤、清淮回乡，走的是水路。里下河地区，家前有河，家后有塘，家家有水码头，码头上压着条石，条石边拴着木船。女人在条石上浣洗捶浆，看着南来北往的船走，等着自家的男人带钱回来。

来时都是自己撑船，回去东家雇了船，兄弟三个可以脚不沾地到家门口。两岸都是垂柳，柳下都是水码头，条石上都是女人，岸上还有白色的风车，转个没完，把河水引到沟里，淌进水田里。洗衣淘米都是这条河，水却清得见底，沟底的螺蛳都数得出个儿。

外面的战火已经打红了天，烧熟了地，这里一点儿风浪都荡不起来，日子还像以前一样静。三兄弟都觉得畅快，哪趟也没有这一趟快活。吉清淮想到小婵子，她如果认命，是不是也能在水码头上，捣一辈子衣裳。

正是油菜花开的时候，苏北大地黄灿灿一片。这块地，水稻、小麦、油菜、瓜果轮流收种，一年四季不带歇。路边庄后，有点儿空地就撒点儿种儿，韭菜、青豆随便长点儿，时蔬就不缺了。水也多，养鱼种藕，鸭鹅不同笼。反正不是田，就是水，看不到一块黄土地，到处绿油油，满眼水汪汪。北方的花子，到了这边就不肯走了。

但老百姓还是穷，能糊住嘴就不错了。沿途都是土坯子房，挖黄泥筑土块，加个茅草顶子就能住三代。一年两季雨，下得墙上哗哗往下淌黄泥水，风大一点儿，茅草就满天飞。

苏北的庄子，不像北方的庄子那么集中，三户五户最多十来户，挑一处高地就垒起来了。庄跟庄之间，没有正路，都是田间的小埂。回家一路小埂，还得上个小坡。苏北人不嫌上坡费事，来水了靠它保命。

靠水吃水，吃的是水，害人的也是水。一连几十天下雨像下锥子，河道排不过来，家后塘满了，全往上涌，哪次不到齐腰的，鸡子当鸭子养。

苏北人太熟悉了，防水一靠大堤，梆子一响，家家壮丁都得去上圩堵缺口，堵不过来直接拿肉身子往洪水里跳——身后就是老婆匣子，不出死力可还行！二就要靠这土堆子，一发水，家家成了孤岛，就靠这土堆子冒头。要是大水漫过鸡笼进家，就要坐上划子到运河对岸逃荒去了。

更吓人的是夏天的龙脖子，远远天地间一卷长筒，先在湖里吸饱水，再来岸上丢下来。旋风中心，人牛马羊一起上天，刮到几十里外再丢下来，茅草房子就剩个土坯柱基子。

而苏北人最怕的，就是黄河夺淮。里下河地区就算是个水缸，水已经满了，外人再加一勺都得漫，更何况不是一勺，是半条黄河。漫天漫地都是洪水，分不清哪些来自长江，哪些来自黄河，反正运河两岸都不能幸免。夺一次淮，几代人白忙，简直是逼人退回树上当猴儿去。周而复始的重启，就算是风水宝地，也经不住这种种灾祸。所以号称“鱼米之乡”、“中国粮仓”、地肥水甜人勤的苏北大地，一代代竟也没少过饿死人的时候。

大童庄就是由三个土堆子上的二十来户人家组成的。路是路，也是圩，两边全是水，路没半边门板宽。到处都是桥，不是出石头的地方，最多的是小木桥。水隔路，桥隔车，外头打翻了天，这里还是该怎么过就怎么过，没有比发大水更难的日子了。但不像江南水乡那种小桥流水人家，白墙黑瓦，处处透着俏、露着秀，这里处处都是不加装饰的肃杀，桥就是桥，没有雕花，个个好像跟审美有仇，其实少的是吃喝不愁的闲适从容。

杀猪的大刘，之前是庄上唯一的手艺人，走哪儿吃哪儿，一吃一抹带一拿，家里开荤最多，算得上宽裕人家。他的大女儿荷花嫁到镇上，女婿给的彩礼不轻，很让庄上人眼热，但住的也不过是茅草房子。

七大爷家，儿子在南京当和尚，带过几回钱回来，让他买地，偶尔能喝点儿瓶子酒，但也是茅草房子。

这几年，童家兄弟三个回来很少，但每回来一次，家里就添点儿。养了头大肥猪，还有青骡子，都吃糠，一看就过得不错。童大爷总在庄口晃悠，说：“我这个水甜，里头有蜜呢。”

现在，三兄弟带着风水先生，还要回来盖大瓦房。一船船运过来的，有大青砖，还有地主家才用的大青瓦。不要说大童庄，整个山阳镇，有几家子这样的？比不了的！

有的说童大爷家位置好，占了庄上的最高点，但七大爷说“前庄比这边还高呢，风水先生都测过”；有的说童太爷葬得好，但大刘说“好什么好，他死的时候脚都没沾地、没沾床，我在呢，我不晓得？”

刘嫂子自从小三子成了村里的文化人，说话也不一样了，还说别的她看不出来，三兄弟识文断字是真的本事。

流宝不用说，打小就是争气娃，他娘那会儿还在，身子也好，非要供他读私塾，不然能被药铺看上？药铺是个什么地方，到处都是字，通人五脏六腑的地方，比先生本事还大。

这个清淮，更是个文曲星，字写得又大又黑，一本书在手，古人的事情、外头的事情全晓得。前后不过一年，带的村上三子这般大的，没有一个睁眼瞎。天降的先生！

这个流坤呢，长得比他哥个头儿还大，舞枪弄棒，武把式也要得好。小时候赶上家道变差，跟着吃了不少苦，但也运道好，两个哥哥都有本事，墨水都往他肚子里灌，字写得比他哥还黑。

这一门，有文有武，眼看着本事一天比一天大，一年一个变化，能不兴旺嘛！刘嫂子自己给自己的道理点头，全然忘了她不准大女儿荷花跟流坤过的事情。

十五间大瓦房的地基，挖了一人深。童大爷一会儿招呼工人吃茶，一会儿招呼邻人吃烟，忙得眼睛都熬红了。流宝喊他歇，屁股落座没几分钟，就要给瓦匠递瓦刀，带木匠捏墨线，问哪块是堂屋，哪块是卧房。人家指给他看，他点头咽口水，问：“能摆下张八仙桌了不？”

工头说：“你家正堂墙板还能拆卸，能摆四张八仙桌，甚至还多。”

童大爷路都不会走了，下了工还要几个庄子来回晃，等着人来问。家里农活早不要他弄了，雇了一个长工，买了一头骡子，置办了好几亩地。童家上下都没经历过这个光景。

也难怪，在县城拉了小半辈子黄包车，拉成了九十度驼背，坐车的看他驼背，都不肯上他的车。宝应县城里，朱家巷、县南街的青砖大瓦房他全都逛过，朱、刘、乔、王四大家族门前也都走过，想不到能轮到自己。

现在，儿子带他翻身了，恨不得把房子背在黄包车上，到处拉给人看才好呢。尤其庄西老七，几十年压住他，喝口小米粥，剥了个咸鸭蛋也要显摆。这回非要出口气。

流坤朋友多，也说要热闹热闹。流宝说，年月不好，不要招祸。流坤说有数，就贴心朋友聚聚，盖房子是大事，不请朋友会被说你看不起人，以后没人跟你混了。童大爷也说，不撒几个，被人看不起，怎么的也要杀头猪。

猪喂了两年，这几年家里日子好，猪也跟着吃得好，养到了三百来斤，是大童庄头号大肥猪。童大爷喊大刘来杀猪，又不是过年过节，杀猪的场景难看到，半个庄子都来了。

大刘是庄子上唯一的外姓，平时煽猪，过年杀猪，反正猪是见他就拉稀打战。大黑猪知道大限将近，恨不得把这两年吃童家的全吐出来。三五个汉子进去捉，都被它左冲右撞逃了出来。

终于被大刘一棍子夯在头上，大黑猪后腿一绷，震出屎来，上了案板，还在嚎。大刘往猪嘴里灌清水，一瓢一瓢地灌，不肯喝就拿管子捅，一步到胃。

等大黑猪被灌成了一头小象，终于可以合格地死去了——一把尖刀抵进去，血水先是喷泉，后是瀑布，一个木桶早就备好了，猪血哪能浪费！

大黑猪嚎到了最后一刻，终于不动了。大刘擦血，迎着半个庄子的喝彩声。

清淮也舒口气。他看不得、听不得这个，生灵总是求生的，这个是本能。人类在杀猪宰牛时，总是过节一样。可对付起同类来，不也跟杀猪一样。小婵子、瞎妈妈，也没比猪幸运到哪里去。师傅说的众生互为父母，真的太难了。

想到师傅，清淮这趟回来，也去了龙王庵。大水之后，庵一直没修复，明月师傅已经不在好几年了，大殿里菩萨金身破败，留给蜘蛛张丝结网。龙王庵住过一些灾民，后来塌了，就彻底荒了。

童大爷说，家里这几年光景渐好，感念着是明月师傅让领回清淮，才有了功德，他好几次去庙里想还愿的，但师傅一直不知所向。

清淮知道，师傅是不想坏了庙里的名声，想死到外头去了。那会儿小，想不到师傅身边没了人照顾，一个人怎么活。他心想，有我在，至少化缘也能要回来几口。如今师傅无声无息地走了，连个坟头都没有。佛家不讲土葬，了无牵挂，可他连这点儿念想，都不留给我吗？

那边想着心事，这边开水浇烫，刮刀剃刮，充气剥皮，开肠破肚，掏出下水，大卸八块……一只大黑猪，最终在厨房被摆成各个部分，成了童家人的“衣食父母”。大童庄多年未见的流水宴，要开始了。

上梁那天，大童庄的田埂都被踩烂了，真烂了。流宝、流坤只好划船去渡，一船船往庄上引。

也不知道哪里来的这么多人，有些附近庄子的眼熟，叫不上名，一提某某就知道是本家，祖上沾亲带故过。更多的脸生，走来走去的也不知道是谁家的谁，坐下来就吃。红纸包着随的份子，全是铜板，十个二十个的。

庄上人从来没看过自行车，这回院墙前后停了二十来辆自行车。好多人赤着大膊，扛着大刀片子，在童家院墙外就耍起来了。喝彩声一阵连着一阵，都是外面的兄弟。村上人说，大童庄从来没这么立过，皇帝老子嫁闺娘也不过就这个排场。

流宝心里拱火，拿大童庄开庙会了？把流坤叫进去问，流坤说他跟韩大爷结拜了，事情是韩大爷给他张罗的，自己也不晓得会来这么多人，但多几个兄弟好办事。你看李保长都来了。

流宝捏着鼻子招待，挨家挨户去借小桌子、小凳子，门口排上一长溜儿。哪有什么好吃的，青菜烧百叶、韭菜炒肉丝、慈姑烧肉坨子，瓷钵子装着。还有道白鱼，上桌摆一下，谁也不会动，下桌继续摆。就是这些。

米饭煮不过来，就蒸水糕。白水糕切成一方一方的，上面点着红丝丝，嚼起来甜津津的，正好去油醒酒。

流宝再三说低调低调，流坤说已经很低调了。流坤前前后后地应酬，一碗碗地吃酒。童大爷路都不会走了，自己是个废人，张罗不到人前去，但他又想让人知道是他家，就坐在靠院墙的椅子上，跟人点头，闲下来就看天，还念念有词：“童家的祖宗们，今儿个是真立起来啦！老太婆，看看啊，儿子们代你把日子活回来啦！”

流坤走进堂屋，外面的酒气、热气，混着新房子的味道，熏得他更上头了。

这块地，几个月前还是茅草顶子，流坤抬头就会撞到。现在，头一抬，就看到房梁上高挂着大户人家才有的牌匾——一门三杰。那是外面兄弟凑的，可不就抵得上以前一个功名嘛。

你刘荷花没福，要不然这房子不也住上了嘛！流坤头昂得太高了，额头的筋爆出来，路都走不动。当年，就在这块，他提着刚钓的长鱼从湖荡回来，亲娘就躺在堂屋里，身下垫着门板子。

老子叫他再看亲娘一眼，他看了，妈跟睡着一样。他都不敢哭，他晓得有这一天，想到以后看不到妈了，夜里又偷偷起来看……

多年不曾近身的恶鬼，嗖一声钻出头来。啊！流坤抖起来，停不住。人啊，干什么要记住这些！

哎呀呀，今儿个是个什么日子，想这些干什么！到底是熬过来了。亲娘啊，你要能看到多好啊。

端着杯子，又往卧房走。流坤晓得会撞上爷爷，也不躲，就是来找他的，不管是瘫在床上，还是挂在床框上，到底是要见一下的。

最后一年，你基本上没吃过饱饭，身上全是疮。也不晓得你从哪边搞过来一个饭团子，塞在我手心里，叫我去后门口吃。可你就是饿得受不了，才走的那条路啊。

都是一口吃的害的，一口吃的又算个什么呢！一口吃的就把我妈妈、爷爷，像猪狗一样地灭掉了。爷爷啊，妈妈啊，我们家现在有三间房专门堆粮食呢！大瓦房啊！你们要能看到多好！

院子里，流宝还在赔笑，已经办成这样了，还能怎么办。加上酒气上头，各方的恭维一烘托，也真有点儿受用，想着要是太平年月就好了。

吉清淮不说话，一路跟在后头。流宝不敢看清淮眼睛，他晓得清淮怎么想，但事情办到这份儿上，他又能拿二兄弟说什么呢。

晚上人潮退尽，父子几个灯下数钱，贴了几个不好说，但是脸是值回来了！

童大爷刚带着流坤去各家还了小桌子、小板凳，各家还要舀一碗炒米带过去，算是回礼。还要挨家问反响，像到了七大爷家，放下东西不走，问人“办得怎么样啊？”一定等七大爷他们说出“立起来了”“了不得了”，才作罢。

童大爷瞬间有点儿感慨，无来由来一句：“你们妈那病，要是放在今儿个，也不是个事啊。”

流宝愣一下，叹气说：“妈就是走得太急了，再拖拖，没准我就有办法了。”

流坤五脏六腑被撕咬着，这个袭击太突然了。

这么舒舒服服的当口，你们干什么要提这个？！流坤心里恨着。蜡烛照着，老子半张脸在暗黑里，像被黑夜吞噬了。藏在心底很多年的那个恶鬼，盯着他一个人撕咬了这么多年，他恨凭什么是他一个人担着！

流宝这边还在跟清淮说：“这几间都不是我家的，名挂在了我家头上，将来不知道是福是祸。”

清淮说：“大哥你还护他，人家都往后退，你们还往前拥？要出这个名？立这个人？”

童大爷站出一步，说：“也不怪流坤，他也不是为的他自个儿啊！童家实在是穷怕了，再不立，不知道什么时候还能立呀！”

流坤看着老子脸上的光影，嗖一下亮堂了，又是那个为了儿子，什么都豁得出去的老子了。流坤跟着说：“今儿个韩大爷说了，有事敲锣，大童庄的事就是他的事，害怕什么！”

清淮说：“什么韩大爷，在庙里我就晓得他，他那条腿是偷饲料被韩庄人打断的，在韩庄混不下去，来这儿摇身一变成大仙了。”

流坤语塞，愣了愣又说：“英雄不说出处，现在人家要人有人，要枪有枪，往后庄上哪家敢看不起我们！”

清淮说：“是啊，庄上人都服你，外面贼都被你招家里来了。哪个上算？”

“有小刀会在，什么贼进得来？”

“小刀会是个什么？横得过义和拳？义和拳最后什么下场，你晓得吧！”

流宝摆摆手，示意清淮别说了，看向流坤：“流坤，今儿个这个事情，你是做过了。”

沦 陷

平泾水码头上，浣妇们的抱怨变多了。

运河水这一年更浑了，沉淀的泥沙夹在衣裳里，越过越不干净。哪来的这么多泥浆子？有人说淮河那头儿仗打得大，日军沉里头了；有人说南边长江上，浮尸都漂上来了；也有人说，是不是沦丧的江山都折成了泥沙，万土归宗，顺水淌回中国人手里了。

看书的人太少了，施粥抢破头，免费图书室门可罗雀。二少爷问：“就这么开着浪费呢？”清淮说：“要跟老爷借一样东西。”二少爷眼睛也亮了：“对哦，不想做井底之蛙，先得知道天有多大。”

同柏药店门口支起了一个大铜架，花子们最先发现了，说多施一锅粥了吧。等到东西架好，全都傻了眼，这么一个亮闪闪的大圆球，是干什么用的？站如松，坐同柏，吃穿用度都同柏。这同柏遭了大劫难，不但没倒，是又有什么新花样？

这是中国，这是日本，这是苏联……等熟悉了，店门口的人越涌越多，几十只手在地球仪上来回打转。

“外面也跟我们一样啊，水比地多，你看看，蓝莹莹的全是水。”

“这个英格兰霸道嘛，到处撒尿占地。”

“怪不得叫‘小日本’，就这么点儿鼻屎大的地方！”

……

老罗看不下去了，说道：“排好队排好队，摸坏了哪个赔得起！”

整个天街上的人，都赶过来瞧热闹。大秀钻过人群，拉着小六子说：“便宜你了，带我转一回。”

小六子也油嘴滑舌，跟大秀说：“我们头柜说了，转到哪儿，就嫁到哪儿。”

后院那个粗辫子的丫鬟说：“大秀别理他，我带你看。这小子也学坏了。”

张清欢走后，同柏“五宝”的定义有所不同了，老爷、二少爷本指望同柏阁能入列，结果架上生尘，反倒是这个地球仪最无争议。

平泾人通过地球仪认识的地方越来越多，但属于中国人的地方，却越来越少了。淮安城没有韩世忠，没有韩信，只有韩德勤。日军到底是来了，第一次亮相平泾，选择了天幕做背景。

同柏药店这个上午正在同柏阁开会，流宝最近跑西药渠道碰了难处，几个大港都被日军占了，船靠不了岸，淮阴城里的仁慈医院都拿不到西药了。中药稍微好点儿，但亳州的药材市场可能也快保不住了……二少爷突然脚面像被打了一枪似的，笔直跳起来，桌上茶杯都被带翻了，众人还没反应过来，他已经跳到了院子里。

众人跟着他跑出来，就看到二少爷昂着脖子直勾勾看天，整个人自顾自地直抖。天上一片鱼鳞云，把蓝莹莹的天抹得像个寿星佬，别的还看不出什么。

但很快，有成群虎狮在云端的低吟声，越来越近。天地共震！

“轰炸机！”二少爷示意大家看云后面，果然三只“大铁鸟”在云后面若隐若现，掠过平泾上空，向北滑去。二少爷直捶大腿：“淮安城要没了！”

很快北方地面腾起了烟雾，蘑菇一样冲天而起，跟天接在一处，颠倒了乾坤，混沌了世间。从城里逃回来的人说，南门大街瞬间就平了，齐鹤堂门口正在施药，一颗“铁屎”落在上百的花子正中间……还有一颗落在小学堂里，那是些才长到肚脐眼儿高的娃娃啊……

这波冲击的警告，在平泾人的命脉上，扎中了生死穴。有人说，国民政府现在和我们一个在长江头，一个在长江尾，指望不上了，还是快逃吧！

逃还是不逃，往哪边逃？听说淮阴城里的仁慈医院是美国人开的，不少人拥进去避难，或许能挡一阵。

立马有人摆手，说鬼子轰进去搜伤兵，非要腿断的人自己走路，走不动当场就一枪，哪个还敢去，根本不讲理的！

往南边去？二少爷就是从南边逃过来的！北边？日军就是从北边打过来的！西边？安徽也被扔了炸弹。

难道跟着蒋光头上长江吗？听说长江上江阴要塞沉了船，两头不通了。

一辈子没出过远门的老人们，像老鲁、老罗，开始跟药铺门口的老花子们讨教，能往哪块逃，要带点儿什么物件，一路上注意点儿什么。

几个老花子哈哈大笑，有个说："老师傅们啊，承蒙平日里关照，说个诀窍你们听好！我跑了大半个中国，才晓得有个地方绝对安全，要不要去？"

老罗、老鲁赶紧靠上去。老花子端个破碗，指着碗沿比画开了，说"这地方，前有照，后有靠，左有青龙，右有白虎"，最后亮出碗底，说"中间有明堂"。

老鲁还在疑惑。老罗叫起来了："好你个老花子，今儿个开始，同柏家药粥没你份了！"转头又跟老鲁说："老东西编排你呢，这是叫你挑墓地呢！"

花子们赶紧求饶，说："我们一开始也像你们，觉得打仗还远，日子照过。等家轰没了，人死眼跟前了，才晓得跑呢。一开始跑得起劲，就想着离家越远越安全，哪知道一通跑下来，天底下水道、陆道都连着，你走不到的地方鬼子都能到。你这个腿，还不如我们，更跑不过车轮子和飞机。哪有安生地，还能往哪儿跑？"

同柏的人，毕竟都通着中医药，懂一点儿牵一发动全身的道理。五脏六腑生死相依，肝胆相照，盘根错节，本就是完整的循环体系，正如这五湖四海，小河沟里的一朵浪花一样能翻动江河湖海，谁又能置身事外呢？

从城里回来的人说，没指望过韩德勤能做史可法，但也没想到保安团几下子就把淮安城送掉了。八浅闸的保安团，好像也撤到安徽去了。千年的车桥古镇，被日军纵火焚烧三天三夜，成了一地瓦砾。

现在，日军大部队已经撤了，全县的日本兵加起来不超过一个中队，都在中学操场上窝着。说中国太大了，这点儿日本兵哪儿都想占，不就跟撒胡椒面似的。只能靠中国人，县里成立了什么维持会，拉了几个有名望的人出来做。齐鹤堂的常老半仙老了，路都走不动，被用轮椅推出来做会长。

说要提防的，除了日军，还有二皇。往日都是二流子，披身黄皮更不像人了，最不要脸的就是他们，进村后连破棉絮、烂被褥都抢，鸡毛都不拔就烤鸡子吃。

但二皇多少还认点儿乡亲，胆子也小，不大会下死手。他们也知道，太猖狂了，有人收拾他们。新四军里，彭雪枫的部队名气很大，打日军、打二皇都是下死手，白天都在芦苇荡里窝着，夜里出来炸炮楼。韩德勤的国军都是江淮子弟，也时不时找日军晦气。所以，日军、二皇不大敢过来运河以西。

后来，日军也知道了这一带的情况。湖荡水路，这些地方一天不控制住，抗日势力就一天消灭不完。往返于淮安、宝应，平泾是必经之处，水陆要冲之地。平泾镇的水埠边上，很快修起了炮楼子，派驻了一队日本兵，日夜站岗放哨。

水上也要把住——日军购入了一批小汽艇，船头架上机关炮，水上一过，那浪头能把小船掀翻，开出二里地了，波浪还在翻。

崇老爷是第二回见到日本人，可不像上一次，还能“谈合作”。每次北去淮安城、南下宝应城，中国人都要跟站岗放哨的日本兵鞠躬行礼，不然就会被甩上几个大嘴巴子，到墙角反省去。即使行了礼，躬身的角度够不够，神态恭敬不恭敬，都是挨嘴巴的理由。当然，带着良民证是前提，不然可就直接去宣抚班报到了。

有了炮楼，日本兵离平泾镇就更近了，毕竟是远近闻名的大镇子，他们也三三两两来凑热闹。街上人家互相提醒，酱油柜台边的大秀、苗站长家的姨太太绿萝，几个模样好的都不敢出来了。崇老爷更是严格管教，三姨太太、二少奶奶，甚至还是小孩儿的崇三妮子，谁都不准上街。

大部分时候，两不相扰。日本兵居然对虎头鞋、如意结、竹蜻蜓感兴趣，掏出票子比画着要买。那是巨额大钞的军用票，老百姓哪用得到，谁也不敢申辩，赶快赔着笑脸说不要票子，要送给他们。日本兵听了以后，还真跟个人一样地推辞推辞，最后打着哈哈，带着东西走了。

要是日本兵偶尔下乡，庄里的男人和女人都要进芦苇荡，留些老的和小的，半大姑娘也要掏把锅灰抹在脸上。

要提防的，还有水匪。听说上次北边炸开了花园口，淮河以北一片洪水滔天，黄泛区多了多少灾民，现在都待不住了，上千的水匪冲了过来。这批匪，不讲乡情，能下死手，抢完东西还抢人，好几个大户都成了绝户，闺娘、媳妇都被糟蹋了。

官府跑了，日军、二皇加水匪，老百姓的日子过不下去，好多地方只好成立自保团队，小刀会是主力，各庄习武练摊的带头护庄。各家有刀拿刀，没刀拿叉，有男出男，没男出女，脸涂锅灰，壮壮声势。

韩大爷更忙了，各庄各户都请他去主持，忙不过来，就张罗徒子徒孙过去，一个庄一个庄地串联。匪患越重，小刀会越兴旺，小家小户都提着刀叉要入会，连妇女都提着花篮，搞出一个花篮会来。韩大爷喝酒都不喝烧酒了，要喝宝应特曲。

这个年月盖大瓦房，的确是有点儿不知道生死。多少大户被一波波地刮地皮、打秋风，大户们都几头下注，哪头都要供。大童庄也就是天高皇帝远，别人够不到。但流宝、流坤已经慌了，流坤后悔动静办大了，流宝后悔房子盖阔了。童大爷呢，还是庄子间来回晃荡，等人来问来夸。庄上人嫌烦，拿他开玩笑，七大爷就臭他说："有你们家在，来贼了我们也安稳！"

流坤嘴上还不服，说小刀会里全是兄弟，铜锣一响，千军万马来相会，都是好汉，全都认识。过几天传回来小道消息，说韩大爷在外面放过话了：整个山阳镇都不要来，来了就是作死；大童庄的流坤是他拜把兄弟，谁到了大童庄都得绕道走。

也确实绕道走了，大童庄太偏僻了。这块到处是河道，路都没有门板宽，日军的坦克车、大卡车，在里下河这块开不起来。还动不动就下雨，到处都是烂泥巴路，日本兵的大皮靴子一踩就拔不出来，拿这里还真没办法。

国共两党都依托里下河这个地形，跟日军打消耗战。城里还是日军占着，镇上、村上就成了国共共存的区域。白天是国民党，晚上是共产党。隔壁庄的李保长，白天是国民党的保长，来收租子；晚上又成了共产党的干部，再来讲政策。

尤其是大童庄，一条整路都没有，家前家后都是水，走河道没个带路人，七绕八绕就不知道去了哪儿。有人拿大运河上的宝塔做参照，结果就像同柏门口的那个地球仪，溜光滚滑，宝塔一会儿在左，一会儿在右，一会儿在东，一会儿在西，只怪河道曲折蜿蜒，把人绕昏了。都说是老祖宗当年不怕费事，“三湾抵一闸”，挖弯河道本是为了控水速、水位，顺带着还防上贼了。

踢柜

清淮在柜台上也遇到了意外。

这天清淮正在柜上，一个青衫男人在街对面看了半天，还排在人群里转了一回地球仪，才踱步进来。

来人立得笔直，鼻梁高挺，眼窝子深陷，络腮胡子刮得全是青茬儿，一看就是异相。进来也不来柜台，站在同柏阁书架前背手缓缓看。

清淮早就瞄见他了，他不动，自己也不动。等他过来了，清淮给司药的小六子一个眼神。

小六子隔人问他：“请问需要什么？”

“抓药！”来人说话很短促，递上一个纸条。

清淮听不出口音，就觉得古怪。哪里怪呢？他脑袋高速运转。北边人调子高高的，排除；西边人调子拖得长长的，更不像；有点儿像南边的，可南边人说话平翘不分，这人“抓”字说得很清楚，像是特意咬舌练出来的。

正琢磨着，小六子捏着纸条过来了：“头柜，这药方，没法抓啊。”

吉清淮接过来，纸条上写着：

乌草根 300 克；

白芷 100 克；

鹿茸 200 克；

当归 100 克；

……

列了二十多味药，有的是治创伤的，有的是活血化瘀的，好几味违反了“十八反”，计量单位也不是两，而是克。真没见过这样的怪方子。

清淮打量一下来人，来人正死死盯着他，等着看清淮脸上的反应，然后一笑，问：“你们，都不熟悉吗？”

这方子怪，这人也怪，这口音就更怪了。排除了南西北，莫非是东边来的？

东边，是盐城、南通，然后就是海。地球仪在清淮脑子里呼呼地转。不，是更东边，越过大海，那里有四个“魔鬼岛”！

清淮心头一紧，日本人！

来人的眼神含笑，示意他猜对了。“用了你这么个年轻人，跟上海滩那时候比，同柏可太不一样了。”等他再开口，清淮就更有数了。

崇老爷以前跟他们说过，“全都管”的方子，说出来狗屁不值，但是先是中国人，才是生意人，还说四川北路去过一个叫铃木的日本人。莫非他就是那个铃木？

猜对了，就是他！不是医药代表了，是日本华东方面军第六十五师团的中尉医官，正宗日本鬼子！

“上次在上海，你们崇掌柜说等打完仗就跟我们合作，可我们只是动了动小拇指，你们把国运都押上了。好巧不巧，我跟着部队转了半个中国，还能在这儿遇上。

“我看到老百姓还用这个‘全都管’，哈哈。‘站如松，坐同柏，吃穿用度都同柏’，八年过去了，一点儿长进都没有，西药都是对症下药，你们还在包治百病。”

铃木指指西药书柜，又笑一下：“也不能说没长进，你们也开始研究西药了，那也该懂些化学检验。想知道‘全都管’的方子，根本不用你们崇掌柜掏方子。早就检验出四十二个元素了，你们呢，还在金木水火土，还要藏藏掩掩。”

清淮吃了一惊，真的破了“全都管”的方子？！干掉一个日本兵，要死五个中国士兵，这就是代差吗？

心里想着，嘴上却不服，他欠欠身说：“我们是没什么好东西，不知道怎么就值得贵国专程过来。中药也没什么厉害的，不知道怎么值得你们花八年时间专门化验出来。古时候，还知道派遣唐使来请，如今全改自己抢了。占东北，你们说是为了中日友好；占上海，你们说是为了实现大东亚共荣；占华北，也是迫不得已，真是连累贵国了。”

铃木不接话茬儿，反而嘴角挂笑：“看来，你还没被你们掌柜当自己人……”

清淮不知道怎么接，铃木戏谑般说：“同柏的最高机密，还是我这个日本人带你见到的吧。”

清淮还在发愣，铃木指指被清淮捏在手里的纸条，带着捉弄得逞的得意。

吉清淮心头又是一紧，烫手一般赶紧放在柜台上。

铃木说：“想不到同柏也在变，看起西医西药来了，有同柏阁，还有这样精度的地球仪，我在日本也没见过，你们能放在门口给人随便看。但中国太老了，中药也老了，上几个年轻人，引进几本书，能改变什么？”

“变总比不变强，要不是几次被你们打断，我们未必是今天这样！”清淮听崇老爷分析过，从甲午战争到“二十一条”，再到当下，这个冤家回回都来掐断中国的变革进程。

“行啊，既然这么说，那我也改个主意，多给你们几天，让你自己看看同柏能变成个什么样！”

看着铃木抬脚出门，小六子靠过来问：“头柜，他真解了我们的方子？”

清淮不置可否，只说：“你们把柜台看好了，我去下后院。”

“还看不上我们，哪天落我手上，我非让他先把‘十八反’‘十九畏’背顺了，再剐他！”六子一边答应着，一边自言自语。

崇老爷接过纸条，看着上面的药材名，越看表情越凝重，看到最后，突然舒了口气，轻轻放回到桌上。

“这个单子，你看过没有？”

清淮点头：“他先前只说抓药，没说……”

“你可以看看的，不打紧的。”老爷把纸条递过来。

清淮还是摇头，摆手。

二少爷问："爸，没漏吧？"

崇老爷点点头："放心吧！鬼子再鬼，淌不出人血！他这方子什么都不缺，就是缺德。"

按理说，江淮新开这么多药店，正是用人的时候，但林普君去了几个铺子，人家都不要他。

回头一琢磨，越想越觉得这些新店有名堂。看起来各是各，但林普君总有一种进了同柏药店的感觉，自己还说不出来。

张清欢辞职了，这个消息更让他吃惊。他想找个同柏的人探探风，可整个同柏口风很紧，找个说话的都没有。

以前跟段先生联过一次手，可这个老段，回头就把他踢了，现在成了崇家大管家，下手更黑了，当众扒裤子这种事，做得绝呢。谁都指望不上，只能想起刘臣来。刘臣贪杯，不要多好的酒，也许同柏的事情，得从他开始。

要说刘臣也是真沉得住气，徒孙都做头柜了，他不恼。让他总管总后场，没做几天就不做了，说不习惯管人，其实是说中药改成这个样子，总不是他的心路。最后老爷给他安了个总教头，也就是技术指导，只抓技术，才安稳了。

"你是没看到，小六子才几年，都上柜台了，二把刀都算出师了！"喝多了，刘臣谈起张清欢、童流宝也是一肚子牢骚，"吉清淮更不好说，好好的药铺捣鼓出一个藏书馆，更不是正路子。看书的人都没几个，买药的没有玩地球仪的多，中药可别葬在这代人手里。"

"你不晓得，同柏跟个纱厂一样，一人一个萝卜坑，老爷多少事情也不问了，都是二少爷在管。”

“崇家这么干，你还认他个屁！我有个主意，给他们一锅端了。”

刘臣一张醉脸突然醒了，眼睛一翻：“我跟你说得着吗！”

一听说反同柏，刘臣一身酒劲全醒了，杯子砸在地上：“林秃子，我跟崇家，是你能挑拨的吗！”

林普君赔了一顿酒，白挨了一顿数落，落荒而逃。

转悠到平泾的小巷子，突然想起几年前跟段先生来捉过张清欢的奸。这不正是跟张清欢好过的何寡妇嘛！穿的用的，还不是张清欢用公账买的。什么“平泾王摩诘”，看你还护他到什么时候！

林普君谎称自己是汉河老家来的，找张清欢有急事。

“你什么急事，也不能找到我这儿，我跟他又没关系的。”何寡妇急着去买两块晚市豆腐回家拌小葱，脚步停都没停。

林普君说：“我是他大舅子，我妹子没了，喊他回去奔丧。”

何寡妇看着林普君：“你是他大舅子？”

林普君说：“谁能拿妹子的命作假？”

“你不在同柏药店了，改行当舅爷去了？”

林普君老脸涨红，他想不到，自己被认出来了。

“我说林二柜，我晓得你们两个有过节。想弄他，也不用拿我当枪。”

“那，就不打扰了。”林普君这两年老吃瘪，鸡毛掸子抽人的神气全然不见了。

“要找张清欢茬子，直接说多好！”

林普君愣了一下，收住了脚。

“有阵子没来了，男人不都是畜生吗？！”

她是主动勾上张清欢的。这样的男人，姑娘、媳妇都惦记，但谁也不敢乱来。她敢，动不动去柜上抓药，一来二去的，就把张清欢拿下了。

镇上论美人，有人说是苗站长的姨太太绿萝，有人说是酱油铺的大姑娘大秀，还有人说是崇家还没长成的崇三小姐，直到崇老爷带着三姨太从上海回来，争议全无。反正，手指头、脚趾头全数完，才轮得到何寡妇。

何寡妇有了张清欢，恨不得拴在裤腰带上才好。她觉得这个男人，要才有才，要貌有貌，腰里有钱，肚里有货，还会保养，人后敞亮，人前漂亮，让她死都行。

张清欢什么人？半辈子头柜，以为做到顶了。“一悟寂为乐，此生余有闲”嘛，闲就生事，才被何寡妇拿下了。现在崇家版图重画，自己成了开发总经理，一身本事，开疆辟土，复制出二十家门店出来。这么好玩的事情，还有股份拿，哪个事业人不热乎？

他是真变心了，心不在男女那点子破事上了。“平泾王摩诘”不再“焚香看道书”，白天到处奔走，晚上谋局划策，寡妇这头儿慢慢就冷下来了。

张清欢当然是假辞职，带着一帮从上海撤回来的人，把药店开得轰轰烈烈。今天在淮阴，明天在涟水，后天又在高邮，风一样的男人嘛，到处刮。

何寡妇不乐意了：“眼里哪里还有老娘我？要那么多钱有什么用，又不和我分，家里老婆儿子稳稳当当，我就是个陪客，白玩呢！”

她不晓得详情，但张清欢去过哪里、干些什么，还是大概有数的。林普君一拼一凑，一张图就出来了。

何寡妇说："同柏你怎么治我不管，让他闲下来就行。"

林普君发现，崇家拆掉了同柏药店的金字招牌，全走单店经营。"站如松，坐同柏，吃穿用度都同柏"的同柏，现在化成了什么同德药店、青柏药铺，什么义白药铺、良木药房，你要是细看，名字里都有"同"字或者"柏"字，要不就是"柏"字再拆，糊弄外人看不出来。这么一算，连同一条街上的柏鹤堂都是崇家的！

装模作样打擂台，连我都被你们耍了。林普君的恨意，把自己的肝都快撑炸了。在崇家鞍前马后前前后后小十年，怎么说也代理过头柜，算个高管，为公得罪过那么多人，原来从来没被崇家当过自己人！

同柏上上下下百十号人，没一个跟自己透过半个字！

很快，同柏连开十几家店的风言风语，犹如江淮风吹芦花飘，说崇老爷家都是大轮船，美国药、苏联药都有，传什么的都有。

其实，沿海的港口，一个接一个都被插上了"膏药旗"，哪还有大轮船能进来！缺药的年代里，渠道抵万金，新四军边打日军，边防着韩德勤的袭扰，头一个就缺药，芦苇荡里趴着一排排等药的战士。流宝刚回到大童庄，李保长晚上就来了，说让崇家搞一批药，给湖荡里送去。可他自己白天刚来过，代表国民党跟童大爷说，两头下注是不行的，合法政府只有一个。

童流宝领着，问到老爷这儿。崇老爷说："说到底，我一个弄药的，杀人犯抬到门上都得管，这是祖宗规矩。"

"那要是日本人呢？"李保长问。

“那还算是人吗？！我一大家子死在他们手里，打鬼子的我都帮。”崇老爷眼眶红了。

李保长不说话了，后又来了句：“我晓得了，这个话，我去传。”

血潭

镇上人见日本兵的次数多了，慢慢也没那么害怕了，毕竟还要过日子。

天街街面上正值热闹的时候，运河堤上走来三个扛着大枪的日本兵，从西头往东头逛起来。这几个都是老面孔，有一个叫板恒和一个叫松下的，小商小贩们对他们都熟悉了，最多占点儿小便宜，也就不怎么怕。除了各家大姑娘、小媳妇照例躲一躲，街上都如常。

他们晃晃悠悠到了丁字路口。震丰园、华清池这两年生意明显不行了，船帮走动少了，没有外地客，本地多少人能消费得起呢。两家伙计靠着柜台打瞌睡，门对门地点着头，板恒觉得有趣，来回看着，自顾自地乐起来。

他们的笑法，和中国人不一样。中国人是眯着眼睛笑，他们是瞪大眼睛笑，好像怕笑的时候漏过了某个细节。松下的毛皮靴子敲在青石板上，一线天里有阳光洒进来，照出一条金线，在地上一寸寸地爬，烧得青苔都吱吱地响。

这条老街上，门是木头，窗是木头，柜台是木头，梁是木头，桌椅板凳这些摆设都是木头。百十来年的老木头上，雕着各种花，讲的是萧何月下追韩信、桃园三结义、司马光砸缸、一饭之恩……都是镇上人打小听到大的故事，谁也注意不到。松下却看得仔细，有些他显然是看懂了，跟板垣比画着长胡子，告诉他这是关公呢。

比起冷冰冰的炮楼子，这里有温度多了。他在关西的家乡，因为钢铁都拿去造枪炮了，满街也都是这样的木头房子，一根铁钉子都找不出来。松下竟然升腾起了温情感！是啊，在家乡，差不多也到了稻穗沉坠的季节，那里的稻子跟这里的水稻田还真有点儿像。

两个哥哥都被征了兵，一个去了朝鲜，一个去了南洋，他是小三子，也是唯一的壮劳力。今年的稻子，谁去帮着收呢？

这趟来中国，也是他第一次离开家乡。不同于家乡的是，他是这条街上的大人物呢！视线扫出去，眼眶里的人都挂着笑——就算入眶前一瞬还在愁眉苦脸，可一见到他，就满脸堆出笑来。

酱油柜台本来只开了小半个，突然有人从里面呼啦一下，把木板子卸下来，一张俏脸从窗户后面探了出来——大秀。这个十八岁的丫头，一探头，像白光一下把街面照亮了，也把板恒和松下震住了。

半条街的人心里一沉。这个死丫头，不知轻重，出这个头！

板恒和松下有点儿为难，甚至有点儿乡里乡亲的拘束。但他们对望一下，旋即又反应过来，在彼此的眼睛里，找到了魔鬼的召唤——我是皇军呀！

半条街的人都呆若木鸡，松下有点儿下不来台，不做点儿什么，也太丢皇军的脸面了。收起大枪，他校准了一个禽兽的表情，像他的同类跨进无数个凶杀现场一样，熟门熟路跨进了酱油店。

大秀家的哭喊，整条街都听得见。街上的那些伯伯、叔叔、哥哥、嫂嫂、姨娘、姐姐们，平时喜欢看热闹，这会儿走也不是，上前又不敢，远远探着头，互相看。远一点儿的地方，人众还不晓得什么事，还朝这儿涌。涌到一半，看东街的人都不动脚，又都住了脚，小声询问，再张大嘴巴，再捂嘴，再探头，脚下再不往前。一拨拨儿的，如此循环，倒把酱油铺门前空出老大一块地儿来。

大秀的呼救，倒招来了另一个扛大枪的日本兵。他丢下同柏门口的地球仪，背着大枪，提着大皮靴哐哐地赶过来，还没等进门，就开始脱裤子，露出里面一个尿布片子一样的白裤头。松下和板恒倒退出来了。好像这个尿布片子是个头儿。

但很少人注意到，尿布片子后头，远远跟着一个穿青衫的中年人，中分头，脸生。来人从腋下掏出个短东西，对准松下的后脑勺就是一下——一道火光，一声闷响，松下即刻跪了。然后又对准板恒，隔着两三米又是两下。板恒也跟鬼上身一样，原地一抽，矮了下去。

青衫男人还想进店去，但里面已有拉枪栓的声响。他猫着腰，拽过地上两把长枪，踏过石板路，扬长而去。

平泾镇多年没见过血光，第一次开枪就毙了两个日本兵，板恒、松下也成了平泾镇死的第一个、第二个日本兵。这回还给平泾镇的人普及了一个冷知识：枪声原来不是那么脆生生的炸小鞭一样，而是如小鞭扔进木箱子里时的那一声闷雷。

这都是事后的瞎嚼蛆，青衫男子从容走后，街上风卷残云般闭户收摊。大秀一家躲无可躲，划条船往乡下走。

日军赶到，两个大兵一跪一坐，还在给自己的命案现场站岗。血沿着青石板的石缝，淌出老远，蜿蜒曲折，像要指认某个去处，但最终汇在一块碎裂的石板槽子里，壮志未酬，一时悬案。家家关门闭户，平泾人像群被猎枪崩走的飞禽走兽，让出空荡荡一条街来。

日军自然恼羞成怒，端枪对着酱油铺子，一阵噼里啪啦，木板上马蜂窝一样，弹痕累累。过了两天，日军在那个日本兵被打死的地点埋了一根两米多高的木桩，上面刻着“日本圣军第六十五师团上等兵板垣士雄、松下成仁战死地”字样，木桩四周用桐油抹过。

这根木桩一直孤零零地竖在那里，谁也不敢碰。但晚上，小六子有时候会去吐唾沫。

这事，完不了。

日本人的报复马上开始了。先是杀俘，八十多个国军战俘，被押到县城学校操场上，五个一排，公开处决。

行刑的是宣抚班科长，名叫北川一义。杀八十只鸭子还要磨几把刀呢，可这个魔头用一把刺刀，活活扎死了八十多个壮小伙子。人被捅入时的那一声闷哼，戳穿骨髓一样渗入魂魄，在街巷里传得那么深、那么深，听者无不胆寒。

有个一脸娃娃气的小兵，紧跟在排长后头，吓得哆嗦都忘了。排长死到临头还想替他求情，说小兵才十六岁，还没开过荤，就留这一个种儿吧。北川一义熟通中文，也精通兽性，捅别人都是一刀，扎小兵活活扎了八刀，跟猫戏耗子似的。扎一刀，少年嚎一声亲妈妈，哭嚎声让整个淮安城都跟着抖。

人杀了一排又一排，一个上午，操场上的血汇成一个深潭，到下午就凝固成一池“黑胶”。接下来几天，血腥味儿在淮安城弥漫，全城笼罩在地狱般的肃杀里。

还没完!

张清欢是地下党的说法，在淮安城越传越神乎。说他往湖荡里送药，国共两面光，那些新开的药店，就是他们的交通站。不然乡下地方，哪来那么多新面孔，还动不动就换地方，今天在这儿，明天在那儿，神鬼莫测。

说他手上有人命，杀了日本兵，用碾子磨成粉，喂鱼。长衫下面两把盒子枪，文武双全呢。

同柏药店惹了大祸。从不下乡的宣抚班来了一个车队，从前院搜到后院，把二少爷、段先生一并拉走了，分别关押。崇老爷本来首当其冲，童流宝这个进药的也跑不了，二少爷听着风声，就跟他老子说，你是崇家家长，当家的不在，总还有个缓冲，硬让童流宝带他老子和几个女眷走水码头，划船出去躲躲。

宣抚班驻地是以前的中学，二少爷在这儿读到初二，才去的上海。他从来不知道，母校隔出来的魔鬼窟，这么吓人。那块黑血潭像地狱的入口，从那里能看到奈何桥上的鬼魅。

没有审讯，没有缓冲，进去了就押进刑房，名字也没一个，就叫“418”。以前的教室，被隔成一个个牢房，叮叮当当，像药店的磨房。

这里也有磨子、碾子，还有刀、鞭子、电椅子、烙铁……药店每一味药剂，都对应拯救人体的某种痛苦。相反，这里，人身上的每块皮肉、每个器官，都被他们开发成了刑场，成了痛苦的施乐场。他们憎恨人，只认魔鬼做同类，只想人类怕他们。

二少爷是死过一回的人，本不晓得什么是怕。数过二十下就是活，这个和死神的赌博，他玩过很多次，有一回数到过一百，已经到鬼门关口了，最后都是他赢。数不过去，不过是下去抱小侄儿，阴曹地府他也去过，吓不倒他。知道这些鬼不讲道理，翻过来打完吊过去打，就是一句话——没做过。

但到处是狗叫。大狼狗不知道是不是喂人肉长大的，个头儿像小老虎，吼起来也像虎啸，不吼的时候更像。喉咙里呼噜着，毛炸开来，红眼珠凸起，半蹲在那儿，前爪匍匐，后爪拱起，像随时要射出来的箭——就等那个魔头北川一义动一动手指。

终于，二少爷头发一根根竖起来。他自以为是见过地狱的，但没见过这种阎王。他生平最怕狗，你越挣扎它越兴奋，求饶它也不会松口。二少爷浑身打着战，大腿自顾自地抽筋——一口咬死也就算了，跃跃欲试的最瘆人了。

一个脸上带着面罩的人，像破布一样被扔在墙角，叫他二少爷。

二少爷壮着胆子看，不是面罩，是凝固的血痂结了满脸，应了一句："啊，你哪个？"

"我，张清欢！"

这团叫张清欢的血肉，就比死人多一口气，那张何寡妇如心肝宝贝一样疼个没完的俊脸，被狼狗撕掉了一半。

"哎哟，把我里面打坏了，活不成咯。"这样还怎么活！张清欢鼻梁被砸进了肉里，只能张着嘴巴吸气，咕噜咕噜，一说话，就涌一腔子黑血。

"跟我老婆说一声，有钱在我宿舍床板底下……跟他们没道理讲的，真的，不讲理的。"

话没讲完，皮靴声响，铁门咔嚓打开，"418"，一群大狼狗争相涌入。

二少爷啊的一声，人像掉进了油锅，又抖又抽，刺啦炸响。

“妈妈啊，亲妈妈啊，啊——啊——”

祖师爷

清乡运动，要让新四军在芦苇荡里连盐巴都买不到，活活困死他们。但新四军的药品供应却没断过，查源头的是个中国人，一个姓常的副官，再上头，是一个叫铃木的医官。

常副官也是本地人，崇老爷没跟他打过交道，但跟他的老子很熟——常老爷，人称“常半仙”。

从常家出走时，崇老爷是头柜，常副官还在上小学。崇老爷带走了尾柜张清欢、二刀刘臣，还有老罗他们一拨儿师兄弟。常家的小绿瓶，换成了小蓝瓶。但同柏、齐鹤究竟是个怎么回事，老的们不说，小的们也不敢问。如今，常半仙都瘫了快一年了，他的小儿子主事，这茬儿事又被提起来了。

二少爷、段先生被抓，童流宝被通缉，张清欢失踪，崇老爷身边只剩下一个吉清淮。两人走进了齐鹤堂，淮安城里同柏唯一不进的地方，终究还是要进。每走一步，就拂去一张结在往事上的蜘蛛网。

齐鹤堂是淮安城最悠久的招牌，常家五世药铺，分店遍布全城。

创伤药小绿瓶、黑金霜更是独步江淮，南京城里的议员们都来求药。崇老爷十岁拜师，三十二岁自立门户，算一算，二十多年没进过这个门了，师傅的鸡毛掸子应该落了不少灰。二十多年的往事，日子像灰尘丝丝点点地沉积，不留神，都堆到快一人高了，厚重得让人走不动路。

可不是嘛，拎着鸡毛掸子威风凛凛的师傅，穿着大褂永远笔直的常掌柜，如今缩在轮椅上被人左右推着走，嘴也歪了，话还没说，口水先从嘴里往下淌。

老爷子身子不行了，那口气还没消，说那个不安分的人呢？到底还要上门！

崇老爷进门就跪了，吉清淮这才明白，崇老爷当年是怎么走的。

崇老爷是常半仙最得意的徒弟，十八年熬成齐鹤堂头柜，还得了黑金霜的秘方真传。但崇老爷看过几本中药西药的书籍，藏药苗药的书也乱翻，偷偷改良黑金霜的配料，想增进药效。师傅发现了，骂他不安分，说他把师兄弟们都带歪了。

那年四川闹保路运动，各地学生都响应，大清朝风雨飘摇，几个师兄弟血热，跟着剪了辫子，为这事跟师傅彻底闹翻。崇老爷从常家负气而走，还带走了几个剪辫子的小师弟——刘臣比较冤，他是出去办货，半路上被学生硬剪掉的。

“别以为翅膀硬了，出去屎都吃不上热的。”常老爷的话，差一点儿就应验了，以他的行业威望，江淮药店果然无人敢收这哥儿几个。直到这不安分的大徒弟，往小绿瓶里加了几味药，竟药解百忧。冻伤、创伤、炎症……一个小蓝瓶随抹随管，淮安人给它起了个“全都管”的小名。没想到小名竟盖过了它的大名，成了远近闻名的独门药。自此，同柏药店站稳脚跟。

但那都是过去，朝代如走马灯一样后浪滚前浪，崇老爷眼下跪拜的这个师傅，当年还要给大清守灵，眼下竟做着日本人的官，“气节”两个字正过来倒过去，都被他写了。

求到人面前，崇老爷只能低头，说：“我宁可出去闯上海，也不在淮安城里卖一块膏药。这是徒弟欠您的，常会长！”

“这个位置，你还当是我要坐的？”师傅老泪纵横，哆嗦着朝大徒弟咕噜。

儿子在一旁咳嗽，常老爷又一哆嗦，赶紧拍一下轮椅。

“人老泪多啊，师傅我不是老糊涂，就是我没用了，事我管不了，还要顶着我的名。你跟他谈。但你们听不听我都要说，做人彼此留一线，留一线啊！”

常副官不接老子的话茬儿，也没有空叙旧，要叙，也是算总账。他说：“算你聪明，拿个张清欢顶在前头，切割得倒干净。你家老二嘴巴也紧，不然我也救不了你。钱我是不要你的，是给上面的，但你的本事是从常家带走的，要给我留下。也不算过分嘛，崇家手艺都是常家的，哪里来还到哪里去。”

崇老爷看看师傅，师傅垂着脑袋不看他。崇老爷就说：“留个平泾同柏老店给我家站站脚，其他我替张清欢做个主，全交出来。”

常副官说：“同柏这个招牌，以后就不要提了。要么还有个办法，‘全都管’的方子，你交出来。”

崇老爷说：“同柏是我的，我交；‘全都管’是中国人的，我做不了主。”

常副官眼镜摘下来，瞪着眼说：“就你是中国人？”

常老爷听不下去，拍下轮椅：“齐鹤堂五世传人，会要他的方子？！大清到民国，你们还没看明白吗？谁在台上，谁在台下，都是今儿个一说明儿个一说，哪有不变的江山，什么时候都要给自己留条路。”

常副官竟闭了口。

吉清淮趁机壮着胆子插一句：“还有张清欢，能不能留条命？真是误会，他根本不会打枪！”

常副官抬起眼皮看一眼清淮，问：“你是哪个？”

崇老爷赶紧介绍：“这是我们总店头柜吉清淮。”

常副官问：“你就是吉清淮？你怎么认识铃木长官的？”

旋即又说：“留张清欢可以，我拿哪颗人头跟日本人交差？你家老二？另外告诉你，进宣抚班的就没活着出来的，张清欢已经被打坏了，也就这几天的事。再晚点儿，你家老二还能不能做第一个，就不好说了。”

崇老爷应一声，又跪下来，给师傅磕头。

师傅像个小孩儿一样哭声很大：“你这个兄弟还看不透啊，以后常家有难，能拉就拉一把，啊？”

一拖再拖，二少爷和段先生先后出来了。老鲁是第一个去接的，先哭开了。

二少爷脱了相，被咬得血肉模糊，自己不知道疼，痴痴呆呆的，眼睛里没有光，就会喃喃数数：“九十五、九十六、九十七、九十八、九十九、一百……过百啦！”动不动大小便失禁，眼睛不看人，听到狗叫就抱头。

崇老爷遭遇了第二次亲子惨祸，像一块火红的烙铁抵在心肝上，刺刺冒响，当场昏厥，抢救过来就嚎：“我们崇家，没做过恶事啊！哪块来的这么多害人精，脏啊，脏死咯！”又昏过去。

段先生是后出来的，脸看上去还好，但袖子一撸，两只手被夹得骨肉分离，右手只剩下两个手指头，再也没“袖里金”了。他把手缩回袖子里，说：“好歹给我留了半条命，知足了。”

患难见人心啊！他不说自己，只说这一劫过来，他最服两个人。

一个是二少爷。打小那么怕狗的人，一群大狼狗围着撕咬，神志都散了，还护着老爷、护着崇家，不知道在那儿数什么，反正一句自保的话都没说。牢里人都说，没见过这么硬骨头的富家少爷。

另一个是张清欢。张清欢最后把事都扛了，整个同柏上下，都是他拿命换回来的，临死了还吐着血沫子托付段先生：“跟老爷说一声，脸坏了，别拿‘平泾王摩诘’取笑了。我也不给他丢脸，拿脖颈子跟刀比比软硬去。”

另外张清欢还嘱咐，从他的同柏分红里，每年给何寡妇划十块大洋。

张清欢被押到血潭前时，成群的绿头苍蝇轰一声惊起。他以为是砍头，昂着脑袋，脖子伸老长。北川一义一刺刀下去，从前胸钻出半截血刃，张清欢很意外，想回头骂，身子已不听使唤，栽进血潭，又带飞一群苍蝇。那么爱干净的一个人，平泾镇最漂亮的男人，倒下去后，两股苍蝇又轰一声飞回了身上。

倘若倒下瞬间尚有意识，不知道他会不会把王摩诘的那句“思归何必深，身世犹空虚”念完。他一直说五行相克，木克土，土克水，水克火。流坤当年想问他什么克木，没敢，后来自己查了一下，克木的是金——老罗、老鲁说，张头柜是什么人！他早算到了那把刺刀。

张清欢的头颅在鼓楼的旗杆上昂了个把月，陪吊的还有天街上酱油铺的大秀她爸。至于大秀母女，再没人见过。

平泾镇上，反应最大的是何寡妇。领到段先生送去的十块银圆，她当场就投了河。被救后不吃不喝，不发一言，复而投了井。镇上人说，露水鸳鸯能这么有情谊，张清欢没白睡过她。

同柏这回遭的祸，跟往回不同，伙计们是真的怕了，好几个辞了工，连小六子也没了踪迹，一个招呼都没打。

好久没来读书了，同柏阁的书架都生了尘。那些个挑灯夜读的日子，被左一个四十里右一个四十里走散了，被一颗接一颗的炸弹冲散了，被一块又一块的失土砸飞了。偌大一个中国，放不下一张书桌，当年那个淮安城走出来的少年，也是这么说。

二少爷成了这个样子，再也没人来跟吉清淮讨论物质和意识的关系了。那个神交许久的灵魂，也有好一阵子不在书籍里留笔汇合了，他一度以为是张清欢，后来以为是崇老爷，再或者是只在后院出没的那个陌生人。可眼下，放眼同柏，死的死，残的残，散的散，谁也不会有这个心境做批注了。踌躇了半天，心绪极乱的吉清淮，几乎没了翻开书本的勇气。

“你也来找书吗？”

耳边传来一声脆生生的问题，清淮循声一看，留着流苏头的崇三妮子，歪着脑袋，正扑闪着乌圆的眼珠子，在看他。

“你也来找书看了？”清淮总当她是孩子，其实这丫头也该有个十二三岁了，该认不少字了。

“他们都不来了，带我看书的人都不在了。你说我该看什么好？”

还能找点儿什么书来看呢？吉清淮在书架前来回走着。

管理学？梦碎了，二少爷已经疯了，段先生只剩半个人。

药理学？眼下用不上了，整个同柏都顷刻要成记忆了。

文学？抚慰人心都谈不上了，最爱诗词的张清欢，已经成了崇家上下胸口的那朵白花。

历史学？古人的错，今天还是要犯，南渡北渡，一次次的轮回谁也规避不了。

佛经？度不了眼前的苦厄，明月师傅已经成了远远的一颗星。他尊崇的鉴真大师，历经生死倾囊相授去度化的那个民族，如今还回来的，却是这一汪一汪的血潭。

小孩儿的无心一问，竟是一个民族难选的问题。

“你还小，还是看点儿小孩儿的书吧。”清淮叹口气。

“我记得我爸说过我，不能只看天边，也要看眼跟前。”

顺着崇三妮子的话，清淮将信将疑，抽出一本《江淮地方志》，问：“你是说这种？”

小妮子不管回答，跑开玩去了，留清淮心不在焉地翻着。

哪知清淮刚翻几页，接着手上就一页页地厚实起来。老爷到底是老爷，真像他说的，仿佛只有脚下站过的这方水土，水是温的，地是实的，人是活的，事是真的，才让他觉得可信可感。

可这一本小小的地方志，越翻越让他心惊肉跳——江淮竟然走出过那么多历史书上鼎鼎有名的人物，比如韩信、项羽、吴承恩、韩世忠、梁红玉、关天培、秦少游、鉴真。翻着翻着，江淮大地那么多跨越时空的脸庞就到了面前，又跟书架上那些看似大而空的道理、故事、人物，缠到一块去了。

国家兴亡……他突然站起身来，他知道怎么面对那个人了。

四十里的路，今天最远，恨不能一脚踏到。小婵子，你最好没搬走，以前是我想得小了，把你的路定得窄了，听我今天来讲最后一个故事，你再决定下不下船！

花船还在，船板还横着，灯也亮着，但灯是白的，船舱内外挂上白绫，从船头到船尾。

吉清淮的头，嗡一下炸开，一步跳上船来。

船舱昏昏暗暗，走廊尽头跪着一个身影，蓝布褂子如旧。

“来啦？”小婵子转脸说一声，从神像前起身，像等他许久了。她的眼睛里没有光，眼前一片死灰，胸前戴一朵白花。

“谁没了？”两个人看着各自胸口的白花，同声问道。

“我们的老掌柜，被鬼子扎死了。你们这儿呢？”

“四霞她们的相公们。”

“都死了？”

“嗯，上回打淮安城，有八十多个国军兄弟没出得来，几天前被活活挑死了。”

吉清淮啊了一声：“那些个就是八浅闸的保安团？”

“嗯，小一半都上过我们的船。她们的相好，都在里面。之前总笑话他们不抗日，他们最后一次来时说，憋屈好几年，非要打个样子来，我们还笑他们，哪晓得这回是真的。

“有个才十六，四霞的相好带过来的，说马上要去杀鬼子了，不晓得女人身上长什么样。怪我们不当个真，嫌他岁数太小丧德行，就说‘你打什么鬼子，趁着岁数小多吃几年饷不挺好嘛’，把他羞走了。

“唉，都是乡下人，没进过城，半夜摸进去就迷了路……”

船舱一阵呜咽声，都说：“就怪你婵姐，还不如让他们敞开来睡，死也做个明白鬼！”

“都有相好的，那你的呢？”

小婵子抬头看清淮一眼，说：“你真不晓得？行，你来得好，保安团没了，我们的船也要开走了，以后再见，我也要跟你收钱了。”

“我不是来赎你的，也赎不起。听我给你讲最后一个故事，该去哪儿你自个儿定！”

“没你的故事，我还能活得下去；听了你的故事，活着还不如死了。”

“这么窝窝囊囊地活着，你们难道就不能拿点儿什么主意？”

“我们都是女儿身，又是婊子命，要是能一个换一个，我们也愿意去。谁能剁了北川一义那畜生，我小婵子卖皮卖肉换来的两百多块大洋，一个不留全给他！”

“我这儿也有一百来个，只要谁弄死他，我们再陪谁白睡五年！”

“要有本事拿，我四霞也不稀罕这箱子底！就怕江淮这么多男人，都不带种儿！”

“谁说女儿身就不能杀敌了！要挨剁的，又何止一个北川一义！松井石根、土肥原贤二、冈村宁次……要算的账太多了，特别是那个装神弄鬼的天皇老儿，全是死罪！”吉清淮一步迈到走廊上，环顾四周大声说，“为什么被欺负，还不是以为我们没人！我们这儿不是没出过人，男人女人都出过！韩世忠、梁红玉守淮安城，十几年敌人就是不敢从这儿过。梁红玉就是个女中豪杰，像花木兰一样。”

“韩世忠、梁红玉我知道，大战金兀术嘛，我们都听过书的。”四霞说。

“这跟我们有什么关系？人家是女将军，我们是婊子，我还是自己上船的婊子。”小婵子嗤之以鼻。

“当然有关系。这个女将军，就是你们淮安人，土生土养的运河儿女！”

“哦？”小婵子顿了一下又说，“少来这些陈芝麻烂谷子的事情，都是书上的故事和书上的人，我跟人家差着十万八千里，比不了，也不想比。”

“那再听我一句，这个梁红玉，不是书上的，也是你们船上的。你知道你们面前拜的是谁？”

“婊子的祖师爷，我只能干这行，不拜她还能拜谁？”

“她就是梁红玉！”

“什么？你这个小和尚，又编排我们了。”船舱里骚动一片。

“梁红玉就是你们淮安城出来的船姐！”吉清淮不为所动，接着说，“梁红玉落难在长江边的一条花船上，后来遇到韩世忠，参军打仗，黄天荡大战金兀术，那就是她当年落难为娼的地方！她冒着箭雨，站船头上亲自击鼓助阵，官兵一看夫人都玩了命，个个争先，把金兵杀得大败。江淮这一带的船姐都敬仰她，才奉她做祖师爷。”

小婵子愣在当场，浑身乱颤。小和尚的故事像轰轰隆隆的战鼓，一声声撞进她的胸腔里来了。

“梁红玉凭的什么？船上卖肉做船姐的人，也能船头击鼓杀贼。后人敬她，谁还在意她的出身呢？她的出身越低，人们越敬重她。你自轻自贱，还不是把自己看得重了，鬼子都杀到家里来了，还论什么谁干净谁脏，先撸起袖子跟鬼子玩命啊！不会扛枪打仗，擂鼓助阵、洗洗浆浆总会啊……”

吉清淮下船的时候，整条船都静得出奇，就听到船板声咯吱咯吱响。他不知道下次见面是什么时候，这一船人又会被渡到哪里。平凡之路上匆匆忙忙，走的都是悄无声息的人，历史只会留下极少数的名字，以及常人所不能及的事业。

但这四十里的旱路，来来回回，并没白走。小婵子的眼睛里有了光，四霞的声音里有了颤抖，众人的哭声里有了迟疑，他有预感，她们会做些什么，就像这油灯，只能照亮脚下的路，却把那无际的黑夜，推到了边上。

第六章

出逃记

运河两边，一边是敌占区，一边是国统区、解放区。敌占区也不牢靠，韩德勤的部队动不动打一仗，日军都缩在县城里不出来。国统区也不牢靠，新四军的势力早就进来了。

鬼子、二皇、国军、新四军、小刀会、水匪……各种势力犬牙交错，相互攻守。丛林法则里，人跟野兽同场竞技，文明的种种譬如同柏那些精心谋划的商业版图，像是一个小孩儿刚买的玩具，还没抱到家，就被抢光了。江淮大地的那场商业试验，要么是选错了地方，要么是来错了时代。

别说一个同柏，整个国家不就像个四处漏水的破船，被狂流冲向惊涛骇浪。什么国民经济建设运动，谁会等你练好了武功再决斗。决战面前，有一点点的幼稚病，就要吃苦头。

崇家被彻底抽走了骨血，老爷一天都守在店铺，失神地看着店门口，不知道还有什么灾祸破门而入。儿女还剩个崇三妮子，这两年长开了。大姑娘在面前晃着，二少奶奶也隆起了肚子。儿子没有了，孙辈又起来了，家族就像这山河，长江黄河不干涸，血脉还在流。

崇家从上海退回平泾，还有没有地方可退？残存的警醒告诉他，越是这个时候越不能垮。崇老爷找来流宝，叫他坐，说道："同柏就要交了，铃木又阴魂不散。叫你来，还是商量个逃难去处。"

流宝说了几处，东家都摇头，最后说："你单单忘了大童庄。"

流宝站了起来："去我家？东家怎么想的？"

东家说："枉我提拔你这么多年，还没有流坤有担当。你们大童庄远隔四野八乡，还有韩大爷照料，谁也想不到啊。"

流宝更错愕，流坤怎么敢！

童流坤有自己的想法，童流宝不敢应。他觉得老爷自那事后，一下子垮了，病急乱投医。担这么大担子，自己吃不吃得消不说，顺着河道一路去，先经白马湖，再过宝应湖，今时不同往日，一路都是死地。河道两边经过村庄十几个，进个外人藏不住的，连风声都不晓得在哪儿漏的。

东家说："我的两个儿子，一个死了，一个疯了，我也老了，就靠你们兄弟了。"

童流宝没了办法。"大童庄没出过大户，东家若要避童庄，一定处处依我。"他还说，"我家根基太浅，就是东家赏饭，才攒下点儿家业，没人没枪没势力，一来有个三长两短没人响应，二来有人不服，反倒拆台。"

"就是要你穷乡僻壤，才好埋头做人。"东家说，"拆台也不怕，各家都送，先堵住嘴，再把住庄口。总比城里放心些。”

流宝说：“大童庄是个穷庄，不错，但越穷，你们越扎眼。真要去，三个条件都得依我。”

东家又喊他坐，说：“你提呀。”

流宝提了三条：“第一，轻装简从，队伍精简；第二，只走水道，昼伏夜出；第三，乔装打扮，闭庄不出。一路上只听我安排。”

东家喊来段先生，说：“短枪交给流宝，长枪交给流坤。各房准备准备，明晚就走。”

流宝出去后，段先生说：“东家，这兄弟几个，托付生意可以，托付身家是不是太重了点儿。君臣佐使，臣不能当君，使也不能当臣啊！流宝年轻，偏有点儿油滑，关键时候容易帮情不帮理。这个童流坤，我带过，不可重用啊。”

东家眼睛一闭，不说话了。

段先生以为他听进去了，还往下说：“吉清淮也还嫩着，世道乱，他那套书上的东西，有时候反而帮倒忙。”

哪知道老爷眼睛突然一瞪，一声炸雷说：“我还能靠谁？”

段先生一愣，接不上话。崇老爷拍桌子站起来，说：“都说同柏有‘五宝’呢，同柏都没了，死的死，残的残，我还能靠谁？你说一个，半个也行！”

段先生点点头，默默走开。

流宝找来流坤，问：“是你跟东家说的？”

流坤摸着刚领的长枪，说：“还真不是，是东家先问的我。东家知道我跟小刀会有点儿交情。”

流宝无话可说，只能嘱咐：“枪到你手，不要惹祸。”

流坤含糊应着："是不是我先回去打点？"

流宝点头，却不叫流坤，倒把清淮唤来吩咐一番。

吉清淮说："往年大童庄倒是个能逃难的地方，今儿个去，怕是要出事。"边说边看一眼流坤。

流坤说："要人有人，要枪有枪，那地方，鬼都摸不着。"

流宝说："所以要你先回去，旁人我不放心。"

清淮提了几点，问清后就找条船先走了。

流坤也哼一声，别着枪，气鼓鼓跑了。

后半夜，水道里寂静无声，一支船队在漆黑的水上荡着，走水门进了镇子。

船队穿闸钻桥，掠过两岸无数黑漆后门，靠在崇家的后码头上。船埠上，影子们穿来梭去，上上下下。

东家说有数有数，金银细软用独轮车推了四十来车。流宝急了，说："东家，不是让你低调吗！"

东家说："我已经很低调了啊！"

流宝说："不行，再减！都这时候了，还带什么地球仪。"

再减，连人带货也压了十船，各房闹哄哄一片。东家左看右看，最后瞪眼看流宝。

童流宝无法，说："那就先走吧。"

段先生、刘臣、老鲁、老罗站在码头送别。段先生看家，其他几个老的都要各自回家了。

二少爷眼睛是直的，踏板都上不去。个个都说："老爷，二少爷这样子，只怕不能去了。他经不得惊吓，三天水路若出个事情，闹起个好歹，个个跑不了。"

老爷看看众人，把老鲁叫过来。没等老爷开口，老鲁说："我家里人口少，在我那儿住一段日子，你们安顿好了再来接他。"

老爷眼睛红了，说："老鲁，药店没了，你们几个……我本来想，你们几个老的，我得养到老，哪晓得最后要你们贴我……他嫌过你，你还这么护他。"

老鲁哭着说："二少爷是我带大的，平时我也说不出口，今天我说一句，我没儿子，我一直就当他是自己的小家伙儿看呢。话不多说，我活一天，他就有口热饭吃，什么时候身上也干干净净的，不丢崇家的脸。"

刘臣踌躇半天，上船握住崇老爷的手说："东家，我在洪泽湖还有几间旧房子，房子虽不行，但在湖心岛上，旷得很，东家哪天闲，全家去看我。"

老爷定定地看着刘臣，死死抓住手。

刘臣定一定，小声说："这些小的们，就算强似我们百倍，但是要论情分，托生死，只怕还是我们老几个。"

段先生也说："后院这边，你放心，只要有门在，我就守到死。就是昨天的话，老爷心定下来的时候，脑子里飘一下子就行。"

船把头长篙一点，船队离了岸。岸上几个人看着，十船载着东家一大家，渐行渐远。同柏，"五宝"，四川北路，江淮二十店，总后场，同柏阁……渐行渐远，连水纹都平下去了。

岸上众人叹口气，那个镇上人比照着过日子的同柏，就此算罢了。平泾人的日子，也再回不到从前了。

夜 渡

船先向北，故意兜个弯子，从范集进大运河，再往南兜。流宝立在船头，把风劈成两半，船家划着桨，远了人家，进了白马湖。

月亮被大雾盖住，透点儿磨砂白。两边芦苇浮动，远近苍茫一片。流宝左顾右看，总觉得要杀声四起。凉飕飕的水下，似乎也有黑物在翻。真个是风声鹤唳，草木皆兵！

东家不敢看，说“全家性命，都在你手”，先回舱了。

流宝看看流坤，流坤蹲在船头擦枪。真像他干的行当——属算盘的，不拨不动。流宝知道兄弟还有气，也不说他，自己追回舱说：“不是我不心疼祟家家当，确实一路上目标太大了。”

东家说：“晓得晓得，有舍才有得嘛。码头上我冲动了，后面一切随你。”

流宝说：“东家要晓得，一路上三道关，白马湖水匪最多，宝应湖把得最严，盐河码头人多眼杂，容易被盯。能过这三道关，家就不远了。”

东家只说：“你办事，我放心！”

快进河荡，流宝让前队变后队，自己跟在最后头，故意迟迟走，慢慢划。

果然有盏渔火，不远不近，你快他也快，你慢他也慢，最后一起进了河荡。

流宝汗毛都要炸起来，干脆让船家停船，那船竟也停住不动。

流宝暗骂一声，让众船熄灯，划进芦苇荡里暂避。他自己也熄灯倒船，枪开保险，靠过去看。

船上只有一对父女，老头儿撑篙，大姑娘弄个小炭炉子在生火。

“跟着我们，做什么呢？！”

“我们要回盐河，夜路不敢走，搭个伙伴。”老头儿有点儿抖。

“我们就是好人？”流宝瞪眼问。

“你们船帮重，出来运货的，不会是歹人。”

流宝不禁恼怒，谁都看得出来，遇上歹人等于不打自招！

他还不放心，一个跨步跳上船，枪头挑开褥子，一番查看。船上日用品俱备，船尾挂着大姑娘的月经布。

流宝又问：“大半夜里，生火做什么？”

大姑娘拿鼻子哼，说：“哪块来的大老爷啊，还半夜呢，烧早饭咪。”

流宝看看怀表，可不是快四点了，慌得时间都忘了。他亮亮手枪，说：“各走各的，再跟就打枪了！”

老头儿连连称是。大姑娘不睬他，说：“抖什么威风，还不一样出来逃难的！”

到了盐河镇，天已经快亮了。

不敢上岸，流宝让船队分散，分几个埠停靠。东家腰都直不起来，姨太太晕船，汁水都吐没了。

岸上有队人马，提着刀，扛着红缨枪，打着灯笼来，直奔船队，问童流宝在哪条船。

没人敢承认，还是被问：“童流宝在不在，童流坤呢？”

这是谁呢？童流宝心想，上去看看。

带头的歪着脑袋，手上提溜着一把短土枪，可不就是王大头嘛。

“应风！我在这儿呢！”

大头上来就拍流宝，说：“清淮说你们今晚会到呢，天没黑我就过来守着了。船上都是谁啊？”

流坤说：“清淮没跟你说吗？”

“他让我不要打听呢，不过，也不难猜吧。”

“打听呢，就是药材，我们回山阳镇开药店去。”

“嘿嘿。”大头直乐，“蒙我可以，不过，这一路动静太大了，前面到了你们山阳地界，自己就要注意了。”

大头摸着流坤肩上挎的长枪，问：“真家伙啊？”把手里那把土枪别在腰里，伸手接过流坤的长枪，一拉枪栓，又说：“哎呀，是真的。整个小刀会也找不出一把真家伙。”

“你怎么样啊？”流坤问他。

大头说：“入会的越来越多了，都当个生意做呢。反正谁也不信，就信这把枪，连女的都提着花篮入了花篮会。这世道，还不就是比狠嘛。”

安顿好众人的伙食，流宝、流坤跟着大头，上了一条埠船。大头早排好了一桌酒菜，还是“十六仙”。看大头这么真诚，流宝也不推辞，反正晚上才动船，坐下来就喝开了。

大头这两年，硬仗打过不少，以前是打土匪，后来和国军、二皇，甚至日军，都交过手。各家都不想小刀会被对手并了，但自己又都看不上。

大头还说了个情况，这几年人没少杀，但总觉得缺一个林普君，一口气一直出不了。前些日子冤家路窄，真被他遇到了。

“在哪儿啊？就听说他到处找药店、找差事，不晓得哪家要了他。”

“还药店差事呢！不晓得他怎么混的，都去药店门口捡药渣子了。”

流宝、流坤瞪大眼睛，难以置信。

大头接着说：“药店门口都是要饭的守着，有药渣子倒出来，他每味扒拉扒拉，再回去调。但那些要饭的哪懂，他捡什么都跟着抢，气得他把裤子一脱，说‘你们也烂裆啊！’那裆烂得跟马蜂窝一样。

“人到了这份上，我还怎么弄他！我也是见了鬼，还带他去吃饭，就当喂狗了吧。他跟我说，他这辈子就是栽在了小白脸手里，大少爷挖他来同柏，害他丢了稳当差事。张清欢临了了还挡他上位，让他在崇家干不下去。还说你们兄弟呢，说你们挤占他的位置。最吐血的是回到家里，老婆闹了几年，到底跟个小白脸跑了，还把他的积蓄全卷跑了。身子垮了，名声坏了，家财飞了，落这田地。

“说真话，见了他才晓得，想杀他也是气话，毕竟做了我一年的师傅。人话说了一堆，哪晓得他最后跟我说，他也没白吃亏，崇家是他告的，张清欢是他害的，他没本事，日本人有本事呢。”

“啊？”流宝大惊，崇家的这道灾，果然是出在内部人身上。

“本来这跟我也没关系，哪晓得这老狗又说，叫崇家眼瞎，老子瞎，儿子瞎，不把他当个事情。那个表情，我就想起他拿着鸡毛掸子，说‘瞎妈生个瞎儿子’。真的，当年你们都在，就是那个味儿。我就不能忍了。狗就是不能当人待！头就轰了。”

“啊？你最后把他怎么了？”

大头指指桌子下面，顿一顿说：“估计现在到东海了。”

兄弟俩面面相觑，还是不敢信，林普君就这么没了？

船队在盐河驻了一个白天，到了夜里，由大头护送出了码头。

上船了。大头说：“流宝大哥，你们自己要小心，到了你们山阳地界，我们是红刀会，你们那边就是黄刀会了。”

“对了，你能不能打几个招呼啊？”

“你兄弟不在呢吗？哪还要我打招呼。”

“哪个兄弟，流坤？”

“对啊，流坤也是小刀会的，辈分比我还高呢。”

流宝“哦哦”两声，打个哈哈过去了。

第二天后半夜，风大，各船扯旗，乘风快跑。小船倒走在了前面，三只两只零零散散，不知道黑地里有多少双眼睛。

船到宝应湖荡。这里地形像个漏斗，从宽到细，汇入河道。平日里河道空荡荡的，此时却凭空多出一道船闸。一块木板，铁皮包边，黑漆漆地吊着。别无他路，流宝只得硬着头皮叫闸。

“什么人！”炸雷一般，两岸火把四起、人喊马嘶，黑洞洞枪口对着船队。

火光倒扎进水里，映得一片赤红，船队像被架在火上烤。

东家已经缩回舱里去了。

“这么大个船队，要上哪个庄子去？”有人划一个划子荡了过来，左右两把土枪护着，那人举一个火把，朗声问。

流宝立在船头，硬着头皮说：“不是土匪，自家人，大童庄的。”

听得本地口音，来人左右枪口朝下，长篙一点，近得身来。

“为什么白天不走，晚上做鬼！”

“白天贪路，多走了一会儿。想想前面就到家了，到家再歇。”

“船上装的什么？”

“北边闹贼，蹲不住了。兄弟三个，各家家眷，老总放心。”

“全是人？来人哼一声。”

“还有些药材。我家做药店的，北边蹲不住了，回家来找口药饭吃。”怕人不信，童流宝赶紧从袖口掏名片子。

来人挡住，说：“大童庄童流宝嘛，同柏药店头柜，山阳镇出来的能人。一门三杰，哪个不晓。”

流宝说“不敢不敢”，心里松口气，都是本地人，至少命送不了了。

来人举着火把，绕着船队荡了半圈，回来说：“你糊弄鬼呢？什么药材这么重，船帮都吃水了。”

又说：“听说大童庄有家盖了十五间大瓦房，立得很呢。”

流宝哈哈打趣：“这年头药材备办不易，备多了点儿。兄弟们肯定刀枪不入，用不上这些个。但凡家里家外有头疼脑热、伤风捂寒的，山阳镇上找我童流宝。”

闸上忽有人喊：“童流宝我不晓得，只晓得大童庄有个童流坤。”

流宝一愣，赶紧把流坤拉起来，推到船头，说：“这不就是我家大兄弟嘛，亲兄弟！”

流坤懒洋洋站住，流宝竖个火把戳到兄弟脸边上，流坤一张大脸又白又红。

流坤立马像登台的武生，左手朝上，右手抱拳朝下，喝一声：“天父地母，我是大童庄童流坤。”

来人说：“反清复明！在下黄土桥孔二！不早说，真是韩大爷的拜把兄弟流坤啊！”

“不错不错，大童庄上回摆过酒，是他是他。”岸上议论纷纷。黑漆漆的河水被火把映照得欢腾起来，像彩带在扭。

流坤嘿嘿一笑，说：“是我是我，刚才怠慢，求兄弟开路。找日子到庄上吃酒！”

孔二说：“按理说，没有路条不开，夜黑不开，有外人不开……”

没等他“但是”出口，流坤背地里接过流宝袖口里的银圆，借口作揖，掉进他的褡裢里。

黑夜里太好了，两边都松口气。

“但你是韩大爷的兄弟，也是我们山阳镇人，面子还是要给的。”然后扭头冲闸口喊，“自己人，开闸开闸。”

岸上有人喊：“船舱里是哪些个，我们今儿个就不问了？”

孔二说：“听不懂人话啊，喊你开就开。”

岸上人说：“堂会上问起来，总要有个交代！放了外人进来，哪个负责！”

流坤有数，说：“请兄弟上船查查。”

孔二摇摇头，说：“作难啊，得罪了。”大剌剌上船，弯腰躬进舱。

东家缩在最里头，不敢作声。孔二背过身去，眼望舱外。

流坤卷过一摞银圆，说：“半夜太惊扰了，给兄弟们消夜。”

孔二说：“不作兴这个。韩大爷的兄弟，晓得了要怪罪。”

流坤、流宝都笑：“我们什么都没做，能晓得什么。”

孔二哈哈大笑，对着崇老爷说：“童大爷，打扰打扰！”

说着跳回船上，大手一挥，说："都查过了，自己人！"

岸上寂声。

水下倒一片哗哗细流声，细看，可不真是人嘛！穿着黑衣，刚从水里钻出来，三三两两搭在船舷上喘气。

流宝正吃惊，忽闻哗啦啦铁索拉动，大闸缓升。

一时湖高河矮，"湖放一尺，河涨一丈"，湖水湍急涌入。水推船身，流宝一个站立不住，扑跌在甲板上。

东家一看流宝扑通倒地，以为中了枪，哎呀一声。

各船船夫都看见了、听见了，吓得就要四散。

流坤喝住："哪个响枪！韩大爷的面子也不顶用？"

船上、岸上都说："哪个响枪？没人响枪！"

流宝吃痛起身，说："没人响枪！哪个响枪？"

双方都说："误会，改日吃酒，放行放行。"

船队过闸，船夫一根长篙一撑到底，恨不得一竿子滑到大童庄。

划出几里地外，背后火光渐暗，人马稍静，才稍稍放心。

想不到流坤的面子真的值钱，东家都夸："屈才了屈才了，小刀会的领袖。流宝，有你们兄弟，都是祟家的福气。"

流坤冷冷地说："一路上都打过招呼了，东家不问，我也没敢说。"

流宝错愕之余，对这个兄弟也另眼相看。他习惯了照顾弟弟，外人说流坤如何如何，他总觉得是恭维，今番再看，弟弟个头儿在暗黑里立住，倒像一夜之间就长了这么大。

兄弟俩回到船头。流坤长立不动，冷笑："以后眼里别只有你的外姓兄弟就行。"

流宝笑："家里家外我还能分不清楚？以前是怕你长不大，盼你更稳重些。"

"那这回呢？外面都知道我大名，偏你们当我还小。"

流宝叹："江湖上早有这号人物了，只有家里不知，是不能把你当小孩儿看呢。"

第三天后半夜，清淮在码头上张望到了两盏马灯，三长一短。大哥到了！

到了到了！姨太们和身边丫头竟欢呼起来。

流宝跳上姨太的船，二话不说，对着粗辫子丫头兜头兜脸一计大耳刮子。

三个大夜熬下来，流宝人都脱了相，瞪着红眼像个阎王，姨太、小姐、丫头全都闭了口。

流宝压着嗓子说："到了地方，更要老实。"转头又跟东家说："大童庄没来过轿子，没来过钢枪，处处图低调才行。"

东家说："到你庄上，都听你的。"

童家两进十五间青砖大瓦房，后面一进全都腾了出来，东家和两房姨太太住左右正房，二少奶奶和崇三妮子住左右厢房，其他丫鬟、老妈子挤两间厢房，男佣跟童家人都住头进。妥妥当当，仿佛房子就是为这趟建的。

崇老爷连说哥仨办事，从来没让他失望过，这房子盖的，就让他跟回了家似的。

天亮方定，众皆酣睡。流宝唤过清淮、流坤，吩咐一番，熬不过，睡了。没一炷香又惊醒了，问是不是水匪来了。

吉清淮说："大哥，到家了，放心。"

避世

大童庄的确好藏人。

船过宝应湖，入闸后，河道五六条，过庄几十个，水路无痕，岸路不通，的确神鬼不知。进庄都要过桥，车从桥上走，船从桥下过，守住桥，谁来谁走，都知道。

桥边，是一片水杉林。树根都在水里，二十来米的树，笔直戳天。人在上面，一眼看出去七八里。清淮蹲着没有声响，庄里人就放心。

这样蹲了十来天，一切如常，各人都稍稍松下来。东家起了玩心，要跟流坤去河沟钓长鱼。流坤说："长鱼滑得很，劲还大。洞又深又牢，掏不动。东家你这样硬逮不行，要把它从洞里引出来，造个跟洞差不多的竹篾子，引它滑进去，它就随便你摆弄了。"

东家直点头，说："行行有学问，这就叫调虎离山和瓮中捉鳖，是兵法之计呢。"

两房姨太太、小姐、丫鬟们都敢出门了，二少奶奶也挺着大肚子出来了，在童家的院墙里捉虫子玩，推磨子玩，喂骡子玩。她们没到过乡下地方，对多少东西都感觉新鲜着呢。

田里是麦子，还是稻子？少奶奶、姨太太们争论不休。

问到流宝，他说："是韭菜。"

她们玩着玩着就闹到水边上，说要划船。

庄上的浣洗妇人，也没见过这些绸缎衣裳，说小姐、少奶奶、姨太太们穿的是带火光的衣裳。同样是人，人家怎么就这么好看。

流宝也管不住了。他想，这一躲，还不晓得要躲多长时日，总不能把他们全憋闷死。只要没有外人进庄，就还踏实点儿。

东家老出来抽烟，但没有了平时的气派，烟袋子让童大爷抽，也让流坤抽。

流坤老来东家这边晃。流宝说："你的岗是庄西口，没事不要老来东家面前晃，更不要抽东家烟叶子。"又对父亲说："谈天就谈天，你老提你两个儿子干什么事。他最不能听的就是儿子，你不晓得吗！"

流坤说："我又不抢你风头。烟叶子是东家让我拿的。"

流宝说："自家兄弟，谈不上谁抢谁，我巴不得你立得早。"缓一缓又说："但你也要晓得，东家始终是东家，越拿你敬着，你越要哈腰。"

流坤刚要说"知道了"，流宝说："你看看清淮，成天躲远远的，但只要他没声音，东家就最安心。"

流坤眼睛里蹿出火苗子，说道："他能的，我未必不能；我能的，只怕他未必能！"

流宝知道流坤的怒点，说："哥哥说错话了。哥哥只想让你知道，我们都是做药的生意人，武人横一时，没有东家饭能吃一辈子，用得着用不着我们，都要锤炼药房本事。"

流坤说："武人是不顶事，要不是武人结交兄弟，现在这些人有没有全尸都不好说呢。"

流宝一时语塞。各人各品性，流坤走的是另一条路，千沟万壑，潮涨潮退，最后都是进大运河，谁能保证只有一条路是通的呢。

又过去十来天，家前屋后的都熟悉了，崇家人左邻右舍地串起门子来。

最惹眼的还是三姨太，眼带桃花，面如银盘，庄上的女人都看呆了，说她们家那边没太阳啊，白成这样。

男人直接是不敢看，对上眼就脸红心颤，说大童庄这一年是结交哪路神仙了，之前来一群好汉，现在直接女菩萨下凡了。

三姨太在上海滩就够惹眼的，到了平泾镇，就更出挑了。这乱世，黄金屋和颜如玉都是祸根子。平时在家里，三姨太要啥，崇老爷给啥，就是不给出门见人。这趟难得出来，看什么都新鲜。她看刘嫂子洗衣裳，不用胰子，用木头棒子敲打，一声声脆得很，说："衣裳得有多不听话啊，要这样打它。"

刘嫂子笑了，说："你不晓得啊，三天不打，它能上房揭瓦。"

"这样洗得干净啊？"

刘嫂子说："干不干净的都是庄稼人穿，这样不费胰子。"说着把衣服一摊，里面掉出来几个皂荚。

"那就不怕费衣裳吗？"三姨太也有样学样，蹲在水码头上，塞几根皂荚，捶打起来。

今儿个她穿着一件缎子旗袍，开长叉那种，葱绿葱绿的。那腰段细细长长，包着最下面圆润润、紧绷绷一个屁股蛋子。眼眉如黛，真个是水中仙子。旗袍边上露一截子长腿，雪白粉嫩。一蹲下来，叉子开更大了，大白腿全在外头，感觉小半个屁股都露出来了。刘嫂子脸都看红了。流宝、流坤更是不敢过去。

流宝心想，多少年几辈子也汇不成这家当。太平年月，这是好家当；逃难带着这些，只怕是要招祸呀！

“你们城里人，都这么穿啊？”刘嫂子忍不住问。

“好看吗？”三姨太立起来，给刘嫂子看。

刘嫂子趁机摸一摸带火光的绿缎子，手一上去，直接滑下来。

“好看是好看，就是太骚人了。”她摇头。

“就是要骚啊！不骚，男人怎么欢喜呢？”

刘嫂子不好说，“骚”是庄上对女人最污的评价了，城里女人还当是好词呢！人跟人啊，就是不一样，靠张白皮就能将男人手拿把攥，露个屁股就能穿红戴绿。

三姨太真的拿了几件衣裳出来，说要给刘嫂子打扮上。东家也乐见这种场面，反正也不知道要待多久，有人说话解闷，几房太太才不生事。

只有庄上男人们暗暗着急，女人都被带娇惯了，照这个养法，怕是要翻天咪。

晚上刘嫂子家就干了一仗，接下来几天刘嫂子没过来，她要等脸上的青消下去。

三姨太回去一说，东家、流宝都笑，说三姨太好心办坏事。三姨太一哼，说哪知道庄上男人的心眼只有针尖大。

自从被流宝说过，童大爷、流坤都不大上东家跟前了。东家抽烟找不到搭子，还出去找童大爷，见他跟几个老头儿在一块，也凑上去。

庄上人看到东家，先是拘谨，再处处，看没什么架子，慢慢也谈起来。崇家离这儿一百来里，风俗人情都差不多。庄上七大爷说：“你们那边，说话太侉，‘这块’就‘这块’，还‘这阔儿’，话都不会说！”

东家哈哈笑，饶有兴致地听。

“吃鱼更糟蹋东西，还要裹面粉拿油煎，还放红辣椒，胡吃！”

东家问：“怎么吃才算不糟蹋？”

“鱼，当然现吃、鲜吃，酱油都不放，鲜味才出得来。”

流坤说：“七大爷啊，我们东家可是上海滩回来的，哪块东西没吃过？不要拿大童庄湖水煮湖鱼出来瞎嚼蛆。”

东家摆摆手说：“老弟兄你回家做一道端过来，请我吃吃。我不占你便宜，请你吃酒，贵州茅台！”

“当真？”七大爷耳朵竖起来。

“当真。你们都来！”

众人皆惊。

七大爷眼珠子一转，说：“鬼子茅台没名，我们要吃就吃宝应特曲。”

东家哈哈笑，说：“也可以。”

流坤也笑：“七大爷你真是蛤蟆掉窟窿——当天看了。还鬼子茅台！一瓶贵州茅台顶你两大坛子宝应特曲！”

七大爷眼珠子转不动了，实在算不过来。

东家说：“不碍事不碍事，我们开一瓶鬼子茅台吃吃，你再带一瓶宝应特曲回家去吃吃！”

东家回过头来跟流宝说：“院子清出来，我要请客！上‘十六仙’，能凑几个凑几个。”

又说：“当初让你盖十五间，现在看来是盖少了。过段日子，外面安稳了，多买点儿地，我也要在你们这儿隐居。”

三姨太也高兴，说：“老爷要给刘嫂子她们几家男人支点儿事情做，让他们苦到钱，才晓得怎么疼老婆。”

童家兄弟一起大笑，说：“才来大童庄几天，三姨太也学上土话了，把‘挣钱’叫‘苦钱’了。”

东家说：“那个容易。三十亩旱田种金银花，三十亩水田种鱼腥草，只要愿意，都跟我苦钱，保管两三年就能——啊，娶上姨太太。”

众人笑得眼泪都快下来了。

只有吉清淮那头儿最清闲，大树上一吊，里下河的地势看得更清楚了——整个一个大钵子，外面都比里面高，横横竖竖一张水网，把地面罩住。

苏北人离不开水，又怨水，水把路堵了，把人封死了，火车、铁轨、大汽车，样样跟这块不沾边。但要不是这水，日军的坦克就能一路推到庄子口，土匪也能顺着大路一路摸过来。

也不知道外面乱成个什么样子了，就这里还有个太平日子过。这几年，揣了点儿新本事上身，江淮的药业版图，就像开玩笑一样，折进去一个张清欢、半个二少爷，崇家药铺全交代了。虎狼环绕，那个琉璃房子里的故事，就像地球仪上反射出来的彩光，旋转琉璃，绚烂得不真实，是真的存在过吗？地球仪被千百只手旋转过，什么都没留下。造个什么出来千难万难，毁起来一个上午就够了。

就像这远处无穷无极的芦苇荡，看起来野蛮生长，杂乱无序，轻舞飞扬，根在泥里，秆在水里，头在风里，但无一例外，每一棵都在顺风飘荡。风起时，是他们的合奏；风停时，是他们的稍息。卓然不群的后果，就是被连根拔起，错过一个节点，都等不到下一次的合唱。

这趟回大童庄的路，清淮因为打前站，没像流宝他们经历风浪，但也走得起伏。泾河镇上，他从大头那儿听说了林普君的下场，也是惊得半天合不上嘴巴。他总觉得不至于，不至于杀人，不至于被杀，但好多事，不都是不至于开始，推到退无可退的那一步吗？

船过八浅闸时，他也顺路去找了小婵子。花船还在，但已经没有小婵子了。清淮刚要上船去找，老鸨隔老远就过来，拿着大烟枪要打漏他脑袋，说道："你到底跟她们念的什么歪经？！"

原来小婵子自己下船走了，还半夜回来，把船板接到船头，几乎大半条船的姑娘，都跟着下了船。

老鸨气得暴跳，吉清淮却哈哈大笑，是这么多年都没有过的痛快。

"你再不滚，我叫官府来抓你，告你拐卖妇女！"

吉清淮反问："现在还有官府吗？"

老鸨语塞，说："就算你是同柏的，也不能这么欺负人。"

清淮一愣，同柏欺负人？同柏一向是只救人啊。

他是不晓得，自从折了一个张清欢，提到同柏，民间都竖四个手指头，喊声"四爷"呢。

走出半里地，后面追上来一个姑娘，说："小相公你站住。"

来人盯着吉清淮看半天，说："你怪好看啊，比我想的还好看！"

吉清淮被盯得发怵，问姑娘有什么事。

来人说："我是四霞啊，你记得的哦。"

原来小婵子托她留了话，让清淮好好给人瞧病，能治一个好一个，她那边呢，这次下了船，绝对不会再上了。

"那她们去了哪儿啊？"

"钻芦苇荡去了。"姑娘小声说道，"好了，我话带到了，就不送你了。”

“你呢？她们都走了，你呢？”清淮冲着远去的身影发问。

“我还有事。”四霞回过头来，再定定看清淮一眼，“她们临走凑给我八百大洋，要我把事先办到。”

她们凑那么多钱，究竟干什么事去呢？蹲在树上的吉清淮正胡思乱想，树下走进一个桃红的半大身影，昂头朝天上张望。

这不是崇三妮子嘛，得有个十三四岁了吧，清淮暗自打量着她。脸还是小孩儿脸，身子快成大姑娘了。几次看到她往桥那边看，可树上除了几个鸟窝，实在没什么可看的。

清淮实在忍不住，咳起来了。

一看是清淮，崇三妮子露牙笑了。

“你也在啊？你还在看书？”小姐有点儿激动，说着就脱了鞋子往树上爬。

“你真会爬树？”清淮也激动很了。

“这算什么呢，我爸一管我，出园子我都这么干的。”

这个小丫头够野的。清淮看她好玩，也逗她：“看这个，西药学！”

“西药？我也在看西医呢！还记得吗？我要做第一个女药师呢。”

树上坐定了，崇三妮子说：“我们要这样待多久，等仗打完吗？”

“说不好，”清淮说，“其实鬼子没来前，仗打了好多年。”

“那你不去拿枪，还在这儿看书呢。”

“不弄清为什么挨打，有枪也不顶用啊。”

“难怪我爹说你稳重呢，让我们都学你呢。”

清淮合上书本说："东家的话，你最好不要跟我传。"

"为什么？"

"你还是个小孩儿，大了就懂了。"

"那大人先生，我问你，这些道理，都是谁教你的？"

"我吗？我有三个正式的老师。第一个是我的明月师傅，教我识字、读书、念经，教我做和尚；第二个是整天打我的师傅，林普君，他教我做药，在他的鸡毛掸子里，我入了药门，有了吃饭的本事；第三个是我的大哥，他教我怎么做事，怎么做人，怎么讨人喜欢，怎么做柜台，怎么把饭吃得更好。

"但这三个老师教的东西会打架，有时候也搅得我头疼。比如明月师傅让我爱所有人，我大哥让我只护好自己人，林普君却让我觉得这个世界没有好人，稍微松一松口，就能被人下了毒。

"我还有很多老师，张头柜、段先生、刘臣师傅、大头，还有一个叫小婵子的女人，包括你爸、你二哥，我都能学到东西。有的是做人的，有的是做事的，有的是他们都告诉不了我的，比如被研究了几千年的中药，只能告诉我们什么病用什么治，却不晓得从根上说清楚为什么能治！

"现在能教我的，就是这些书，做人、做事、做官的道理，都在里面。中药里，我们知道金木水火土，春转夏，夏转秋，五行相克。可人家说，世上有四十二种元素，万物都跳不出……

"一开始，这些道理在我脑子里直打架，各说各的理。后来，在你爸的会议室看到中国大地图，也看到大运河的完整走向，我才明白，长江、黄河、淮河、海河、钱塘江，本来也是各自独立的，老祖先们开了大运河，把这些水系贯通到一起，十方水土汇成了一方大水土，十方人汇成了一方人。活像那些道理，医学、药学、佛学、历史、化学，中国的、外国的、宇宙的，看起来各讲各的，可有一天，心里挖开了那条‘运河’，就能通江达海、四海一家，人就悟了。”

清淮看来是这些天在树上憋得很了，跟个小孩儿说个没完。崇三倒也没不耐烦，只是望着大鸟窝里的一堆小燕子出神。母燕子回来了，小燕子闭着眼睛，只顾着张嘴，等着食物塞进嘴来。有个霸道的小家伙儿，用翅膀压着兄弟姐妹，硬夺了好几口吃食。

“长大了肯定是个日本鬼子！”崇三说完又问，“你说要是燕妈妈觅食回来，窝被人掏了，怎么办？”

清淮摇摇头说：“庄稼人最敬的就是燕子，谁家有燕筑窝都是喜事，盼着他们来年还来，护还来不及呢。孩子再调皮也不让掏燕子窝。”

崇三若有所思，说：“你看田里，绿油油的，我说是麦子，我妈非说是稻子。”

清淮说：“那是韭菜！”心想，这孩子，说话还是一出一出的。

闹 匪

东家入驻，庄上人引为大事，问是哪路大老爷。流坤先笑笑，说不知道比知道好。

但压在心里，实在又难受。锦衣夜行，有个什么意思。每天端个枪在庄头庄尾晃荡，遇到人就说不要问。人家要是不问，他又猫爪挠心一样。

更何况，现在庄上是都知道了，镇上人知不知道？

来庄上大半年了，多少东西都用完了，比如姨太太就短了胭脂。二少奶奶也生了个小子，要用的东西就更多了。东家知道跟流宝说不通，悄悄唤过流坤，如此吩咐，只说快去快回，一路小心。

流坤骑上大青骡子，背上长枪，就要出门。吉清淮在树上看到了，说："大哥说了不要出庄。"

流坤昂头说："是东家唤我上街。"

吉清淮说："那你把枪收收啊，太招摇了。"

流坤不理他，过了桥，走出百来米，才把长枪用白布包起来，竖在骡子肚子下面。

过了庄头，遇到米铺的大徐，说童家气派起来了，瓦房也立起来了，青骡子也跨起来了。

流坤觉得美，他早就想去镇上了，刘荷花就嫁在桥西那家杂货铺。又觉得美中不足，忍不住弯腰把长枪掏出来，扯开白布，拽着带子背在后背上。左手驾骡子，右手大拇指搭住枪带上的扣子，枪带在胸前拉出一个三角形，枪就跟后背更贴了。

他本来身形就宽大，长枪立马，行在山阳镇上，贩夫走卒没见过这般人物，只当是赵子龙来了。

流坤眼睛只往前看，但知道左右人都在看他。自己像登了戏台子，头上打着光，场下黑压压只看他一个。骡子头伸到杂货铺柜台前，他侧身下骡，长枪一抖，真跟唱戏的一样亮了个相，左右有人叫好，流坤不看人，心里美。

荷花正在里面奶孩子，听到门口闹起来，慌忙扣着扣子出来，顶头撞上一个牵马背枪的高大后生，自己就眼花了，细看竟是流坤，更是惊掉下巴。

流坤在她眼睛里，挖出了当年瞄清淮读书的眼神，要的就是这一下。

听说流坤买胭脂，荷花无端端地有醋劲，问："哪家的姑娘啊？"

流坤赶紧说："东家的姨太太、少奶奶，一大家子都住我家呢。"

临了多给了荷花两块钱，荷花的眼神里都带水。

又去桥头下了碗阳春面，加两个鸡蛋。枪倚在桌边，学着崇老爷一样，筷子头挑着细面条，吹一口，一根根地吸。左右没人敢找他说话的，他也不想说话，跟这些人说不到一块去。

人问荷花"这是谁啊？威风呢"。荷花说："娘家兄弟，大药房的掌柜呢。"

人说："就那个盖了十五间大瓦房的啊，难怪这么威风呢。"

"是啊，大药房的大老板都住在他家呢。"

买了香皂、胭脂，吃了阳春面，回庄的路上没人了，流坤包好长枪，绕过两个庄子，天黑了才敢回庄。收好长枪，才敢到流宝跟前。

流宝说："干什么去这么长时间，枪呢？"

流坤说："带枪不安心，路上藏起来了。怕人跟梢，兜了三个大弯才回来的。"

掏出东西，递了上去。东家夸流坤能办事，稳重了。流宝也忍住不笑。

吉清淮眼皮直跳。

流坤还带回来两个消息。一个是皖南那边打了一个大仗，不是打日军，是新四军被国军偷袭了，整个军部被“包饺子”，周恩来怒斥“同室操戈，相煎何急”。这世道，还不晓得往哪个风向变化呢。

还有个消息，是八浅闸花船上有个叫四霞的，带头悬赏八百大洋，要取北川一义的狗命。现在江淮一带好多人得了消息，肠子里都带火，说江淮出了多少能人，混到这代了，赶不上一个船姐。

当晚二更刚过，家前河道水涨起来了。吉清淮惦记婵姐、四霞她们，左右睡不着，干脆起来解手，听到外面码头上的浪一个接一个高，直泼到条石上面来。

又听到扑通扑通声，扒墙头一看，码头上黑压压一片，河道里也是，密密麻麻铺满了，全是小船。不断有黑影往岸上跳，船跟着一颠一颠，很快岸上站满了人，月光一照，不下百十号。

吉清淮来不及细辨，举起梆子就敲：“来贼啦！来贼啦！”

人群里一个长腿的，三两步跑过来，噔噔噔翻上院墙，一把掐住清淮脖子。

东家被惊醒了，开门忙问哪阔儿来贼，被长腿的听出音来，一把拽住衣领，从门里拖出来。

整个庄子都被围住，院子里就有一百多号人。锅灰蒙面，高高矮矮站了好几圈，把人都喝住。

枪也没几支，都是土枪，其余都是大刀片子、红缨枪。有的人走到面前，还不到清淮肩膀高，走起路来屁股都在扭，根本就是女的凑数呢。

流宝有数，绝不是水匪！

东家说："流坤快响枪！"

流坤抖如筛糠，枪栓都拉不开。

东家说："流宝快敲锣，喊韩大爷。"

流宝、流坤、清淮不好点破，都默默不语！

枪抵着背，东家还是不开口。

带头的长腿说："点两把香来。"

把东家脱了个精光，左右架起来，露出毛茸茸两团腋毛。一左一右两把香火烫，东家痛得昏死过去。

一瓢井水泼醒，再不肯说，再烫，又昏死过去。那边又闹起来，"找着了找着了"，黑衣人从孙子的小褓裡里，翻出了一沓本票，东家又昏死了一次。

等他再醒来，床前一堆人，黑衣人都已不见。

"你说是些什么人，报官了没？"

"报哪个官？小刀会前不久刚围过乡衙，没有官府敢来！"童流宝说，"对不住东家，哪块也没个太平日子过。"

东家唉声叹气，两个腋下都烧煳了，胳膊放不下来，用衣裳撑子架住。崇三摸出半瓶"全都管"，给他老子里外里涂住。

各房收拾细软，看还能凑多少盘缠。都是搜家的能手，大人寸金不剩，连娃娃的金镯子都被撸走了。老爷叹气，说："人没事就好。"

话虽这么说，忍不住还是琢磨：是怪了，不早不晚，为什么是今儿个！

流坤扭过头去，不敢应话。

东家看着大刘他们，一言不发。

晚上，崇老爷找流宝说：“以前天天害怕，现在家当空了，倒不怕了。把清淮叫回来吧，大家都一样了。”

满院抽泣。三姨太说：“首饰就算了，盒子是瑞士的，还是皇家版，留个念想都不能。”崇三到底还小，说：“没了就没了呗，小妈你哭死了土匪也听不见。”

老爷等清淮、流宝、流坤一众都围拢，说：“你们年轻人，就是要经事。不要觉得世道苦、国家弱、自己惨，中药不比西药强，处处抬不起来头。我说我比你们苦，以前没人信，说我是老爷，好像家当是我天生带出来的。我说比你们苦，今天跟你们说说。

“我十岁时爸妈死绝，进了齐鹤堂。忙了大半辈子，从常家到单干，小水洼蓄成里下河；从苏北到上海，创下这份家当。我靠的什么？就如我师傅骂的，不安分！

“师傅传我方子，我不安分，非要调药，结果调出了‘全都管’；齐鹤堂升我做头柜，我还是走了，创了同柏；大水滔天，我不认命，把同柏开到了上海滩；上海滩打仗，我又转回江淮，还是不认命，连开二十家。后面的事情，你们都晓得了。

“这几年，半个家折在了上海，大运河淌回里下河；半个家折在了苏北，里下河又漏回小水洼。日本人害我，自己人也算计我，两个儿子都栽进去了，跟着我二十年的老伙计，死那么惨。加上昨晚这一场，最后连颗水珠子都没了。

“师傅说我这辈子没有安分过，我是不安分，但师傅没问过我，我为什么不安分！我不是为了我自己啊！安分了，就没有‘全都管’，冻疮流脓的业就没人消；安分了，就没有同柏，平泾人抓药要么跑县城，要么就等死；安分了，上海滩那么多苦人，到现在脚丫子还在淌黄水。

“我说我苦，你们不读历史，也没经过大清。鬼子不是现在才来要命的，历史上，你强他就跪，你弱他就来打你。唐朝那会儿，白江口一战把他们打服了，派人来学，还把我们的鉴真请过去，手把手教。

“再上一次打过来，是我们败，北洋水师被人‘包饺子’，割了台湾又要占辽东。我赶上了，那年正在常家做学徒，打碎牙往肚子里咽啊！

“过了十年，东洋鬼子、西洋鬼子在东北打大仗，大清居然中立。那年我升的尾柜，这些苦，我都吃过。我气啊，气到晚上睡不着，又没别的本事，只有偷偷调方子，非要把黑金霜改一改。救不了这世道，但我能把我眼前够得着的人，救一个是一个啊！

“民国起来，大清倒了，都以为天亮了，我才创的同柏，哪晓得出个袁世凯……哪回同柏又不安分了，那是我这个老匹夫又跳出来了。我也不是输不起，改输了不过是我输了，改赢了可是能救一大帮子。今儿个，我是输了，挣的要还，输的要赔，我认！店我都还了，我师傅说我犟了有亏吃，我就把同柏还给他，我也不欠他的了。

“张清欢跟我从齐鹤堂出来单干，最后给他个家业，哪知道却害死了他。今天，我全部家当都没了，就当是还给他的。

“这回还完了，我不欠谁的了。真的，从今儿个起，我睡觉都可以打呼噜了。你们都不要哭了，把心揣进肚子里，去睡觉，去打呼噜！崇家是先有本事，再有药店，本事揣上了身，谁抢得走？！我就敢跟小鬼子赌口气，看谁先熬不住！”

人散灯灭，清淮躺床上寻思：这些人为什么是这一天来的？流坤进镇这一趟，会不会惹出什么灾祸来了？

这么多灾祸面前，东家还能说得出这些话，活该他发达的。这大半年来一直紧张，不怕贼抢，就怕贼惦记。东家说，抢干净了，就有好觉睡了，还真是这么回事。想着想着，昏昏睡去。

后半夜，河道淌进来十来条小船，黑影跳进来几十个，还是一脸锅灰，里外里围住院子。

东家蒙了，说：“东西都光啦，昨儿个不是抢过啦！”

来人说：“他们是他们，我们是我们。”

东家摊手说：“那你们真来晚了，一块大洋都不剩了。”

来人里外里翻箱倒柜，真没找着金银，就剥衣服、扒鞋子。东家全身上下被剥个赤条条，一条底裤都不留。

三姨太一身白肉被剥出来，黑衣人忍不住，把她拖到后门口。三姨太哭叫了两下，被迎面捣了两拳，哭声小多了。

清淮心想，还是不经事啊，吓成这样，还入梦呢。耳边吵吵嚷嚷，好像又听到有贼人拖拽少奶奶和小姐，流宝大吼一声：“这就过分了！”

吉清淮猛然睁眼，不是梦！院中火把四起，可不真是百十来人，黑衣黑面，墙上都站满了。

清淮被警告了好几回，还是冲出来挡。黑衣人说：“你吉清淮，不但帮外人，还做有钱人的狗腿子。只准你发财，不准我们发财吗？”

吉清淮说：“昨儿个他是崇老爷，今儿个他跟我们一样都是穷光蛋，我是帮理不帮富。抢了东西还抢人，作践女人，天父地母都不容你！”

“为了外人，上算吗？”

清淮的肝都在烧，大喊：“我也是外人，连我一块打死！一个镇子，都能分出里外，难怪要亡。不是说人不分南北、不分老幼吗？都是中国人！那边鬼子在杀人，这边自己人还在打，难怪被外人欺负。”

所有人都仰头看清淮，又互相看，像看个怪物。蹿出一个粗壮汉子，看不清他手上端的什么家伙，一下子把清淮打翻，清淮在地上直滚。

左邻右舍都出来了，七大爷、刘嫂子也说丧德、丧良心！黑衣人竟然也听着，好歹把少奶奶、小姐的清白保住了。贼没得翻了，翻到地球仪，沉甸甸、亮闪闪的一颗大铜球，一脚踩扁，硬是抬走了。

贼走后，崇家连个整衣裳都没了，还是庄上人凑了几身破衣裳给众人遮的身。吉清淮小腿被敲断了，童家上下毫发无损，粮仓里一颗粮食都没丢。

崇老爷看童家父子眼神都不对了，想到刘臣临别留的两句话，说托生死，还是他们老几个。段先生也说，别忘了他们是怎么从常家出来的。这是在提醒我学徒造反啊！这童流坤，钓长鱼的时候他怎么说的，调虎离山？瓮中捉鳖？这些他不是最拿手吗？会不会从一开始就……越想心越惊，又不敢发火，只说不敢住了，让流宝找一条船，越快越好。流宝想问东家还能去哪儿啊，再想想，又不问了。

一夜过后，两边弄得说不清道不明，再也回不去了。

成亲

来时十条大船，走时一条小船就够了。

大童庄人都来送。东家左右膀子架着，像个螃蟹在走。姨太太痴痴呆呆，靠着船帮，哭都不会哭了。

临走，东家好像醒了一点儿，让人把清淮推过来。

清淮叹气，说："东家，我不能护你们了。"

东家说："清淮，我昨晚上说错了，债还没还完。"

清淮说："老爷，都是你挣的，不偷不抢，不该你还。只能说世道如此，醒一两个人没用的。"

东家摇摇头说："不对，你晓得吗？我们从平泾出来的时候，老段就劝我，说哪有凤凰能在草鸡里藏住的。他说得对，但我当时不肯信。到了你们大童庄，见过了杀猪，我才明白，我不但是凤凰，还是那只大肥猪。猪没死罪，还是要死，天生欠的，只要你有，不还到底没个完。我盘算了一下，还欠他们点儿什么，现在我就还出来！"

清淮疑惑地看着老爷，套着七大爷的土布褂子，肉勒得一道道，肩膀上的补丁都开了口子。

东家说："他们不抢本地人，我把姑娘留给你，你们今儿个就成亲！"

清淮说："崇三小姐？跟我？"

东家说："是的，我看着你们成亲了再走。"

说完唤过崇三小姐，让她扶着清淮给他磕头。吉清淮没有亲老子，就对着童大爷磕头。

崇三小姐身子已有半个女人模样了，但到底还是个孩子，都不晓得哭，老瞟清淮，嘴角还挂笑。

吉清淮脸色惨白，知道一切皆是做戏，不过是给暗里的眼睛看，低声说：“小姐我先带回去照顾，过段时间给你送过去。”

崇老爷说：“不行，要来真的，不然她也过不了今晚。”

吉清淮这才真正惊讶起来。

崇老爷说：“清淮，你靠过来一点儿。”

吉清淮撑起胳膊，把耳朵送过来。

崇老爷小声说：“我们去洪泽湖刘臣那边躲段日子。同柏‘五宝’散尽，崇家就剩个‘全都管’和闺茶的方子了，要还我今儿个就还干净，传给你当嫁妆了。”

清淮瞪大眼睛说：“崇家给我了一身本事，这就是嫁妆，小姐更是无价宝，方子我不能要。”

崇老爷说：“真是个呆子。你想想，我要活不到下次见面，你是要让方子失传啊？！你是要我做罪人啊！”

清淮一愣，这个他还真没想到，随即说：“那你传给小姐，我护小姐，就是护崇家的方子。”

崇老爷想一想，真的把崇三唤到耳边，嘀嘀咕咕说半天，最后说：“你哭一下呢，我还好受点儿。”

崇三小姐不当个事，说：“哭有用的话，崇家也不这样。”

最后老爷自己呜呜哭一场，说：“闺娘啊，爹爹以后惯不到你了，还不晓得能不能活到下次见面。”

崇三小姐说：“我家劫难就到这儿了，不会更差了。”

崇老爷吃惊地看着女儿，宝相庄严，像个女菩萨，说：“命数啊，你大哥、二哥我都靠不上，最后真的是指望你！”

叮嘱一番，一船走了。

流宝站在高处，举锣敲起来，大喊：“崇三小姐跟吉清淮今儿个成亲！崇三今儿个起，是山阳镇人，是大童庄媳妇！”

连喊五六遍，各个方向。

一船走了。

老爷临走吩咐，崇三和清淮也得马上换个地方住。

送清淮回镇上，走的也是水路。流坤说有事，不敢去。

一路都有人跟流宝说，流坤出息了，立起来了。米铺的大徐更是说，流坤是山阳镇上出的武状元。

流宝、清淮大怒，事情的根子真在他那块啊！

流宝转脸又哭，说：“本来我还委屈东家错怪我，原来真是我对不起东家。”

船在水上荡着，小姐在船头，像没听进去，转向清淮问：“你家多大？都有谁？”

清淮说：“我就住在庙里，你要受委屈了。”

小姐看着水纹，一圈圈的，像龙鳞，突然说：“水还真是有皮的。”

清淮问：“什么？”

“波是水的皮，你知道吗？”

清淮笑了：“那水也是有骨的。”

两个人咯咯笑得停不下来，流宝不知道哪里好笑，问什么是水的骨。

两人齐喊一声："滑啊！"

清淮回到龙王庵，庵比上次更破败了。山门没了，天王殿里，四大天王中有三个像是驾云而去，连底座都一并被带走了，剩下增长天王杵剑，苦支门面。面门上一道黄线，标记着大水曾经到过的高度。

正殿前，香炉、烛台之类的铁金器一并不见，大雄宝殿里的顶子塌了小半，砖砖瓦瓦洒了一地。门窗都被人拆走了，里面菩萨金身不在，形同乞丐。

真和尚太少，明月师傅是一个，连累龙王庵的佛祖菩萨，跟着吃了不少苦，泥胎掉了一大块，露出空芯，都不像其他庙里的佛身穿金戴银。地砖都被人撬走了大半，剩下坑坑洼洼的积水，青蛙在坑里，旁若无人地独享着佛门清地。

周围有镇上人家出来，居然还辨出清淮眉眼，惊说："你不是清风小和尚吗？"

清淮也感慨，忙了一大圈，清风小和尚还是回来了。他扶柱单脚站起来，当年绕柱躲猫猫，现在半个身子都藏不住了。师傅当年就在这儿，教他打坐诵经，讲玄奘，讲鉴真，也是在这儿含他的小脚，赶他出的庙门。

师傅要是在，问自己这些年长进了什么，这些年灌了一大堆世间杂学，倒把师傅教的"如是我闻"的丢得远了。如今更不像话，自己抱着一条伤腿回来求佛祖收留了，还带个小媳妇。

说到小媳妇，崇三从大殿扫出一簸箕蜘蛛网来。难为她一个小姐，来做这些粗活，清淮觉得抱歉，小姐却不当个事。唉，她还是小，以为是个乐子，不晓得后面日子苦呢。

“你爸心真大，把你丢给我，吃这个苦。”清淮忧心忡忡。

“那就像我三妈，你要我那样吗？”

“这不是一天两天，你现在是还小呢。”

“你是比我大呢。你离了我，活过一天两天我看看呢。”

“真不能把你当小孩儿了，心眼真大。”清淮叹气说，“不晓得东家走到哪块了，有没有吃苦。”

崇三说：“揣着本事在身上，饭总有的吃，苦的是吃闲饭的人。你知道同柏为什么叫同柏，就不那么担心了。

“我爸说，镇上人都当同柏是个长寿的意头，其实他心里是拿自个儿比。他说柏树是有智慧的，有境界的，不择出生，不挑环境，不攀比，不抱怨，不激烈，不冒进，平和又坚韧，在哪儿都努力生长，而且一长就参天齐地，卓尔不群。所以，同柏不会就这么没了的。”

崇三丢下发愣的清淮，自己开了方子，去给清淮的断腿抓药。

清淮说：“别忙了，这里不比平泾，镇子里只怕没有药房，生病了都坐船去宝应城里……就算瘸了这条腿，我也绝不会放你出去的。”

崇三到底是崇家人，墙根、井沿、水边上，翻来找去，掐了几味草本回来熬制。这是洞房夜呢，清淮靠在床头，小姐在灶头煎药，生火生得满脸灰烬。灯星如豆，照着新娘子。

崇三不知道该怎么睡，流宝搬过来的一张床，让给清淮了。她不好意思上床，背过身去解衣服。

清淮心想，你那小身子能有啥啊，还背过身去。

崇三像会读心，说：“我是还小呢。你呢，都这么大了，有过女人吗？”

吉清淮说：“说不好，有过，也没有。”

小姐说：“书里的，还是梦里的？”

清淮说：“她是花船上的。她很白，也很苦。”

崇三惊说：“你是个什么样的人啊！”

“我可能是疯了。”清淮顿一顿说，“我只知道，疼她的人越多，我们才越有救。”

两个人靠在床头上。这个还没长开的小姑娘，成了清淮的新媳妇，给他擦脸擦到面前来，一缕青丝脸颊边挂下来，也有一份秀丽。看到她脖颈子下面一块锁骨，清淮心里也荡了一下。

“你看什么？”

“看你好看。”

“真的好看吗？”崇三还挺高兴。

“嗯，以前都觉得你是个小孩儿，长成大姑娘这么好看的。”

“好看就好。不好看的话，守个臭婆娘，你会闷死的。”

“不会的，你知道我是个出过家的人，本来一个媳妇也没打算找。”

“你现在还是可以出家啊。”崇三无所谓的样子。

清淮“哦”一声，心里有点儿不是味儿。

“你白天化缘，晚上带粥给我喝。多少和尚不都这么干。”

吉清淮被逗笑了。

“你朝里面睡睡，给我躺躺。”

吉清淮赶紧往里挪，又拿个枕头给崇三放在床头。

崇三朝床头上一靠，说：“还是你舒坦，都不下床的。”

“换你试试，我急死了，还不知道腿会不会瘸。”

“不相信我的手艺。”崇三哼一声，转身说，“瘸也行，瘸就老实了，以后不找小老婆了。”

清淮都不晓得怎么接，她又翻身回来说：“你是我的第一个病人呢，治坏了可砸招牌。”

清淮觉得这姑娘说话天上一句地下一句，每句都不好接，只好笑笑。

没一会儿，崇三就睡着了。清淮侧身给她盖盖被子，心想这算是个谁呢？做媳妇也太小了，做女儿又大了，做妹妹倒合适呢，但这世道又不准。

我怜惜她，就像怜惜小婵子、王大头、小六子、瞎妈妈，众生也并没有什么不同。他爸让我借着山阳人的身份护着她，可如今，倒成了她照顾我。我成日里想着给人一道光，可眼下，没有她这道光，活不下去的人，就是我自己了。

第七章

大人先生

清淮还不能下床，但骨头长得还可以，多亏崇三这个小孩儿的照料，还有流宝隔三岔五送来的粮油。

家里有没有粮，崇三也不晓得焦心，有什么吃什么，实在不合口的，就说不饿。只有生不起来火，才花着脸在炉子边上哭。

清淮说："小孩儿啊，你现在带着方子呢，是淮安城最大的秘密，不能哭啊。"

崇三说："你们让我一个小孩儿担这个，你们这些大人都干什么去了。"

"你跟我是受苦了，我先帮你爸妈照顾着，到时候送你回去。"

"照顾我？你拿什么照顾我？没有我，你床都下不了吧。"

说得清淮脸皮发烫。

崇三说："那大人先生，你说，往后这日子怎么过？"

清淮真没什么主意。他读的那些书，在这个地方，好像全使不上。

崇三站起来抹把眼泪，说：“大人先生，听我这个小孩儿说给你。这镇上还没一班药店呢，我看这龙王庵还挺合适，山墙打通，开个药铺，怎么样？你不是想争头柜吗？掌柜、头柜、二柜、头刀、二刀，都是你的了。”

“本钱呢？我是攒了几文，但开药铺可不是小数目。”清淮盘算开了。

“看这是什么。”崇三两只小手一开，金链子、金叶子、金戒指、银圆什么的，捧出来一把。

清淮吃了一惊：“哪儿来的？”

“我攒的啊。”

“怎么没被搜走？”

“哼，我会障眼法啊。他们翻箱倒柜的时候，我就念咒。”

清淮又不知道怎么接话了，想起这小女孩儿有“小财奴”的外号，看来还是真的。他愣一下问：“你想好这个药店怎么开了吗？”

“你当家！你当过头柜，你拿主意啊，你是大人先生。”

“光我们俩可不够，能把大哥请来吗？”

“要不是童流宝、童流坤，我家能这样吗？”崇三小脸儿硬硬的，赌气还是孩子气。

吉清淮说：“流宝大哥是个能人，就是护自己人没分寸，但没他护，我也没今天。再说，开药店总少不了进货，这块没他不行的。”

崇三默一默说：“等我缓缓吧，以后气头上不商量事。”

吉清淮说“好”，心想多少大人也说不出来这个话！还有那些金子、票子，真不能当小孩儿看她。

大 新

药铺到底是开出来了，到底还是请了童流宝当头柜，掌柜是清淮。

问到起什么名字，流宝说："还用说吗？肯定还是同柏啊。你是崇家传人，方子都给了你；你又是女婿，不叫同柏叫什么。"

"一个同柏，招了多大风，惹了多少祸，好不容易逃出来，我看就叫'大新'吧，家新国新民族新！"

大新药店！都说好。

大新药店，用的是龙王庵的山墙，掏出来一个门洞，暂时用芦苇篱笆隔起来。金叶子换回来的银圆，一部分用在了打药橱上，一部分用在了购药材上。几百个药柜子堆进大殿，同柏的感觉就回来了一半。

等流宝搞到的药材分门别类陆续进了柜，那层层叠叠的中国气味，一层摞着一层，漫过残破的佛身，绕着掉漆的木柱子，爬上六七米高的大梁，淹没了残存的香火味儿，冲刷着"大新药店"的店招——那是从明月师傅留给清淮的字里拓出来的四个字，翻个面，店招就会露出原本的"大雄宝殿"来。

时空也像这繁复的气味，一层摞着一层，在周身错杂起来，清淮的眼眶子又潮了。师傅啊，庙堂我们当药铺修了，金身我们用药味镀了，这几百个药柜子，就是经变画廊，你如果在，也应该如愿了。

到底是方圆几十里唯一的药房，一开张，还没点鞭放炮，就有人传开了。外面封锁得紧，轮船靠不了岸，西药难进来，江淮最大的医院——仁慈医院都转不动了，中药又成了最后的指望。

还有人说当年的清风小和尚，如今回来当住持了，炉灶里的火烧个没完，龙王庵的香火更旺了。

流坤也来了，带着几盒点心，试探着给崇三问好，叫小嫂子。崇三穿着粗布衣裳，一脸稚气地回礼，接过点心。流坤暗出一口大气。

他一直不敢和清淮、崇三碰面，在家挨了大哥几顿狠骂，一回比一回狠：骂他骚包货，不成大器；骂他眼皮浅，蛤蟆掉井当天看；骂他缺城府，抱杆破枪穷显摆；骂他缺良心，清淮打小教他护他，还眼红二哥抢风头……他还不敢还嘴，一米八几的个头儿，快缩到桌肚下了。

最后受不了，拉着流宝到了后码头，才哇的一声哭出来："你们都说我是装脸面，哪个晓得我装的到底是哪块！"

那条恶鬼，到底是被他放出来了。亲妈被亲爸逼死，他用沉默做了帮凶。暗黑里的真相，撕咬他这么多年，他说自己要的多，是心里缺的太多了。

流宝哭得趴在地上，哭到天黑，怎么都止不住，哭完了说："过去是过去，我们家，从头处。"

流坤这才硬着头皮过来，见清淮两口子表情如常，他渐渐又欢起来，还悄悄问清淮："圆过房没？"

清淮白一眼："她才多大啊！"

流宝说："不怕东家反悔，派船来接了走啊？"

清淮说："我就是这么准备着的。"调头又想，真那样子，怎么舍得呢！

流坤带过来一个消息。花船上四霞她们带头悬赏的消息，像一个拍在苏北人脸上的耳光，又像一根炸在江淮大地上的引线，芦苇荡、藕田里、天街商铺里、南门大街上，各方都出来捐钱，绿萝当了苗站长送的金镯子，大秀的妈当了祖传的金戒指，张清欢的大孙子捐了压岁的铜板，连华清池的搓澡匠们都义搓凑份子，大苏北世代相传的那腔子热血使劲在翻，非要把北川一义这畜生的狗命留下。

北川一义要调回国了。前几天，小刀会加紧串联了几十个乡镇，聚众近万，真的在黄土桥跟日本兵干了一架。人众立满了田埂谷场、屋顶树梢，各乡各镇划来的船塞满了河道湖泊，分不清来自淮安、宝应，还是建湖、高邮。岸上站不下，全挤在船上，水陆两路，男女老少，全站出来了。

日本兵那边欺负老百姓惯了，架好机枪，以为就能把人吓唬住。小刀会这边，刚开始也你看我，我看你，红刀、黄刀、黑刀互相指望，都不上。直到一个牵狗的日本军官踱到了队伍前头，面带讥笑，大模大样，有人认出来了，就是魔头北川一义！

人群炸起来了，“杀北川一义”“杀北川一义”，水陆上的喊声汇在一处，排山倒海。红刀会的精壮小伙儿头一个上，把第一排的日本兵劈倒七八个。两边枪炮都响了，一边是连声脆响，一边是单发闷响，火药击发的烟雾把人都罩在里面。浓烟里，花篮会的妇女都上去了，真拎着花篮子去接子弹，男女老少个个都疯了，像一大群红着眼的马蜂，全冲着北川一义去换命。

结果也可想而知，哪有刀枪不入，枪弹打在身上，全是血窟窿，男男女女被一排一排地“割麦子”，像冲上沙滩的海浪被拍烂成沫子。冲了三次，已经没多少站着的了，满地哀嚎。反应过来的，一哄而散，还有愣在当场的，看着一地血尸发蒙，眼睁睁等着日本兵上来补枪，惨透了！

流坤说，日军还搜了附近村子，下尽死手，光蒋南村一个村，里外里就被灭了三百多口子，三百多间房屋被烧塌，河道都是红的。他好几个兄弟都被扫了。

望一眼清淮夫妻俩，流坤小声说："大头也没了。"

清淮急得要跳起来，被崇三死死按住。他忙问："怎么没的？"

"大头一只眼睛被打瞎了，他真不傻，知道躲呢，躲在坟包后头。鬼子本来都要撤了，哪知道大头怀里那把枪走了火，鬼子又回来了。又是那个北川一义，就地扎了大头二十多刀，硬是钉死在坟包上。"

"老天啊，你瞎啊！你是真瞎啊……"清淮痛哭失声。

流坤只说了一半，那把枪，就是他借给大头的。送走崇家后，流坤抱着枪不肯放，几十颗黄澄澄的子弹擦了又擦，流宝骂他，说就是这把枪引贼上的门，留家里还不晓得惹出来什么祸。

流坤理亏，把枪拆了扔掉了。哪知道大头摸到大童庄，来借枪，说连花船上的姑娘都豁了命，真把北川一义这畜生放走了，江淮就真没带把儿的人了。流坤本来就没舍得扔，都留着记号呢，一五一十地又把拆散的枪捡回来了。

清淮眼前的一切变得模糊，耳朵什么都听不到了。这个庙堂，不是个讲因果的地方吗？那为什么遭报应的都是无辜的人？到处都是枉死的命，国破家亡。那些人间禽兽，却能欠下上百条性命，大摇大摆地回国、回家。

真的有人间正道吗？要是有，到底留给谁走？

清淮手心都要攥破了，流坤却摇头说："都说大头冤枉，也不是蒋南村的，为个外庄送了命。鬼子不讲理。"

“不讲理？放了大头就是讲理了？”吉清淮火冒三丈，“理？这叫理？中国就是亡在这理上！”

清淮这团火发的，流坤感觉莫名其妙：“你意思大头该死咯？”

“人家杀你的时候，分你是张庄、王庄、李庄了吗？这边新四军在打鬼子，背后国民党还放冷枪。只知道奉系、皖系、桂系，中央军、地方军，只知道山西、山东、湖南、湖北，只知道淮安、淮阴、扬州、盐城，只知道张庄、李庄、黄家庄！得知道什么叫中国，什么叫中华民族！”

“你知道这么多，不还是个卖药的。”流坤被说得一头火。

吉清淮说：“谁说卖药就不算抗日呢！”

芦苇荡

清淮上柜台，一个新的时代开始了。

他翻开木板，自己钻进去，再合上，说：“来一打踢柜的吧，正技痒。”

崇三说：“这年头，不会还有心思踢柜吧。”

清淮说：“这地方能遇上同行，我倒巴不得呢。”

抗战进入新时期，美国、英国、荷兰、澳大利亚、加拿大全部被拖下场，日军的摊子越铺越大，张罗起来也越来越不利索，吞进去的那些地方，又一个接一个地往回吐。

皖南事变后，新四军更坚定地扎根苏北根据地，在他们的版图里，淮安和宝应合并成了淮宝县。新军部，就在一个叫黄昏塘的芦苇荡边。

苏北的芦苇荡，像北方的红高粱、南方的原始森林，遮天蔽日。芦苇荡里，都是宝。春天发的芽，可以做菜，可以入药，蒲菜是独一无二的淮扬菜品；夏天的芦苇棒，点着了可以驱蚊虫；秋天，长成的芦苇可以编芦席，相传梁红玉随着韩世忠初到淮安开府时，就带着家仆砍蒲编帐，做成了“芦苇版”的节度使府；冬天，芦苇秆可以用来烧火。

大新药店的院墙边上，也竖着一排排编成篱笆状的芦苇秆。这一带的鸡窝、茅厕，家家都是用这个建。看不出什么名堂，但剥开几层外皮，就漏出黑漆漆的油膏，那是崇三灌进去的创伤药膏“全都管”。

每隔一段时间，李保长的骡车就会来拉一次芦苇秆。政府多了，买药的人掏出来的货币也五花八门。李保长上次留下的，就是江淮银行发行的抗币，上面还有“胡服”的签名。

快中午饭了，店里没什么人，清淮跟流宝研究了一会儿抗币，算着李保长也该到了，门外就转进来一人。这人穿着短衫，身材高瘦，戴着斗笠，脸上罩着光影，面目不清，但不是李保长。

李保长交代过，如果换了别的同志来，就凭暗号接头。按照之前约定的，“麻黄汤中加白术”，对得上“咳嗽短气成效彰”的，就是自己人。

照着方剂歌里的口诀，下句本该是“温困身疼总能医”，但为了区分敌我，也为了纪念总背错口诀的王大头，清淮就改成了“咳嗽短气成效彰”。

可待来人开口，清淮、流宝脑袋一下子鸣了响锣一般。“站如松，坐同柏……”见柜台里两人面露惊色，来人又接下去，“吃穿用度都……”

“啊，你……”清淮不敢相信，疑惑地看向流宝。

流宝也不确定，问道：“是……小六子？”

来人摘掉斗笠：“师哥，是我啊，六子！”

“哎呀，真是你！”清淮一把掀起挡板，出来就一把抱住，“哎呀，六子，怎么会是你啊！”

六子抱抱清淮，又跟流宝点头，说道：“是我是我！你们也都在呢，太好了！”

“六子，你长个啦，也结实啦！哎呀，手也好啦！”清淮仔细捏着，他抬起六子的左手，那个倒钩不见了，只留下一处粉粉的切口。

“好啦好啦！照你教的，做了个小手术，现在到哪儿都敢伸手啦。”

“在哪儿做的这是？哎呀，一点儿都看不出来！”

六子不忙着回答，反倒问清淮、流宝：“你们怎么样？”

清淮觉得，六子这气质也变了，身上有自己人的味儿，问道：“六子，跟哥说说，你是怎么找到这儿的？”

“是它们啊！”六子指着墙边的芦苇秆。

清淮和流宝对看一眼，试探着问一声：“麻黄汤中加白术？”

“咳嗽短气成效彰！”六子脱口而出。

“六子，你也？”清淮更高兴了，按捺住狂跳的心脏，他把崇三叫出来把风，然后带着六子进了后场。

同柏遭难那次，张清欢的头被悬在淮安鼓楼上，紧跟着六子就失踪了。有人猜六子是害怕了，离了同柏这个是非地，只有清淮不信。都说同柏这一劫，受刺激最大的是崇老爷，谁也没有在意过六子，但清淮知道，六子心里是装着大秀的，从大秀一家逃难那天开始，六子的心就一直绷着，柜台上遇着大秀老家方向的老乡，就拐弯抹角打听，直到在鼓楼下，看到大秀她爸的头跟张掌柜的头挂在一起。打那天起，就没人再听六子说过一句话。

柜台，六子是站不下去了。

“同柏阁里那些没书皮的书，你跟二少爷偷着翻，我也翻过，越翻脑子越清楚！天街上那一枪，也老在我耳朵里响，那才叫打鬼子，那才叫报仇！”

六子光听说，打枪的青衫汉子那些人是水上游击大队的，平日里都在洪泽湖的芦苇荡里。他就专往芦苇荡钻，一条河荡一条河荡地去扫，非追上队伍不可。

六子想得简单了，河荡里比岸上还复杂，尤其是洪泽湖的河荡草滩，东岸是江苏的宝应、淮阴，西岸是安徽的泗县、盱眙，北边又是江苏的泗阳。国统区、沦陷区、解放区犬牙交错，三千来平方公里的湖面，争得比岸上还凶，根本闹不清是在谁的地头上。

六子的划子，有一回荡到一个浅滩里，水越浅，草越盛，水草下面冒出劫道的水匪，要不是听说他是个药师，真能把他剥光了沉塘。还有一回，他被小刀会当探子捉了去，偏说他是水匪，好在有人记得同柏有个六指儿，才饶了他。而国军、伪军也在水边上干趴着，开着铁皮划子装模作样放枪，流弹就在六子头顶上嗖嗖飞，互相磨洋工……

听到这儿，清淮忍不住拍拍六子肩膀，心里疼上了。他知道六子这轻飘飘的几句话，背后经历了什么样的生死劫。但六子不当个事，反倒说自己在同柏的经历，能抵个免死金牌，哪边都要他留下，一路都有惊无险！

六子记得最后一次被抓，是被关在二皇水边的碉堡里，伪军排长非让他调同柏十全大补膏，扣了个把月都没放。

一天半夜里，水上漂过来星星点点的船火，对岸还零零星星打枪过来。“人影还没见一个呢，这些夙包慌得没了神，架起机枪就乱扫，整晚都没停。”从他们的骂骂咧咧里，六子听到了“张爱萍”这个人名，也听到了水上游击队，他知道对面就是他要找的人。“我就盼着早点儿打进来，可一连三晚，尽是满湖面的船火在闪，就是不见人影。我就想，不会又是个假抗日的在鬼糊鬼吧。”

第四个晚上，没船火了，湖水黑漆漆一片，除了蛙鸣，一点儿声响都不出。“熬了三个大夜，夙包全撑不住了，不但不管我，还让我帮着放哨。后半夜，我听到外面动静，晓得他们到了，就摸到门边，把门闩拉开了。”

一个班的日军，一个排的二皇，全被端了。没找着队伍，六子反倒被队伍俘虏了。“进了队伍，我就找那个在天街上杀鬼子的，要跟他学打枪，可他们说，他们的枪法都是天生的，要现学，得去新兵连。我这才晓得，他们都是洪泽湖上打水鸭子的出身，打小练的就是伏在打鸭船上打埋伏的本事。可一旦天蒙蒙亮，水鸭子动窝，那枪法，说打鸟头就不打鸟身子，难怪鬼子、二皇都肝儿颤。”

“怪不得，怪不得。”清淮、流宝像听《七侠五义》，直喊过瘾。

“还有那些船火呢，是怎么回事？”流宝还没听过瘾。

“哎哟，不能提这个，一提就笑得肚子疼。”六子说着说着，扑哧一声笑出来，惹得流宝更好奇了，忙追问怎么回事。

“他们啊，把洪泽湖螃蟹掏干吃尽，壳翻过来，再点上蜡，顺着水漂过去，黑灯瞎火地连放三个晚上，活活把二皇给熬死了……这就是张师长带人发明的蟹壳灯阵！”

清淮、流宝，加上六子，全笑得眼泪都下来了。

到了新兵连，军医给六子做了六指切除手术，六子摩拳擦掌，就等着发枪了。但队伍上还是不让他拿枪，把他编进了医训队，还是切药、磨药、熬药那一套。后来成立了苏北卫生学校，又派他去上课。

六子闹情绪：“不打枪，不杀鬼子，我来这儿干吗的！可医训队的领导拿话激我，说我畏难怕死，还来找队伍干什么！说打枪还不容易？可队伍上最难的活儿，就在我们医训队！”

六子这才知道，队伍上缺医少药多不容易。这一带江河水网多，气候湿，天气热，水里带来很多疾病，肺结核、黑热病、伤寒、疟疾、天花轮着祸害队伍，加上敌人封锁得厉害，黄桥战役那会儿，队伍上染霍乱、伤寒的伤员比负伤的还多。“战士们等不到药，脱虚到拉枪栓都拉不开，还得跟鬼子干仗，看得我眼泪都下来了。队长问我，是缺扛枪打炮的，还是缺知医懂药的？”

“想不到队伍上，已经难成这样了。”清淮和流宝对视一眼，他以为自己也算出了力了，可一比起战士们遭的罪，那又算得了什么。

六子说，自那以后，他就安了心，跟同志们就地取材，用竹子做药箱，做敷料钳，做夹板。队伍奇缺治疗疥癣的凡士林，他们就用猪油和硫黄调代用品。西药不足，新四军还自建了中草药制药所，当地的葛根、白芷、桔梗、常山、柴胡，都被他们拿来熬制解热镇痛丸、疟疾丸等膏剂。

“我一进制药所，那味儿啊太熟悉，我就更想你了，这不就是同柏的‘中央后场’嘛！可惜我学太浅了，要是你们在，保个小小平泾算什么，同柏那些方子，得保多少杀鬼子的人啊！”

队伍上难成这样，真是没想到啊！流宝还陷在自责里，清淮已经在脑子里抄方子了。

“不过呢，”六子顿一下说，“咱们同柏在那边，已经露过大脸了！”

清淮、流宝被这句话弄得很疑惑。六子说：“我接到地方上送来的芦苇秆，刮开一层皮，一闻那味儿，血都烧起来了。我就知道是你们！同柏没散，师兄们都在啊！”

六子跟在同柏时一样，用“全都管”治人，不少疮口发炎的战士，肉眼可见地就掉疤子了！伏在河荡里打埋伏的战士，也不怕冬天冻掉脚后跟了。

“真的吗？真的救到咱们的人了？”

“救了，救了不少呢！夏天管发炎，冬天防冻疮，都传这个‘全都管’是神药呢！”

“‘全都管’啊‘全都管’，东家这药是调得真好！不但管抗日，还让咱们师兄弟相认，哈哈！”

“那是！而且认出‘全都管’的，还不止我一个!”六子说。

迎着清淮、流宝的目光，他其实想说的是个更惊人的消息：为了给黄土桥一战的民众报仇，也为了截日军的供应线，新四军接连在洪泽湖河荡打了几次伏击，截了几艘汽艇，活捉了八九个日本兵，还有一船药品。

“没逮住北川一义，倒逮了个小腿被炸没的上尉。这小鬼子，看不上我们的中草药，前面还不肯上药，可一闻到‘全都管’的味儿，不但肯上药了，连中国话都出来了，说让同柏的人出来，喊崇掌柜，也喊你！”

“叫我？”清淮更加吃惊。

“是啊，我这才认出来，就是那个上回来同柏踢柜的鬼子，那个铃木！”

“是他！他也配用‘全都管’？！”清淮像是意识到了什么，“六子，这趟你来找我，是有什么任务吗？”听到这儿，他才真正领教了六子的变化，队伍上有纪律，他断然不会为了叙旧，冒险来跑这一趟。

六子点点头说：“这个铃木一边配合治疗，一边却天天求死。我们师长的意思，这个铃木好像没那么反动了，要是能争取过来，用处可大了。我晓得你会为难，但我就为这个来的。”

见清淮不吭声，六子顿一下说：“谁不想要鬼子命！我晓得，‘全都管’给鬼子用了，心里别扭，还要劝他活，更难！可你要是能放下，帮队伍一把，这鬼子也能救人！”

“就没人用了吗？非得靠个鬼子？”清淮胸口剧烈起伏。

“这么说吧，卫生学校刚建起来，只有几个年轻老师，说是带军医，其实只能带护士。明明能痊愈的战士，只能截肢保命，唉……”六子摇摇头，深吸一口气，又说，“我们难，鬼子也难，最近跟我们交手的，好多都是娃娃兵、胡子兵，说明什么？说明他们熬不下去了！再信奉武士道，也是爹生妈养的，有些个已经厌战反战了，你知道反战联盟吗？就是投诚的日本人，在帮我们做工作啊！”

清淮还是不说话。

“同柏的大版图上，你画过中央后场，画过药科学校，流水线培养药人，这主意都是你的。现在我们办学校、缺老师，你能不吭声？”六子语气渐渐重了起来。

“大医无疆，也是你教我的！有个账，是个中国人就会算：救一个铃木，哪怕带出一个军医，就是救十个战士，就是杀十个鬼子，就是救上百上千中国人啊！”

话到这份儿上，清淮跟着六子站起来：“我们什么时候去见他？”

“你愿意见了？”

“见！”

“好。你要是见，别的都好，就是搂住火，稳住情绪，毕竟，大家的仇都很深……”

“我尽量。”

“好，那现在就走吧。”

“人已经来了？”清淮想不到六子这么有准备。

“对，就在外面船里。”六子对说服清淮，早有把握。

论 药

山门外的香水桥旁，停着两艘乌篷船。六子扶着船板，让清淮上了其中一艘，然后撤掉船板，吩咐船夫往芦苇荡深处划去。清淮适应了舱内的暗淡，看清了小方桌对面那个青袍盘坐的男人，那男人眼眶愈发深陷，胡茬儿铁青。

“好久不见了，吉头柜。”

清淮也盘腿打坐，不知道回点儿什么好，就凭窗看出去。乌篷船正绕过龙王庵的正门，“大新药店”的店招在窗框里越来越小。

“寺庙里开药铺，我也是头一回见。”铃木打量着破败的大殿，“我小时候，也住寺庙旁边，一到夏天，池塘满是红色的莲花……”

“你为什么要见我？”清淮并没有叙旧的打算。

铃木突然解开衣扣，摊开双手，说：“我没杀过一个中国人，相反的，我杀死过很多日本人，你相信吗？”

清淮愣住了，这个铃木要干什么！随后他反应过来：“嗯，你是个医官嘛。我信，就像你间接地杀死过很多中国人。”

铃木不反驳，继续说：“关在卫生所这些天，离那些疯子远了，我想说的是，中国是个病人，日本也是。中国得了穷病，日本得了疯病！他们全疯了！！

“主张和平的，主张缓进的，都被政变杀得死的死、怕的怕，日本都是他们的了。但中国再乱，是头大象，日本吞不下，还会把自己撑死。兵源已经成了问题，我在奈良被编入医务队，送来了中国，做医药官。日本人最近在车桥吃了新四军的大亏，一直缩在河东边，眼看着抗日的武装越来越壮大，而那头儿东南亚还缺兵缺药。我们的血浆不够用，很多人等不到血，只好截肢，麻药也不够。我是个麻醉师，可我只能麻醉自己。几百个手脚切下来，我的'刀功'很不错呢。"

铃木双眼出神，盯着一个虚无的场景，挥之不去。"他们是魔鬼，但在我看来，也是家里的儿子、儿子的父亲，在国外被人截肢，一样不是个人呢！"

清淮忍不住说："对，你们不是人，杀战俘，杀平民，还是最惨无人道的虐杀！淮安城都记得，一条街都被炸平了；北川一义一个人就挑了八十多个俘虏；扬州城，万福桥，大几百条人命，骗他们领路条回家，结果满城挂白绫……你只看到你们的苦，想医的，也只是你们的病。你们把事做绝了，把人逼得没活路了，把全世界人都惹火了。东京吃了美国人的炸弹，在这儿吃了中国人的子弹，才知道疼，才知道自己也是爹生妈养的。你们以为只有自己是人，但你们最不爱的，就是人。你们没有高人一等，你们只是背叛了人类！"

清淮越说越激动，他一想到北川一义，就跟锥子扎心一样疼。"反倒是血债累累的杀人犯，还能大摇大摆地回国立功受赏，回家做慈父孝子！"

铃木低头听着，不言不语。

一个不再嚣张的铃木，反倒让清淮不知所措，他想起六子的叮嘱，缓一缓说："至于你，就算少了条腿，至少还能回家。"

"我回国，还是回不了家。在日本，士气比人命重要。我们这些断手断脚的人，只会被关进一个地方，永远消失！"

吉清淮倒吸一口凉气，那种阴冷，让他想到淮安城里的那个血潭——地狱的入口，那也是魔鬼的家门啊！

“活着，总有希望。你也说了，你们也有家人。”

“不，不知道地狱究竟有几层，但对我们来说，这绝不是最深的一层。见到了亲人，迎接的是妻子的责问——你完成天皇的使命了吗；是孩子的谴责——爸爸，你为日本尽忠了吗；甚至是母亲的叱责——你怎么还有脸回来，你怎么不切腹。回国，对我来说，是最后一枪。”

清淮顿时觉得这船舱冷如冰窖。寒风卷走最后一丝温度，拂过长江上万尸飘零，搅动南京城冤气冲天。斯大林格勒饿殍卧街，奥斯维辛烟灰四散……天地为墓，山河为陵，那些被绞杀的是人的肉体，被摧毁的是人的灵魂，被践踏的是人的尊严，那个被战争巨人颠倒乾坤的魔方里，被扭曲的还有人的伦理，那是人区别禽兽的最后可能。

铃木打破沉默：“人体生病，我们药师责无旁贷；国家生病，我们束手无策。这场仗，他们输定了，我冷静了这么多天，也许只有‘战败’这一个方子，才能让这个民族清醒一阵。所以，不用你劝，我也愿意跟你们合作，研药也好，教书也好，一起把这个世上的苦，好好地治一治，把我以前的罪，把我和同胞犯过的罪，赎一赎！”

清淮目瞪口呆，听铃木说完最后一句话：“如果有战后，如果我们都活着，我希望我们，有机会好好坐下来，论药。”

清淮上岸的时候，那船板晃晃悠悠，让他想到八浅渡的花船，第一次从船上下来，他也是这么失魂落魄，无言以对。

快到岸边了，铃木又在船舱里叫他：“你还没问我，我小时候住的寺庙叫什么。它叫唐招提寺，是我们奈良最有名的寺庙，建它的是个中国人，叫鉴真。一看到你们湖荡里的莲花，我就想到奈良的招提寺莲……我们，真的不该这样。”

清淮已经听不见了，他觉得胸口被打了一枪，灵魂被撞出了躯壳。师傅在半空接住了他，瞎掉的眼睛也睁开了，山门的风刮开了一千年前的谜团，清风小和尚问明月大和尚：“师傅，你听到了吗？”

串 珠

清淮一边很松快，一边又很沉重，后半夜了，翻来覆去还是睡不着。

制药所的船，天亮就要来接，他和崇三这一趟，怕是要跟六子在那边待上一阵子了。大新交给流宝、流坤守着。四个人熬了大半夜，凑出百来个方子，眼看着就能派上用场。清淮的那些药业模型，也可以换一块土壤去摸索。就像六子说的，同柏，都还在！

可清淮又很沉重，看得见的苦，同胞的苦，已经够他揪心的；现在，看不见的苦，敌人的苦，也跳到他面前来了。以前，他只需要恨就可以面对了；现在，敌人被同类当成猪一样切手切脚，他一闭眼，眼眶就血污四溅。

世间，你究竟得的什么病？有什么药，能解世间一切苦呢？

崇三问：“陪我熬了这么多天‘全都管’，你知道铃木得出来的方子，跟同柏的比，差在哪里吗？其实就差一味。”

不待清淮发问，崇三自己打开了这个淮安城最大的秘密：“记得那句‘金莲涌地而出，众生苦厄皆渡’吗？”

“地涌金莲？”清淮在心里拍了自己脑袋一下，早该想到的！

“对！我爸说，缺德的鬼岛，产不出这种圣物，他们能验得出才怪！”崇三还在说，“另外我还有个故事，今天一并说给你听。”

不待清淮回复，她说下去：“你知道我有爬树翻墙的本事，可你知道，我去墙外面，是看什么吗？”

清淮摇头。

“我刚学会爬树，是想溜到平泾街东吃灶面饼。大人说吃多会胖，不可以多吃。哼，越不给吃，我越要吃。

“后来，不知道什么时候起，我家后墙外，总是有一堆堆的花子。大人小孩儿，有的破疮流脓，有的骨瘦如柴，有的缺手缺脚。在大街上，他们会喊‘可怜可怜我啊，把几个钱吧’，或者‘饿得受不了啦，把口吃的吧’，可在背街小巷里，没人管吃的。他们也聚在那里，不说话，不叹气，像一座座石雕，连小孩都不哭不闹。

“乔达摩为什么王子不做，妻儿不要，要出家？看到他们，我就懂了。”

“为什么他们喜欢聚在那里？你告诉我。”清淮抬起头看她，眼睛里全是崇三的眼睛。

“那里晒不到太阳，冬天不暖和，夏天不通风，为什么？我开始也不懂，直到有一天，我看到一个男孩子，端着砂锅过来，把药渣子倒在石板路上。

“他不是随随便便倒的。他要先拿毛巾，把石板擦了又擦。每天打烊后，他都会来。花子们都在等他！等他的药渣子救命！

“好几回，我看见他头上顶着伤，像是被师傅刚打过，可他还是拿着小蓝瓷瓶子，给那些花子擦伤口。花子都不会说话，全都默默地。巷子里，什么时候都是安静的，所以没有人知道。每天前院打烊后，他都会来，只有我能看到。

“他眼睛里，全是悲悯。

“我那会儿就发誓要嫁给他。看到他在天台上看书，看到他穿上长衫上了柜台，看到他来我家客厅跟着大人们开会，我偷听他在会上的每一次发言，我看他翻过的每一本书，我关注我爸、我哥和那些叔叔伯伯对他的所有评价。他们都说，那个小和尚厉害呢！听到他被一步步地提拔，我心里就想，快点儿吧，再快点儿吧，给他更大的权限，让他做事，让他渡人。

“听我爸说要升他做头柜了，我太开心了，兴冲冲跑去告诉他，他还不领情，让我别传大人的话。我在他看过的书里面批注，想让他注意到，可他宁可去娶一个船姐，也不多看我一眼。”

吉清淮瞪大了眼睛，张嘴欲言，看崇三没有住口的意思，又咽回了肚子里。

“我攒钱攒金子，大人给的，我都闹着要自己保管。我是想，要是我爸妈不同意，我就能自己出嫁妆。一到大童庄，我就把金子藏起来了，藏在燕子窝里了，打算等我嫁过来了，再去取。我就想，他可能永远不会有钱的，但他又是要用到钱的，他要渡人嘛！

“刚藏进去那几天，我还不放心，老想爬上去查一查，可他每天都蹲在树上，呵呵。”

崇三转过脸，看着清淮。

“你爱所有人，爱花爱草，连杀猪杀鸡都不能看，谁跟了你，也要被夺走那么多的爱，只有我懂你！

“我爸失去那么多的那天，是我得到你的那一天。那天，我哭不出来，如果哭，也是因为你！我的大人先生。

“现在，你有我了，我也有你了。你不要再当我是小孩儿，因为我，也是看着你长大的！知道了吗？小男孩！”

崇三捧着双手，站在清淮面前。摊开的手掌里，卧着一把纤细的串珠。

清淮的眼睛里，已全是泪水。

“你看到苦，就全是苦；我看到亮，就全是亮。地球仪上，总有一半是黑夜，送到药师面前的病患，也永远不会完。你不能总是低头磨药，也要看看外面，天已经亮了，不是吗？”

可不是嘛，北上的长江水，南下的淮河水，在这里合握。悬浮的晨雾也抱团不动，等着那几道金光穿过云边，直插下来。罩在运河上的水汽，向玻璃的四角褪去。驳船加了速度，拖着黑烟，在波光粼粼的运河上扬长而去。

正说着，船已经到了。

后记

千年大运河，记忆岂止成河成海，我有幸也揉进了一段少年的记忆，种在八浅渡的水底。

三十年后，我驾车穿越湖上大桥，试图呼应那段记忆。桥下的湖荡金光粼粼，围栏圈出了一个个养殖区，硕大的湖面被“回”字形填满。

河道两边泊着几艘船，桩子固定在泥里，打着“水上酒家”的店招。同行的朋友说，包一顿全鱼宴，船家可赠送一次快艇游。乘风破浪，芦花飞扬，横穿那片曾经藏着多少秘密的芦苇荡。

那个四面环水的庄子，和记忆已有出入。公路修到了村口，把村落一劈两半。田头耸立着一排发电的风车“巨人”，每家屋顶上铺满了黑色的太阳能电板。河道已经看不到走船，码头成了各家的停车场，打工归来的儿子媳妇，会把车子停在那里，从后备箱里取出花花绿绿的大包小包，看望留守的老人。孩子们已经不会下水了，在城里的游泳池扑腾了一个暑假，游泳还是那么不容易学会。

那栋曾经显赫的宅子，长满了野花野草，顶子已经塌了，到底是打过一人深的地基，山墙还很牢固。一并倒塌的，是横跨两代人的政治包袱。

我也想去看看家族里的老药师，在运河另一头的县城里。听说他们还在叠药丸、切药片，在一条千年老街上，在一个百年老药店里。

其间经过了运河二桥，桥下就是八浅渡。拖成长龙的驳船从桥下穿越，不知道岸边还有没有托腮的少年，幻想有一艘船能把他带走。

老街还是老样子，老药店不开了，建筑成了省级文物保护单位。草本标本堆满了屋子，那层层叠叠的气味，绕着木柱，在雕花梁栋间缠绕。阳光正好，老药工在天台晒药，运河大堤是他的背景板，时光竟像是没有流失过。

我的脑子进了水，湖水、河水、运河水……那些记忆，轰隆隆撞进我的脑海里来了。

书中的人物和故事，那些运河两岸的历史、故事与传说，有些来自家里老人的讲述，有些来自邻居大爷的传授，也有些来自地方史的查阅，还有的，我已无从分辨，也许是我半梦半醒时的幻觉——我未曾写过长篇小说，不知道一落笔就岔进哪个时空，或是借了谁的记忆。

我还是努力弄清，除了比较熟悉的江南，我曾去了青藏高原，去找长江的源头；去了成都，祭拜了辛亥秋保路死事纪念碑、川军抗日阵亡将士纪念碑，去了杜甫草堂；去了武汉，登上黄鹤楼，参观辛亥革命纪念馆；去了上海，看长江的入海口，到访了四行仓库抗战纪念馆。去了西安事变的发生地，去了新四军军部旧址，去了扬州中国大运河博物馆，当然还有我目前生活的城市，中华门城堡、侵华日军南京大屠杀遇难同胞纪念馆……我去了很多笔下提到或者未提到的地方，提炼那段历史、那个时代，或者，只为提那口气。

我一路带着孩子，经过那些地方和水系。“江淮”成了一个地方概念，有那条河做引荐，我们早就包裹在一个叫“中国”的躯壳里面。听说南水北调工程，利用大运河，连同高邮湖、洪泽湖、骆马湖、南四湖、东平湖，作为调蓄水库，逐级提水。水分两路，一路北穿黄河，到达天津；一路东抵胶东，润泽半岛。

她还在滋补着这片大地。

同柏还是大新，清淮还是崇三，也还有接续的命运。有一点可以确认，他们的原型及后世的子孙，大半皆以药为业，运河两岸，沪宁沿线。

故事就先讲到这里，大运河边，八浅渡里，还有一株水草，定在一个地方，飘零在千百年的风里、千万里的浪里，任它们去往更远的时空。

2024年8月10日定稿